野芙蓉

骆平 著

北京出版集团
北京十月文艺出版社

目录

一年前

1　史佑

是在从圣莫里茨开往策尔马特的冰川列车上，我遇见了那位眉眼细长两鬓斑白的中国男人。他在我身旁，端坐如仪、目不斜视，膝盖上工工整整地摆放着一只描金绘漆的古董盒子。他用双手牢牢捧着它，神情是那样郑重其事。然而每隔一会儿，他的双膝就会出现夸张的惊跳，以至于他的宝贝好几次险些滑坠在地，他徒劳地伸出手去挽救，像是电影里的慢镜头，跟盲人一般缓慢而笨拙。我实在是看不下去了，帮他稳住了那只倒霉的妆匣。他侧过身来，用英文对我说谢谢，我留意到他镜片后的双眼有些轻微的斜视。

这个男人用他的肢体和目光制造了颠簸与失衡，这一度让我产生出错觉，仿佛置身于波涛汹涌的大海，海里暗流翻卷，整个世界变得极其不稳定。

在那段漫长的行程中，我们的交流从英文切换到普通话，再跳转到四川方言。他一脸笃定地告诉我，自己出生在成都，一直长到十八岁才第一次离开那座以辣椒、茶馆和芙蓉花著称的城市。为了证明这一点，他抽出右手，瘦长而颤抖的手指朝向火车正在缓慢经过的大片大片银光闪闪的冰川与湛蓝发亮的湖泊。

“在成都，堆雪人要去龙泉山，雪人坐在车顶上，一进入市区，很快就融化了。”他说。

就是这句话，像一个意外暴露的证据，轰然摧毁了隐蔽在丛林深处的掩体，真相暴露在光天化日之下。漏洞就出在“雪”这个字的发音上，我们知道，普通话是三声，成都方言是二声，但他发出的，是一声，那是一种迫使嘴唇圆润起来而舌尖平滑的音调，略微延长，徐徐吐出，发出的音节类似于噱头的“噱”字，堆雪人——堆噱人。

这是典型的洪雅县方言。这个用倾斜的眼珠努力平视世界的男人，是地道的四川省眉山市洪雅县人，是我的老乡。我能想到，在他下意识窜改籍贯的时候，内心无疑是卑微的，一如当年的我。这种来自地缘结构的、属于语言的不自信，如影随形地跟随了我们大半生，纵然，这里已经是千山万水之外的国度；纵然，我们离开脆弱而敏感的童年已经很久很久。

此时的我们，早已是百毒不侵，不会被人轻易击倒。我们说着流利的英文或是优雅的法文，护照上没有任何出生地的痕迹。我们坚信自己脱离了贫瘠与荒寒的原生状态，再也不会有人提到我们的出生，提到乡村的接生婆、木盆中的热水、地面的牛屎马粪。我们假装自己是在充满来苏水味道的医院中、在雪白的产房里呱呱坠地。

可是，在一些猝不及防的瞬间，方言以其强大的力量摧枯拉朽地卷土袭来，它残酷地摧毁了我们精心构筑的假象，不遗余力地亮出我们的底细、露出我们的短板，身份体面、衣着洋气的我们变成了文学作品里戴着碎花帽子的狼外婆和穿燕尾服的猴子绅士，众目睽睽之下，一条不争气的大尾巴丧气地甩了出来。

我决定用洪雅话与他交谈。从这一刻开始，一种与生俱来的默契神奇地冉冉升起。我们都是洪雅人，在遥远的异乡，这就像是一个接头暗号，以某种庄严的组织的名义，让两个人抱持同样的信仰，彼此间心心相印。接下来的旅程，我们的确形影不离。

我带着这个笨拙的男人和他随身携带的沉重的盒子，把瑞士境内著名的观光火车乘坐了一个遍。我们穿行在雪山、森林与无穷无尽的野花之中，用洪雅话尽情地聊天。在布雷夫跟一帮亲子游的乘客挤坐儿童小火车的时候，他甚至给我念了一首被四川方言窜改了的普希金的诗歌：

假如生活

豁了你

标开腔

标装神

你就在那儿孤倒

一直孤倒

黑起势地往前拱

像猪儿虫一样

架势板

……

我们一边发出会心的笑，一边就某些字眼的发音展开热烈的讨论。我们在瑞士无所顾忌地说着洪雅话，在这里，没人能够区分博大精深的中国方言。

随后，我渐渐得知了关于这个男人的种种细节——他姓焦，叫做君泓，名字很具古风。他是一个享有学术盛誉的药学教授，患有帕金森氏症，他怀里抱着的其实是骨灰盒，盒子里躺着他的亡妻，他们从成都出发，来到欧洲旅行，这是她未完成的夙愿。

我闲闲地告诉焦君泓，他的亡妻并不是一个惦念世间的灵魂，死亡从某种程度上来讲，真是一种解脱。这个女人在潮湿狭小的厨房里过得够够的了，因为风湿导致的疼痛在最近十几年中不遗余力地折磨着她，缺钙更是加剧了这种难受，而她脆弱的呼吸系统支撑不了过于肥胖的身躯，买菜负重时总是大口大口喘息。她早就渴望从油腻与脏污中永永远远地脱身。

我超常的判断能力镇住了焦君泓，他把我当成了一个性灵之人。我告诉他自己有一阵子研习过《易经》，他大为吃惊。他试图用科学的逻辑追问玄学的内驱力与合理性，我用了一些故弄玄虚的词语。这让他更加难以置信。看得出来，他不认可，但是，他被我准确的断定惊住了。

他不知道，了解他的亡妻一点儿都不困难。这些六十岁朝上的教授夫人们几乎就是非此即彼的两类人：一类与丈夫志同道合，在事业的道路上并驾齐驱，一辈子保持着美与智慧，家务交给保姆；另外一类则是亲力亲为的家庭主妇，蜷缩在丈夫的身影里度过一生，她们没有出过国，没有买过奢侈品，平日里用手洗衣物，包圆家里的剩饭剩菜，在更年期以后变得体形可怕，像一具浸泡在水中的尸身，日渐膨胀。她们理所当然地被丈夫忽视，直到死去的那一天。这些男人在吃不上热饭、找不到换洗衬衫的时候，终于想起了她们无比卑微的存在。

焦君泓眼眶湿润地说："她死于心肌梗死，就那么一刹那，人就没了。"我安慰他："这不是什么坏事，如果她继续活下去，迟早也会患上妇科肿瘤或是抑郁症。"

这个忧伤的鳏夫，一个药学专家，小心翼翼地试探我是否会一丁点儿封建迷信的手法，能否帮他算一算他离世的女人在天上是否还惦记着他，他想让她安安心心地去往繁花似锦的天堂——如果天堂存在的话。

我想，此刻即使我用那些戏剧化的通灵、跳大神之类的法子，他也是不介意的。我没有向他解释，我阅读的书籍，没有神谕，只有对生命的思考。但我还是满足了他。我煞有介事地假装掐指计算着他们夫妻的生辰八字，极其理智地对他说，人家已经把他忘得一干二净。他紧蹙的眉头舒展开来。当他嗫嚅着向我求婚的时候，我知道，他已就此释怀。

他努力将两只眼珠都聚焦在我的脸上，一板一眼地对我说了一篇让我哭笑不得的情话。他说，别的男人喜欢说什么“在天愿为比翼鸟，在地愿为连理枝”，这是没有文化的表现。在动物界，忠贞爱情的典范是蛔虫，雌雄虫一旦合体，就会一辈子不分开。

“史佑，我愿意做你的蛔虫，我会像雄蛔虫对雌蛔虫那样，对你一生不变。”他一本正经地望着我。其时我们正坐在滑雪场的露天咖啡厅里，我的回应是直接笑喷。

他与我曾经邂逅的男人们太不一样了，后者往往体格健壮，铿锵的言辞和有力的手臂容易让人生出天荒地老的错觉，然而，他们消失的时候同样步履坚定、疾行如风，他们下定决心的时刻是严肃的，改变心意的时候也是坚定的。焦君泓却是徐缓的、病弱的，他的慢，反倒令我适意。在我这样的年纪，已经不喜欢难以把握的人与事物，我愿意接受一段相对稳定而又足够放松的关系。毕竟在我的生命中，离开本身，便是无比灰暗的意向。

焦君泓出现在一个恰如其分的时刻。当我对所有曾经的试探感到疲惫，当我不再想要去将一个男人的感情了解得清晰透彻，他适时地给了我安定下来的理由。按照他亡妻的遗嘱，他把盒中的骨灰撒在了威尼斯的水域里，我是整个仪式唯一的见证者。我们在威尼斯逗留了一阵子，在我的提议下，那里变成了我们的蜜月之城。

我们待在酒店里，一间带大露台的屋子，夜晚可以看到满天繁星。在这座陌生的城中，我们肆无忌惮地讲着洪雅方言，谈论着遥远的村庄。

焦君泓喜欢回忆他的幼年，在他的记忆里，住着一头固执得不可理喻的牛。他牵着牛到山坳里吃草。牛的力气很大，他被它拖拽得跌跌撞撞，牛会停下来等他，顺便低头闻一闻路边的野草。牛是很挑嘴的，对草的品种有着执拗的认知。而且，他那头牛，是懒惰的，它经常消极怠工，半塌在水田里打盹，巨大的身体犹如一座山，即使你使出全身的力气，它照样纹丝不动。趁着牛呼呼大睡，他会在它的鼻孔里插几根长长的草，把它打扮成一头大象。他猜，成为一头不用耕田的大象，是牛的理想。

关于那头慵懒的牛，他可以眉飞色舞地说上好几天。毕竟恢复高考以前，他一直跟那头牛待在一起，一道经历着大炼钢铁、样板戏、饥饿之类的大事件。

“我在少年时期经历了大大小小的运动，可惜没人愿意颁发一张国家一级运动员的证书给我。”焦君泓笑眯眯地说。他实在是一个欢乐的小老头。

每天下午，我挽着他的胳膊，带着面包，步行去圣马可广场，鸽子在我们周围成群结队地打转。其他时间，我们就在房内读书，他戴起老花镜，读的是药学类的书籍，我则读着手边能找到的一切印刷物，连观光手册都不放过。在我眼里，文字有时是具象的，有时是虚无的，我专心致志地琢磨着同样的含义在不同语种之间细微的差异，逐渐有了一种物我两忘的感觉。

离开威尼斯以后，我们结束了所有的行程，返回中国。

2　程青书

今天是秋分。

我想象过无数种与史佑再见面的情境，唯独没有想到，一切会是在突然间发生。

她先从车上下来，转头扶了一把焦老师，那是我的导师。我的导师焦君泓是一个德高望重的学者。他身体不好，但治学态度严谨，是我最为敬仰的长者。他与新娶的师母史佑刚从国外回来，整个师门为他们接风。

史佑挽着焦老师的胳膊，她穿着很尖的高跟鞋，比他足足高出一个头，这让她显得更加瞩目。这女人快到五十岁了还是美得那样惊心动魄，依旧是一双清冽倔强的眼睛——我不敢看她的眼睛，我低下头，地面有很浅的积水。我觉得自己很傻，我为什么不能大大方方地走上前去，叫出她的名字？

有人从后面推了推我，我一脚踩在了泥水里，十分狼狈。他们示意我上前送出花束。我的怀里抱着两束淡蓝色的康乃馨，那是我们这帮弟子们送给新任师母的礼物。第一次见师母，送花束是不会出错的。

当我看到焦老师在群里发的信息，那里有她的名字，史佑。焦老师说，你们的师母叫做史佑，她就是在师大长大的。我立即知道，这是她。这么多年过去了，她终于回来了。但是，她不是一个人，她嫁给了我的导师。

史佑从我手里接过花，说了声谢谢。我确信，她并没有认出我来。她没有把眼前的这个在读药学博士，跟十三年前被她抛下的无助的少年联系起来。她是那样心不在焉，她抱着蓝色的花，恍惚地微笑着，一种迷茫的表情。

师门的聚餐约在一家日料店，没有专门的包间，不过是几扇纸门隔开了一张长长的原木桌子，穿和服的女侍送上来精致的杯盘。

焦老师和史佑坐在长桌的正中央，我挑了距离他们最远的位置坐下来。偏偏焦老师的目光落在我身上，他叫着我，程青书，你坐过来一点。

焦老师叫出我名字的时候，我心里震了震，看向史佑，她脸上没有特殊的表示，“程青书”三个字，对于她好像是没有任何意义的。

我迟疑着坐了过去，焦老师向史佑介绍着我，说我是最用功的孩子，除了上课、泡实验室与图书馆，再不做别的事。就连他给研究生和本科生做的讲座，我都一节不落地听完。

史佑注视着我，好整以暇地微笑着。

“程青书是一个老实的好孩子，他的工夫都用在学习上。”焦老师这样评价我。

确实是这样，我也经常去听别的老师的课。在博士阶段，这是一种禁忌，有些导师会非常愤怒。然而焦老师是不同的，他一点都不介意，还会给我推荐与梳理适合我研究方向的一些老师与课程。他是一个真正的知识分子。

焦老师点了另一位师兄的名字，他是一家制药企业的员工。焦老师质疑他新近提交的开题报告，顺便批评了几位在药厂打工的同门，他们的精力放在赚钱上，毕业倒成了大问题。

“不要老想着什么霸道总裁，什么桃花运，我们都是平凡人，做点脚踏实地的事情就好。”焦老师此言一出，大家笑得前仰后合。焦老师一向是个段子手，有好几年，他代表学院在新生开学典礼上做报告，金句频出，笑声一片。全校的学生都知道这个研究药学的教授。

话题终于从我身上移走。

史佑不时抿一口煎茶，不过她也喝清酒。大家去向她敬酒的时候，她完全不推托，慷慨磊落地喝下去，像个大侠。她的酒品很好，酒量也还是很厉害的。

不知怎么就说到了她的工作，汉语教师。她喜爱读书，没有比学校更加适合她的环境。女博士们向她打探在国外教书的体验、终身教授是否很难获得之类的问题。史佑讲了一些大学里求取教职的知识，又聊到汉语教师，她列举出了一些数据，汉语教师的人数在国外有一个很大的缺口，欧美国家有不少成年人开始学习汉字，在他们眼里，汉字是文化，也是书法；是哲学，也是艺术。这些年，已经有各种学科背景的中国人加入到对外汉语教学工作中来。史佑很有耐心，也很有条理，慢条斯理地告诉她们每一个步骤，该有的考试，求职的技巧。她说起她教过的那些外国人在汉字学习中的趣事，比如有一个身高一米九的外国大汉，给自己取的中国名字是纤细婉约的“莫愁”，他以为那就是没有忧愁的意思。一众女生都忍俊不禁。不得不承认，史佑是一个天生的教师，她讲话很得体，也很诙谐，一堂课这样张弛有度地下来，必定是大受欢迎的。但我笑不出来，我也没有朝她看，我在想，这些年，她在国外，做一名汉语教师，真是快乐的吗？

“好了好了，孩子们，你们是打算让我太太饿着肚子回去吗？”焦老师发了话，大家也就不好意思再缠着她，纷纷为她布菜。

“程青书。”我听见史佑的声音，她在叫我。我险些将手里的碟子掉在地上。我想，她终究还是认出我来了。

然而，她只是说：“焦老师对你赞不绝口，果然是个安静的孩子。”

3　史佑

我几乎是第一眼就认出了他，程青书。他改变了很多，不再是那个为着满脸青春痘发愁的男孩子。他的个子很高，俊秀的面孔，略略有些闪躲的眼神。不知为什么，尽管他穿着时尚的纯色西装，但仿佛是一袭民国时期的长衫，长身鹤立，影入衫中。他身上有那种古典的气质。

我记得，离开他的时候，他刚过十五岁，长得特别好看，瘦瘦的，眼睛里有那种看了就让人喜欢的光。那时他就是个有主意的孩子。

十三年过去了，当他重新出现在我面前，已经是一个药学博士。我试图从他的双眸里找到从前的光芒，他却一直回避着我的探寻。我看不出来伪装有什么意义，但我们竟然不约而同地选择了这种方式。

我不太喜欢这样的场面，热闹让我头疼。在国外生活的这些年里，我习惯了独来独往。

我终于叫出了程青书的名字，准确地说，从见到他的第一眼开始，我就在掂量着，我觉得我应该从焦君泓的身旁站起来，走过去，紧紧拥抱他。但我什么都没做。中途他一言不发地站起身来，走了出去。

“大师兄的孤僻症又犯了，”一个博一的女生说道，“师母，您不知道，要不是看在您的面子上，他是从来不参与集体活动的。”

“你们就会糟蹋钱，不是这聚会，就是那聚会，他不参加是对的，”焦君泓一脸嫌弃地打岔，“反正我是不敢带你们出去参加学术会议的，一个个就惦记着中途茶歇，会议开始了，还要顺两袋儿坚果进会场偷嘴，哪像人家程青书，全程连洗手间都不上的。我说你们，要有时间，练练英语也是好的，每次叫你们写点东西，除了 therefore thus further 之类的，其他也不剩下什么了……”

学生们一脸黑线，赶紧轮番起身敬酒，把老头子哄得颠三倒四的。剩下的，仍然在一旁窃窃私语，谈论着程青书。我听到诸如“矜持”“高冷”之类的词语，然后，他们居然开始讨论最近追求程青书的一个女孩子，生物系的小妹妹，爱得要死要活的。

“人家都说，女追男，隔层纱，偏偏她倒霉，遇见了程青书这层钢纱。”这是一个男生说的。我不知道男博士也这么八卦。他们又说起程青书的好运——对，他们把成就说成是运气。程青书在研究生阶段就实现了专利转化，他还未毕业，猎头公司已经守在他宿舍门前，代表外资医药公司求聘。程青书的选择是继续读博。

“人家有那个底气，听说他家不缺钱的。”这几个学生是爱恨交织的口吻。看得出来，程青书不是一个合群的人，大约有点曲高和寡的意思。

我借口走了出来，在楼顶的天台上，我看到程青书，站在那里淋雨，面对着万家灯火，不知道在想些什么。我迟疑了一阵子，终于还是没有走过去。

我回到座位中，过了好一会儿，程青书也回来了，若无其事地坐下来，仿佛什么都没有发生过。焦君泓伸手叫来服务生，结了账。事先他已经跟我说过，与学生吃饭，一定是他买单的。

一大帮人从日料店里出来，大家安排的是一位没有喝酒的女生送我们回去。程青书站在人群的后面。焦君泓偏偏叫住了他，提出搭乘他的车，他是男生中间唯一没有喝酒的，我记得他的理由是牙疼，吃了抗生素。

他开的是一辆很普通的福特轿车，我和焦君泓坐在后座。他开得很稳。焦君泓开口问起他的功课，他说起发表过的以及正在修改中的论文，其中有三篇属于SCI一区。他很出色，这让我深感意外。

在我的印象中，程青书最擅长的功课是文学与艺术，他读了好多的小说，很早就读完了冗长深邃的《追忆似水年华》，他最喜爱的一套书是《约翰·克利斯朵夫》，读完以后，他想要做一个音乐家。有一阵子，他又迷上了绘画，在他的房间里，有大量的颜料和画纸。他画抽象画，也有一些人体素描。没有模特，他就坐在镜子前面，画下自己。由于画架的遮挡，他没有办法完整地画出来，有时，是半张脸，有时，是脖颈到小腹的急转直下。那些半掩在画布阴影中的男孩子，看起来像一具又一具残缺的尸体。

我什么都记得。

我以为他会成为一个作家或是艺术家，蓄着长发，穿高帮的靴子，烟斗不离手，在大张大张的白纸上，用古老的钢笔写诗或者小说，在土布上作画，住着海边的石头房子，一年中大部分时间都无所事事，身边一打情人。没想到他的专业与状态是这样主流，就连他的服饰都是这样得体。

车子停在我们的住宅跟前，程青书主动来搀扶焦君泓。我们住在焦君泓供职的师大，校园中一片旧旧的家属区。

我们在台阶前告别，程青书回到车子里，看着我们进去，然后，我听到他发动车子。他是马上就掉头开走了。我的心里突然一下子就空了。在国外的这些年，我竭力避免去想他，不过，当我见到他的时候，我蓦然明白，他一直温柔地停在我的心间。

“这孩子的品质不可多得，这么些学生，只有他，是真正在学习，不是混文凭。”焦君泓再次感叹了一句，他念在嘴里的学生，也没有别人，就是程青书。在瑞士的时候，他就提到过他。看得出来，程青书是他最得意的门生。

我走到窗前，拉开一点窗帘，院子里树影婆娑，那是几株野芙蓉，正是花期，开满了淡青微黄的花朵，花瓣薄如蝉翼，又大又美。那是焦君泓的亡妻种下的。这种花可以入药。焦君泓的住宅在一层，有一个宽敞的前院，他的亡妻种下了许许多多开花的中草药，像是开着紫色小花的藿香，花蕊细长的金丝桃等等。就连那棵高大的槐树也有药用价值。看得出来，她很爱他，事事以他为重。

我第一次见到豆渣草的白色花朵，很是惊喜。焦君泓不以为意地告诉我，关节疼痛的时候，这花捣碎了外敷，会有止疼的功效。在他眼里，美不美倒在其次，一朵花也不是一朵花，而是一种药。

焦君泓颇具幽默感，但他其实是个很沉闷的人，除了工作，简直没有别的嗜好。有时我怀疑他究竟记不记得已经跟我结婚这回事，在他看来，或许我就是一件可有可无的家具，即使哪天生出脚来，默不作声地从家里走掉，也没什么要紧。他是那种忙起来可以将手表当作鸡蛋来煮的教授。

当然，我并没有在焦君泓面前表示出任何的不满。我不是一个需要时时刻刻黏着老公的女人，我已经四十八岁，度过了人生中的第四个本命年。这些年，我早已习惯了一个人的生活，相反，如果婚姻带来的是黏糊糊的、不洁净的感觉，我不会贸然涉足。

那个聚会的夜晚，我服侍焦君泓吃过药，看着他躺下来，为他盖好被子，回到自己的房间里。我们没有睡在一起，这是我提出来的。理由是我们的作息不太一致，焦君泓的主治大夫建议他早睡，而我在午夜十二点以前通常是不会上床的。有一次，在我帮他关灯之前，他突然伸手拉住我，问了我一句话，他说："史佑，你是为着什么嫁给了我？"这是一个艰深的问题，我一时难以回答。幸好，他给了自己一道台阶。

"无论如何，我仿佛已经离不开你。"他是这样说的。在他眼里，我看到一闪而过的、细碎轻微的迷惑。事实上，我们对一些事物的看法背道而驰，我们的婚姻也显得过于草率——一个久居美国的独身女人，在瑞士与一个来自中国的大学教授邂逅，如果没有怦然心动的爱情作为理由，恐怕难以解释我们的闪婚。不过，焦君泓是个睿智的老人，他不会让自己难堪，同样的问题，他没有问过第二次。

我没有即刻休息，而是回到客厅里，坐在摇椅中，想着与程青书的重逢。他出生那一年，我二十岁，那么现在他是二十八岁。一个二十八岁的男人，应该是大方从容的。他看起来正是那样，如果忽略掉他眼中挥之不去的哀伤，他会是个成熟沉稳的年轻人。难得的是，他身上的那种书卷气。他并没有沾染上社会中的市侩气息，这与他一直念书恐怕是有关系的。

我想得入神，突然，一道微光透过窗外那些摇曳的花影，照进窗内。我站起来，走过去，发现那辆黑色的车子依旧停在门前，原来程青书并没有走。

我走出门来，他站在车前，看到我，走了过来。他掩饰地摸摸自己的鼻尖，然后说："史佑，时间还不太晚，愿意去消夜吗？"

他叫我史佑，不是阿姨，不是师母，不是别的什么。他从很小的时候起，就直呼我的名字。

我没有搭理他，转头进屋，关上门。我在门后站了一会儿，心跳得厉害，我决定去见他。我拣了一条深色披肩，再度打开门，他还是站在那里，双手插在口袋里，有些局促的样子。

我走过去。

"消夜？"我说。

他笑了。我们上车，他把车子开得飞快，出了校门，就在附近的一间露天烧烤店停下来。地方是我定的，我看到嘈杂的、排着队的摊子，立即指挥他停下来。

"会不会太吵？"程青书试着问我。

"跟师母约会，最好是在光天化日之下。"我挑挑眉头。

我们面前摆放着啤酒和油腻腻的烧烤，烧烤也是我点的，常见的品种，每样都来了一份。在日料店，我光顾着扮演优雅斯文的师母，几乎没怎么吃东西。

"味道果然不错，难怪人这么多。"我说。我大口吃肉，大口喝酒，烧烤跟啤酒是绝配。焦君泓的口味很淡，日常他吃许许多多的蔬菜，像一只鸟，或是兔子。我在美国养成的一个容纳垃圾食品的胃，常常被他教训，他是对着一盘菜都可以说出钙铁锌硒维生素的家伙，令人倒足了胃口。我早就需要饕餮一顿。

"史佑。"程青书叫了我一声。他什么都没吃，光顾着看我。

“你应该叫我师母，”我指出来，“我一直都是你的长辈，你从来没有遵循礼仪，你很不礼貌。”

“史佑，对不起。”他还是那么叫，他说，“我做梦都在想着，什么时候能有机会，当面向你道歉。”

隔壁是一桌年轻人，有人过生日，一堆人起着哄，唱起生日歌来，非常非常喧哗。他们的桌上有一个很大的生日蛋糕，我相信寿星很快就会被那些白花花的奶油糊一脸。

我努力对付烤串，看也不看他，他是来抒情的，而我只想好好吃消夜。

“在你离开的时候，我已经知道自己犯下了大错，我对不起你。”他继续说下去。

“不对。”我出言制止他，“程青书，在我离开的时候，是平静的，我从来没有怪过任何人，凡事皆有定数。”

他垂下头去。我忽然感到荒谬，我们的对白太过戏剧化，这又不是舞台，何必加戏？我招手叫老板娘，让她再烤三串鸡皮。程青书吃惊地提醒我，他说：“史佑，你从不吃鸡肉，你对鸡肉过敏。”

“那是过去的事，”我微微笑，“现在，我连鸡头都吃。”

他一怔。我想他是明白过来，那时我不过是骗他的，因为他幼年时极爱吃鸡肉，我都留给他，骗他说自己对鸡肉过敏。

“我最拿手的一道菜就是香煎鸡胸肉，低脂低卡，我差不多天天都做，哪天你到家里来，我做给你吃。”我若无其事地说着。

当年程青书很爱吃我做的香煎鸡胸肉，放学以后的第一件事就是扔下书包，跑到厨房里来，大快朵颐。

“史佑，你能不能告诉我——”他抬起头，认真地注视着我，有些说不下去。

“告诉你什么？我为什么嫁给焦君泓？”我接过来他的话，一口气说下去，“不错，我从美国回来，目的就是为了你，我诱惑了你的导师，准备吹吹枕头风，让你的博士答辩尽快过关，不必一遍又一遍地重新来过，一年又一年的，在校园里做一个孤魂野鬼。”

我忍不住笑起来：“程青书，你以为，我会因为你的博士论文，卖身求荣？”

他瞪着我，脸色转成铁青。

“史佑，请你不要嘲笑我，”他握着拳头，下定决心似的说出来，“这么多年过去了，我并没有后悔当年说过的话，那并不是随口说说而已。”

“程青书，十五岁与二十八岁是不同的，我们的世界已经发生了很大的改变，”我镇静地看着他，温言道，“就好像是，在你很小的时候，我是多么期望你能成为你爸的翻版，但你应该是像你妈妈更多一些，到了少年时期，你的身上已经没有父母的影子，你成为一个独立的孩子，一个全新的个体，我需要重新去认识你、接纳你、喜欢你，这份情感，脱离了跟你父母的关联，不是因为他们，而是因为，你，就是你。”

“我不明白……”他抬起头，怔怔地望着我。

“你会明白的，”我诚恳地说，“正是因为我体会过无法放下的痛苦，所谓不动则不伤，我不敢说自己已经懂得虚妄的欲念所带来的烦恼，但是，从现在开始，我愿意陪伴你，沉淀下来，看清楚自己的心意。”

他的眼里全是困惑。我没有再解释。我相信，他会明白的。不合时宜的情感，犹如温淡如水的月光，始终是一个动人的幻影，美而轻柔。戳破这幻影最好的方法，就是登陆月球，去看一看那粗糙缺氧、毫无美感可言的星球。

不管怎样，我知道，时隔经年，程青书以如此奇妙的方式，重新进入到了我的世界。

4　程青书

今天是寒露。

阴沉沉的天。

我一早就到焦老师家里去。他有一些珍稀的茶，像是红龙珠这些，他让史佑泡茶给我喝，让我们聊聊天、散散步。不过，焦老师进了书房以后，史佑对我说："你随时可以离开，不用陪我。"

"老师担心你闷。"我说。焦老师在邮件里嘱托我，抽空陪一陪师母，她在国外很多年了，估计不太适应国内的生活。

"他并不了解我，这么多年，我独来独往，一个人去过了太多的地方，早已习惯了。"史佑淡淡地说。

我轻声说："史佑，无须老师吩咐，我愿意留在你身边。"

她哑然失笑，她说："程青书，不要这么肉麻。"

焦老师并不知道我与史佑的关系，我到家里来，他是欢喜的。过一会儿，他从书房里出来，说："你们年轻人，喜欢凑热闹，去太古里走走吧，看到中意的东西，不妨买下来。"焦老师递给史佑一张信用卡。焦老师不是那种寒窘的书生，我知道，单单是去年一年，他的科研经费就有两三百万元的进账。当然，他也很大方，与学生吃饭，买单的总是他，哪怕是毕业了好多年，做了药企的老总，开着宾利来看他，仍然如此。焦老师的口头禅是，一顿饭，我糟老头子还是应付得来的。

但是史佑没有接受他的卡，史佑只是笑着说："我也算是老年人了，逛街购物这种事，早就没有兴趣。"

焦老师转而对我说："这些学生里头，你对师大最熟悉，你的师母从小在师大长大，你带着她四处转转，去看看那几个新校区。"

我答应下来。可是，焦老师转身进了书房，史佑就不搭理我了，她打发我读书，她自己也坐下来看书。

我们坐在客厅里，各自捧读，熟悉的一切仿佛又回到眼前来。很久很久以前，在阴凉的室内，我们也是这样相对而坐，自顾自地读着书。

"静不下心来，索性看一部电影？"史佑放下书，问我的意见。我说好。

史佑用投屏放了一部电影，叫做《朗读者》。片名推出时，我的心一下子提到了嗓子眼。这部电影，我曾经反反复复看过好多遍。一个少年，爱上了一名中年妇人。做爱的时候，他为她朗读书籍，这令她血脉偾张。后来，他们分开了，各自经过了很多事。到她老了的时候，他们重逢了。她落魄、潦倒，而他正值壮年、事业有成。他出手搭救了她，却不再有一丝一毫的爱怜，甚至不屑于跟这白发老妪回顾那段旖旎的恋情。绝望之际，她自杀身亡。

电影结束以后，我们半天都没有说话。我知道史佑在顾忌什么——我以为我知道。终于，我还是开了口，我说：

“史佑——”

“它只是一部好看的电影，仅此而已。”史佑抬手打断了我，她完全知道我要说什么。

我抬眼望向史佑，她的身材还是那样纤细，年纪这种东西，真是残忍，它深刻地改变了她，让她懂得缄默与节制。我简直看不出她的任何情绪。就在这时，门铃响了。

来的是博二的几位师妹。再婚以后，焦老师极其关注史佑，他把课程放到家里来上，上完课以后，女生们也被他留下来，陪一陪师母。那些女生巴不得黏住史佑，在枯燥的课程与美丽的师母之间，显然后者更加诱人。

但是，我看得出来，史佑没有兴致与女博士们聊八卦。因此，我插进话来，赶她们进书房，焦老师还等着她们上课。我则带着史佑去新校区，把她从一群叽叽喳喳的女生中间解救了出来。史佑很有默契地跟着我离开。

我把车子开到了新校区，那里很空旷，有山、有湖泊，我们就在那里走上一大圈，也没什么别的事可做。

在图书馆前的山坡上，我们停下来，坐了一会儿。史佑开口道："这里太陌生，虽然很好，但不是我所认识的师大。"

"为什么没有早些回来呢？"我听见自己轻声追问。

"我也不知道，时间竟然过得这样快，"史佑的神情略有惘然，"一眨眼，你已经这样大了。"

"是的，时间改变了很多事，像是你那么擅长英文，却做了中文教师。"我说。

"在美国，懂得英文不是什么本事，我不愿意成为蓝领，后来，我读了一些书，但那些知识不足以让我获得谋生的能力，所以，我唯一的选择就是教中文。"史佑絮絮说着。

"而且，你就这样结婚了，我以为，你不会轻易嫁人。"我接上去。我有些莫名地生气，也不知道是在跟谁生气。

她突然很累的样子，慵懒地伸了个懒腰，脸上的笑意是苍凉的。

"我并没有随随便便跟谁结婚，"她说，"像我这样的女子，其实是不适合婚姻的。"

当她说出这句话的瞬间，我感到一阵恍惚。我想起十三年前那段似曾相识的对白，她说过近似同样的话，那时，是为着打消我的非分之想。

十三年前

史佑

那是一个令人窒息的夏天。在我的人生中，所有悲哀的事情似乎都发生在夏季。阳光炽热，午后的马路茫茫生烟，让人睁不开眼睛。但成都的炎夏依然无比湿热，潮气黏糊糊地布满全身，犹如某种细密的虫子，时时刻刻地啃噬着皮肤，叫人绝望。

我居住的旧宅外墙，爬山虎疯了一般地蹿生起来，浓绿的暗影聚集起来，仿佛有了一种诡异的力量，坚定地直侵入室内，屋里终日都是暗沉沉的，气温却未见降低，依然是又热又闷。灰黑色的苔藓在屋檐底下的阴影中，从未干涸，屋前一道窄窄的排水沟，里面淤积着雨水，雨水中有落叶，也有小动物的尸体。而碗口大的深红色玫瑰花沿着院墙密密簇簇地盛开起来，香气馥郁，门前另一侧的园圃中，大蓬大蓬粉色的花，亦是刺玫瑰。这栋楼，就被植物、污水以及玫瑰花给包围着。那些玫瑰，一天天的，像是一个莫大的讽刺。

在那个夏日，我失去了我的爱情。那是一段持续了三个月的感情，从暮春，到盛夏，我度过了一生中最为幸福的时光。那也是一年当中最美的一段光阴，犹如洋槐花那样洁净，又像红樱桃那样晶莹。准确地说，它开始的时间还要早得多，只不过深埋在我的心间，是属于我一个人的重负。当我终于得到了此生所爱，却不过短暂的三个月而已。当荼蘼盛开时，我的爱情也就宣告终结。

我当然不会给爱情殉葬。但是，那个夏天，我悲伤如割。我穿着一件很大的白色T恤，坐在地板上，终日读书。事实是，我一个字都没有看进去。那一年，程青书只有十五岁。他安静地陪伴着我，这套房子里，只有我和他。大部分时间，他待在自己的房间里，一声不响。我不知道他在做什么。我没有力气去思考任何事。

到了饭点，我听见厨房里发出轻微的声响，我并没有去查看，我盯着书上的字，发着呆。不知过了多久，一片影子落在我身前。程青书将一碗稀粥和一盘西红柿炒蛋放在我的面前，我看到他手背的烫伤。这孩子不懂得立即用凉水冲洗，那里已经生出半透明的疱。

我叹息一声，起身找到烫伤膏，替他处理伤处。这一切，我做得很吃力，我已经好几天没有吃饭，身体像一团软软的棉花。

程青书突然哭了。我想，那些伤口不会太疼，但是，他的眼泪大颗大颗地落在自己的手上，将膏药稀释得一塌糊涂。我没有办法继续下去，我再一次叹口气。

“程青书，这不是你的错，你不用责备自己。”我低低地说。

“史佑——”他哭得不能自已，我从未见过像他这样爱哭的男孩子。

“你放心，我不会怎样，给我一点时间，我要想一想，以后该怎么办，”我坦白地告诉他，“你也不用整天陪着我，出去走走，找朋友散散心。”

“史佑，除了你，我没有朋友。”他抽噎着说。

“我不是你的朋友，我是你的——”我拍拍他的手背，有些词穷。没想到，他顺势抓住我的手，靠过来，将他的脸贴在我的手上。他的温热的皮肤沾满了泪水，湿漉漉的。顿了顿，我想抽回手来，他牢牢抓住我，不肯放松。

“史佑，不要难过，”他轻声说着，“等着我，我很快就长大了，我已经十五岁，到了二十几岁，我就可以娶你了。”他认真地看着我。

我苍凉地笑了，这像是什么话，我沦落到了被一个孩子同情的地步。

“我没事的，”我腾出另一只手，温和地摸摸他的头发，“我不会有事。”

他索性连我的两只手都抓住，握在他的掌心里。我未曾留意，他的手是什么时候已经长得这样大，修长的手指，有力的骨节，用力的时候，青筋毕现。

“我爱你，史佑。”他看着我的双眼，他的眼神是那样清澈。

“我知道，”我点点头，“我也很爱你。”这个孩子，从一丁点大，就跟着我，我怎么可能不爱他呢？

“那么，史佑，让我们做一个约定，等我长大了，我们立即结婚。”他的眼睛发亮，那是一种干净的光芒。据说每个男孩子心目中的第一个结婚对象都是自己的母亲。这很正常，除了没有骨开十指生下他来，我与他的亲生母亲无异。

“像我这样的女子，或许是不适合婚姻的。”我疲惫地摇摇头。

“求求你，等我长大。”程青书定定地看着我。

“不要再说了，我想歇一歇。”我感到刻骨的疲倦，除了累，还是累。我根本不需要这样的安慰。我使劲抽回我的手，他的眼眸黯淡下来，他看了看我，并不纠缠，默然起身回到自己的房间。

我继续读我的书，那些字落在我的眼里，没有任何的意义。但是，我无法做别的事，我睡不着，吃不下，唯有看看书，或是光着脚，在房间里茫无头绪地走来走去。我什么都不做，什么都不想，我的心已经裂成了碎片，我是一个没有心的人。

这套房子千疮百孔，天花板和墙壁密密麻麻都是裂痕和污渍，也像是一个伤心的人。在这个空洞而仓皇的季候里，我必须要做点什么。我决定动手把屋子彻底粉刷一遍。我没有办法修补自己的心，总可以修缮房屋吧。

我买了三桶不同颜色的油漆，爬上梯子，从客厅开始，一点一点地粉刷起来，不同的房间用不同的色彩。程青书兴致勃勃地帮助我，他用淡绿色与雏菊黄的油漆在墙上画了大朵大朵的向日葵，累得一头一脸的汗，表情看上去倒是愉悦的。我看着他，真是孩子气。这样长手长脚的少年，终归也就是一个孩子罢了。

我们流着汗，休息的时候就在地上躺一会儿。这工程远比我想象的要浩大，毕竟没有做过这样的重体力活儿，我很快就筋疲力尽，回到房间里，躺在床上，立即就睡着了。这么多天以来，这是我第一次睡过去，梦境明亮得宛如高山积雪，没有忧伤，没有离别，尽是一些抽象零碎的空镜头。

半夜里，不知怎么的，我醒了过来。房间里没有开空调，电风扇不知什么时候停掉了，我一身都是汗。我一动不动地躺着，蓦然察觉到有什么不对劲。我的耳边传来轻微的咻咻声，像是有小兽从森林里的满地落叶间跑过。我转过头去，然后，我看到了程青书。

那一幕，让我永生难忘。

这孩子竟然在我的屋子里，就躺在地板上，浑身上下，一丝不挂。窗户大开着，乌云渐渐稀疏，热浪与蚊子同时席卷而来。月光落在他的身上，斑驳的光影犹如一片片美丽而安静的积水。他的身形很动人，宛如希腊神话中的美少年。头小，脖颈细长，长长的睫毛在脸上投下微微的暗影。他的皮肤白而细嫩，就连脚后跟都柔弱无骨，呈现出一种健康的粉色，雪白干净的脚趾像是一颗颗硕大的珍珠。

他的手指纤细如玉藕一般，波光流转——我定睛看过去，他的手停留在小腹处，像是缠绕在雨后新生的春笋间。他闭着眼睛，轻轻喘息着，漂亮的手与漂亮的皮囊天人合一。

我下意识地屏住了呼吸，没有打断他。这是一个令人震惊的时刻，没有邪念，没有脏污。一切都是那样自然，是从来处来、往去处去的那样一种通透与澄明，仿佛在月色的光亮之下，一条蜿蜒伸展向远方的小路，通往人类的生命之源。那是从祖辈起，世世代代沿袭下来的、属于男性独有的力量和美好，是上天馈赠给这无法圆满的世间最为隐秘的欢乐。

现在，程青书已经无师自通地习得了它。从这一刻肇始，这种强烈而深邃的欢乐，将如影随形地伴随着他，直至青春乃至生命的终结。我屏息静气地注视着他，直到一道白色的光芒从他的指间飞溅而出，像细细碎碎的花瓣，从半空中坠落，纷纷铺陈在他四周。

他平静下来，并且很快就睡着了。我蹑手蹑脚地走下床来，预备给他搭一块薄毯子。地面是冷硬的瓷砖，后半夜容易受凉。

我走近他，忽然之间，他那只放在胸前的右手垂了下来，有什么东西滑落在地。我捡了起来，那是一张照片。借着微光，我震惊得无以复加，因为照片上不是别人，是我。我在照片中微笑着，全然无察地观看着一个少年原始的情欲。

刹那，我醒觉过来，他所言说的爱，与我的理解，并不在同一个维度。我看到的是一个孩子，而他看到的是一个女人。我茫然无措。

窗外起了风，风吹动窗帘，也吹着程青书赤裸的身体，像是一个荒谬的梦。那一刻，我意识到，这间屋子，我不能再住下去，我必得选择离开。

接下来的日子，我与程青书若无其事地刷完了所有的墙壁，我什么都没说，就像一切都不曾发生。不同的是，粉刷的工作被挪移到了夜晚进行，整个白天，我都在大太阳底下奔波。我费尽九牛二虎之力，拿到了前往美国的签证，机票就订在两周以后。

临到分别的前一晚，粉刷也告一段落。我坐下来，告诉程青书我的决定。起先他很惊愕，当他发觉这是一个不可更改的决定，这个已经比我高出整整一个头的少年，哭了出来。他哭了又哭，死死拖住我的胳膊，哭泣着哀求道：

“史佑，如果你非走不可，答应我，在我长大的那一天，你一定要从美国回来，跟我结婚。”

我情不自禁地抱住这个傻孩子。他的下巴抵在我的肩膀上，在他很小很小的时候，他也喜欢这样依偎着我，散发着奶香的胖脑袋贴住我的脸——这是我一手带大的孩子，我熟悉他的身体、他的气息、他的温度。对于我们的关系而言，任何不洁的念头，都是一种玷污，一种对良知的玷污。

“终有一天，我会回来的，那时，我必然已经结婚。”我轻轻地说。他搂住我的脖子，哭得上气不接下气，他的眼泪和鼻涕都糊在我的身上，那温热的感觉直到上了飞机，依旧停留在我的肌肤上。

我离开了成都，离开了那个流汗与流泪的夏天，也离开了那个在成长的伤痛中慌不择路爱上我的少年。在当时，我觉得这是唯一正确的选择。我转机飞往洛杉矶，一个叫做季老三的朋友出具邀请函与保证书，让我在如此短暂的时间里，得以顺利入境。

季老三在机场接我，他开着一辆小小的轿车，后备厢里挤进我的箱子以后，连一丝空隙都没有了。我们不见面已经有二十几年，他变得厉害，戴着一副眼镜，脊背略略有些弯曲，穿着西装，底下是一双球鞋。衣袖也是很随意地挽起来，露出结实的肌肉，显然是常常健身的。

他开车带我去他家里，这让我觉得安心，又略略有些失望。当然，如果他避开自己的家人，送我去酒店，那种暧昧，亦非我能接受。女人便是这般矛盾，男人献殷勤，是冒犯；不献殷勤，更是冒犯。

他把车子开得飞快，也实在是马路上空空荡荡，畅行无阻。中途车子抛锚了，前不着村后不着店的，他熟练地下车来，拿出工具，三两下就捣鼓得妥妥当当的了。

我们驶出市区，他絮絮地告诉我，洛杉矶的房价很高，他的家是在附近的一座小镇上，车程不过一个半钟头。很多在洛杉矶市区上班的人，都住在那座小镇上。我们一路说着话，聊的都是美国的风土人情，房价、环保、政治，我们都刻意回避着往昔的岁月，仿佛我们是没有过去的人。

途经一条宽阔的河流，很快就到了小镇。那是一个安静的镇子，没有杂乱的市场，没有众多的居民，只有一座森严的教堂，以及一处地势起伏的公墓，除此以外，就是大片的青草地和零星错落的房屋。空气中弥漫着轻微的薄雾，风吹过润湿的草地以及草丛中盛开着的一些姜黄色的花。

季老三住在一栋大宅里，房前屋后都是极大的花园，可以种植很多树木的那种，屋后甚至有一个游泳池。我们到达时，他的妻子正穿着长筒雨靴，戴着长长的塑胶手套，用一根水管浇灌草坪，她看起来瘦削而结实，两只手臂很有力气。两个粉妆玉琢的小孩子在门前追逐嬉戏。

我被介绍给季老三的家人，他的妻子摘下手套，与我握手。他们是高中同学，双双毕业于师大附中。她是一个美丽的女人，一双手保养得很仔细，皮肤娇嫩，但是，粗大的指骨出卖了她，一看就是过着惯于劳作的生活。在美国，寻常人家住着这样气派的屋子，意味着整理草地、修缮房屋一类的重活，都要靠自己来完成。

“这附近有很多松树，松鼠们经常光顾我们的草坪，还有一些野兔和鸟类，我得为这些小可爱们清理善后。”季老三的妻子解释道。

晚餐很丰盛；季老三与他的妻子准备了中西合璧的菜式。席间，我得知季老三的妻子在一家公立医院里做护士，收入很高，但是常常加班。相比之下，季老三的工作要规律得多，尽管是在大公司里当工程师，但朝九晚五的时段是可以保证的。因此，两个孩子通常由季老三来照看。

他们的生活平静而单调，有一个固定的社交圈子，里面全是华人，有大学教授，也有华裔议员，每个星期六的下午，男人们一起打球，女人们聚在一起喝茶聊天，孩子们则一通疯玩。

“史佑，只要你不是一个迷恋麻将牌的人，你会迅速习惯这里的节奏。”季老三的妻子很热情，她不是一个器量很小的女人，对丈夫的女性朋友疑神疑鬼、心怀芥蒂，想方设法打听与试探。当然，这恐怕得益于季老三坦然地将我介绍给她，没有藏着掖着。

餐后，季老三去收拾厨房、给孩子们洗澡，彻底将我交给他的妻子。她陪我去看了客房，房间在靠海的一面，从窗外望出去，右侧是连绵不绝的森林，而左边不远处，就是翻涌起伏的大海。室内的陈设相当简单，纯白花边窗帘与同色系的床具，看起来很舒适。我将要在这里停留几天。

季家没有雇用人，这样大的房子，还有一对调皮的龙凤胎，维持着这种程度的整洁，着实不易。看得出来，他们有种“夫妻同心，其利断金”的团队精神，两个人配合得很默契，每件事都当成一个项目去攻克，丝毫没有表现出卿卿我我、腻腻歪歪的那些。爱情不是必需品，他们全副身心都放在用力生活这件事上头，因此过得理性而规律。

第二天一早，季老三照常上班，顺路将两个孩子送去幼稚园。他的妻子陪我去学校咨询，为此，她帮我提前做了功课，还特意休了几天假，这让我很是过意不去。

“史佑，你不必客气，你们像是兄妹一样，一起长大，我们帮你，也是分内的。”季老三的妻子这样说。我笑一笑，不敢多话。

我的计划是进入一间大学学习，一边读书，一边打一份零工，应付房租饮食这些开销。学校咨询处的老师是个长得像汤姆叔叔的黑人，他对我的年纪见惯不惊。季老三的妻子告诉过我，在美国，老迈的学生不少，有些人，一旦不知该做什么时，通常就是到学校里去读一个新专业。不过，当我提出对于专业选择的想法时，汤姆叔叔还是惊呆了，他耸耸肩膀，有些无措。我提出的想法很贪心，我想学精神分析，还有社会学、语言学、哲学这些，我都有涉足的打算。

“融合这么多的学科，我建议，你可以有一个长期规划，慢慢来，或者，教育学是一个不错的选择，它具有复合性。”黑人大叔朝着我粲然一笑，露出白得耀眼的牙齿。

这是一个有趣的建议，令我豁然开朗。

我重新规划了我的路径，我决定去往亚利桑那州，在那里学习教育学，这段学习，奠定了我后来成为汉语教师的学理基础。当然，在等待学院审核的过程中，我在洛杉矶停顿了大约两个月，季老三的妻子帮我找到一间中餐馆，他们需要一个打杂的。我搬离了季老三的家，与中餐馆的员工合租了一套公寓。

这期间，季老三的妻子时常打电话给我，约我去家里小聚。我去了好几次，他们也不拿我当外人，尤其是季老三的妻子，她很健谈，熟络地与我探讨孩子们的教育，中产的焦虑大多集中在子女们身上。季老三是个超级奶爸，他不太参与我们的谈话，他与孩子们打成一片，趴在地板上，让他们骑在身上。

拿到入学通知书以后，我去季家告别。我给孩子们带了礼物，另外给季老三的妻子准备了一条很拿得出手的珍珠项链，以示感谢。

我们度过了一个冗长的夜晚，季老三的妻子给了我两个在亚利桑那州的中国朋友的电话，那是她的大学同学，她让我有紧急的事尽管联络。当然，后来我一次也没有拨打那两个电话。临出门时，她邀请我回来度过圣诞节的假期，我答应了下来。季老三没有送我，他到楼上去给孩子们讲睡前故事。

那一晚，我忙着收拾行李，很晚才睡觉。刚一躺下，我就听见敲门声，同住的舍友去开了门，我听见一个熟悉的声音。我赶紧起身，打开门，果然是季老三。

“我来看看你。”季老三说。说完这句话，他突然反手关上门，猛地将我搂进怀里。我闻到他衬衫上若有若无的奶腥气，那是他的孩子们留下的印迹。

他很急迫的样子，一边用力亲吻我，一边不容分说地扒开我的睡衣，顺手将自己脱了个精光。我看到他强烈的欲望，他不再是那个忠贞的丈夫与慈爱的父亲，他是一个强壮的男人。有一刻，我的心软得无力跳动，我甚至无意识地回吻着他。但是，我拼命迫使自己冷静下来，在最后的瞬间，我推开了他。他喘着气，还要扑过来，我抓起桌上的玻璃水杯，摔在地上。在静夜里，玻璃杯发出巨大的碎裂声。舍友过来敲门，问我是否需要帮助。我镇定一下，告诉她没事。

静了静，季老三不朝我看，他缓缓穿回衣裤，一言不发地推门走了出去，他的背似乎弯曲得更厉害了。我不知道他是怎样从熟睡的妻子身边偷偷溜走，又将怎样躺回那个女人身边。在我看来，他们是琴瑟和谐的一对。

那年的圣诞节，我没有返回洛杉矶，没有去季老三的家里过圣诞节，我食言了。在那以后，我成为一个职业学生，兼职教中文。我学习了大量知识，并且乐此不疲。在我看来，学习与考试是至为容易的两件事，它们足以令我躲避尘世的繁复与纷扰。我一边学习，一边教书，过着极简的生活，交际圈收缩到近似于无。

我没有再见过季老三，也没有与他的妻子联络过。在美国的这十三年间，我也碰到过无数男人，他们有着不同的肤色，淡白的、深棕的、褐黄的。然而，他们也有着千篇一律的浅薄与幼稚，绝对不是宜家宜室的结婚对象，直到焦君泓出现。这个其貌不扬的小老头，真诚而又冷静，他带着我回到中国，回到程青书的身边。

我想念他。

四十年前

1　史佑

与程青书一样，我曾经是个寂寞的小孩。

八岁以前，我的生活远离成都，远离师大。那时，我住在洪雅县的一处乡村，我爸我妈都是农民，半山腰有很大一块干巴巴的土地属于我的家庭，主要的农作物是玉米，由于水分欠缺，玉米粒又瘦又硬。

与焦君泓不同，我的家里养了好几头牛，这在当地是一种富裕的标志。我被命令牵着其中一头到山坳里吃草。我的牛留给我的全是恐惧的记忆。幼年的夜里，我不停地做着噩梦，在梦里，我的牛不听使唤，一次又一次地跌进深渊，灰蒙蒙的眼珠朝上望向天空，不知死活。我冲过去试图拉住绳子，我和牛的拔河实力悬殊，牛胜出了，它跌落进更深的谷底。我随之掉下山坡。我惊醒过来，发现自己当真从枕头上滑下了一截。后来我才知道，梦境中如此逼真的跌落，其实是小孩子的骨骼在拔节生长。

每年的十一月末，凛冽的山风里就有了零星的落雪，雪越下越大，直到冰雪封山。我终于不用再放牛。我可以整天待在村小。夜里我仍然会梦见摔下陡坡的牛，牛的眼神里什么都没有。牛的生命如此空洞。梦里的我从高处跌下去，渐渐长高，衣袖和裤腿永远短了一截，手指和鼻尖都被冻成暗红色。

在土墙堆砌、四面透风的教室里，我对小伙伴们宣告，我是成都人，我迟早会去成都，讲成都话，吃成都菜，永不放牛。这种近乎海市蜃楼的豪言壮语，让我被孤立起来。我遭遇了不幸。充满戾气的男生揍我。所有同学都嘲笑我，往我身上吐唾沫，扔鼻屎球，他们喊着一二三的号子，把我抬起来，重重扔在地上。

他们全都叫我撒谎精。

“史佑，撒谎精！”他们抑扬顿挫、整齐划一地叫出来。

这一切发生的时候，我亲爱的老师慵懒地坐在火盆边织毛衣，火焰把她的脸色烤成了浓稠的朱砂色。她是全科老师，理应学识渊博，但她一年四季都在教室里织毛衣，拆了织，织好了再拆，这导致她手中的那些半成品始终处于支离破碎的状态。乖巧的班长和学习委员簇拥在她周围，帮她绕毛线，她的双腿大大张开来，毛线缠绕其间，绕线团的速度令人眼花缭乱。粗粝的毛线腾起细密的尘埃，在屋顶透下的清冷的天光中茫无头绪地飞扬。

我多么希望我的老师能够从一团乱麻般的毛线中站起身，严厉斥责那些幼稚而又残忍的孩子们，为我的成都身份做证。当然，那绝对不是伪证。整个村庄的大人们都知晓，我爷爷住在成都，他的户口也在成都，他从部队转业以后，到师大的食堂里工作。我们这一大家子都与成都有着牵丝攀藤的连接。

尽管我还从来没有去过那座远方的城市，但在家中长辈过世时，我爷爷会从成都回到乡村的家中小住。他是个大人物，跟那些种地的老头是多么不同，他的脊背挺直，衣服没有补丁，脚上是一双干净的布鞋。他随身携带的帆布包像是一个百宝箱，里面有让乡下孩子垂涎欲滴的点心与糖果。我爷爷就像是神奇的圣诞老人，代表着文明与幸福。

每当他回到乡村，那就像是我的大节日。我一整天什么都不做，默默地跟随着他的脚步，他去哪里，我就跟去哪里。我爷爷被人群簇拥着，大家看向他的眼光充满了敬畏，他的光芒太过明亮，导致没人留意紧贴着他脚后跟的小不点儿。我爷爷停留的时间通常很短，在他离开以后，我怅然若失，好几天都闷闷不乐。

这一切，都没人关注。在我的家里，我是一个与众不同的小姑娘。两个哥哥毫无悬念，是两个皮猴儿，相比之下，大哥史尚属于上房揭瓦的主儿，二哥史夏笨拙一些。我的姐姐史佐是我妈的贴心小棉袄，她忠诚地延续了我妈的禀赋，胆子大、嗓门大，做事风风火火、心思大大咧咧，我妈经常与她讨论家务事，仿佛她是一个得力的助手。至于我，我是喜欢发呆的家伙，时常是手里做着什么事，就出神了。我妈不敢让我烧火，不敢让我做任何有技术含量的活儿。我发怔时，她总是戳我一指头：

“你这脑瓜子，又被糨糊给黏着了？”

我的姐姐史佐学着她的样儿，也戳我一下子，史佐的指甲很尖，痛得我倒吸一口冷气。我是一个不合时宜的孩子，在这个广袤无垠的乡村，我总是独来独往。

我爸享受了20世纪80年代风靡一时的接班政策，在我爷爷退休后，被师大以教工子女的身份，招工进入，获得了正式的工人编制。

八岁的我和我的三个兄弟姐妹，与我爸我妈一道，经过三天三夜的行程，最终落脚在了位于成都东郊的师大，挤挤攘攘地拥进了我爷爷的家里。我爷爷背着手，看着这一溜乱七八糟的人和物，他仿佛想帮忙拾掇拾掇，但最终，他放弃了。他走到门外，在狭窄的过道里，默不作声地站立着，面对门内的我们，不知所措。光线很黯淡，他看起来像一团抽象的影子。

蓦然间，我爸一屁股坐在行李包上，抱住自己的头，哭了起来。他的哭声由小变大，由弱变强，他哭得那么汹涌那么起劲那么悲伤，歇斯底里，如丧考妣。我妈和我们四个孩子，以及我爷爷，静默地分别站在门里和门外，望着这个失控的男人。

从这一天开始，我爸的户口发生了本质的改变，从一个种玉米、喂牛的农民，摇身一变，成了吃商品粮的成都人。当然，我妈和我们的户口，仍旧在洪雅县某个村庄中。当我们兄妹四人陆续进入师大的附属小学，我们的身份只是低人一等的借读生而已。那时候，我以为举家迁往成都，是一场翻天覆地的大胜仗，我并不知道，其实所有的痛苦才刚刚开始。

我爸在一场惊天动地的号啕大哭之后，仍旧坐在行李包上，耷拉着脑袋，像一头打盹的熊。我猜想他哭得很累，眼泪也流光了，像个无理取闹的孩童，不知道该如何收场。

要是我爷爷、他的父亲能够开口说些什么，现场的气氛就不会那样尴尬。但我爷爷似乎没有入戏，我顺着他专注的目光找过去，他的视线正落在墙角的蜘蛛网上。屋子里不只有蜘蛛网，还有浸水的痕迹，潮湿的墙面有霉斑，那些霉斑又不安分地蔓延出了各式各样的图形，有的像结在树上的野蘑菇，有的像斑斓的云彩，有的像远山，有的像浪花。

说实话，我爷爷的住房让我大失所望。幻想中金碧辉煌的房间是没有的，我爷爷的屋子比我在乡下的家要小得多，室内的那些家具，也都是东拼西凑起来的。至于他工作的这个地方，道路崎岖，野草闲花不少，但都透着一股小家子气，既没有一望无际的山脉，也没有繁花似锦的原野。我对自己多年来的向往突然产生了深刻的怀疑。

当然，我爷爷依然是我喜爱的，他不像别人家的老头，在这个年纪早就佝偻着背，随时发出深而重的咳嗽声，满地吐痰。但同时，他也跟别人的爷爷不同，他从来没有抱过我们，也不会让我们骑在他的肩上，就像骑在一匹马上。他对小孩子没什么兴趣，他老是在出神，不知道想些什么——这一点，让我暗暗产生了好感，我觉得发呆这件事，是从我爷爷那里继承下来的。

这时，我留意到屋里已经空了，我的三个哥哥姐姐悄悄溜了出去，探寻外面的世界。而我爷爷也已经不在走廊里，他朝外走去，走进逐渐降临的暮色中。他一走，我妈就摊开了行李，翻找了半天，掏出一块又皱又破的洗脸巾，示意我去打湿，让我爸擦把脸。我爸一边哭一边狠劲揉眼睛，不知道是要把泪水揉出来还是堵回去，结果他的眼睛红得跟兔子似的。

我捏着那块粗粝的毛巾，小心翼翼地走了出来。甬道两侧分布着好几家住户，门户紧闭，没有人探头张望，校园里的广播刚刚响起，播放着字正腔圆的新闻。这是下班时段，大家都还走在回家的路上。这让我感到寂寞。在乡下，人们是没有隐私的，大多数人家白昼也从不关门，即使家里没人，狗和孩子们仍然可以任意出入。

走道里光线很暗，尽头是一个很大很黑的公用空间，做饭和洗刷都在这里进行。角落里有一道门，通往外面的公用厕所，厕所是由麦秸和泥灰糊起来的四堵墙，男女厕所之间用一道布帘分开，由好几幢房屋的住户共用，厕所后面是一个猪圈，用食堂里的残羹冷炙养着好几头猪，过年时杀掉，再供给食堂，可谓周而复始，生生不息。这厕所的简陋与肮脏倒是跟乡村极其相似。

水龙头的位置很高，前面是一道宽大的水槽，用来放洗菜洗衣服的盆儿。我踮起脚尖，仍然够不着。我试着爬上水槽，但那里布满发黑的青苔，滑腻得无从下脚。当我使出全力再次尝试时，有人从背后推了我一把，我站上了台阶，顺利地拧开了水龙头。

当我捏着一条湿答答的毛巾转过身来，从高处望下去，我面前站着两个小子。瘦瘦高高的是程国庆，大脑门儿的是他的死党季老三，从我的角度看下去，季老三胖乎乎的身形像个马桶。他俩略微仰起头，似笑非笑地瞅着我。

“下来吧。”季老三殷勤地朝我伸出了手。那一刻，我心中对他充满感激。我不假思索地跳了下去，就在起跳的刹那，我听见棉织物撕裂的声音，有什么东西狠狠绊住了我。

下一个镜头，我摔下来，趴在了湿滑的地上，外衣从背后撕裂了一道巨大的口子。程国庆和季老三大声笑起来，他们朝外跑去，笑声留在他们身后。

我意识到自己中计了。

这两个坏小子趁我不备，用一条细绳，一头系在门框上，一头拴住我的衣裳下摆，摔跤和撕破衣服是必然的。他们常常干这种阴损的事儿。

我趴在地上，好半天起不来，毛巾飞出去老远老远。我发现自己的两只手掌都磨破了，渗出了血珠，疼痛使我龇牙咧嘴，我像小狗那样舔着我的伤口，那会使我好受一些。

就在这时，我面前出现了一个影子，我抬起头，折返的是程国庆。他盯着我看了老半天，然后，他弯腰捡起了毛巾，替我解开了该死的细绳，它仍旧牢牢拴在我破损的衣摆上，让我动弹不得。程国庆扶了我一把，这力道让我意识到，推我上水槽的，也正是他本尊。

他帮我重新清洗了毛巾，递给我，说了一句，回去吧。我不动。他猛地推了我一下，我一个踉跄，险些再次跌倒，他出手稳住了我。我愤怒而不解地望着他。他突然笑了，笑起来眼里波光潋滟。这是一个神奇的时刻，伫立在我跟前的男生，像是从一道炫目的光芒中降临人间，透过那澄澈的光亮，我仿佛看到了成年以后的他——浑身散发着一种近乎清洁的气质，有力的腰身，笔直的长腿，深邃的小眯眼，挺直秀气的鼻梁，笑意中偶尔闪出一股子邪气，但那邪气，也是恰如其分的。

在我的记忆里，少年时的程国庆便是这般动人心魄。他长得太好看了，在别的男生还拖着两条长鼻涕，一派盘古开天冥顽懵懂的模样时，程国庆已经有了青瓷花瓶般的雏形。他身上有一种十指不沾阳春水似的、罕见的贵气，脱离了庸常的人间烟火，让人联想起午后海边透亮的阳光，抑或优雅的大提琴演奏者闪闪发光的白色衬衫——当然，所谓各有缘法，一切的好，皆因他的长相太对我的胃口，那样简单清新，那样温暖适意。彼时的我情不自禁地想要靠近他，哪怕被他欺负，被他捉弄，被他辜负，哪怕他是一个十恶不赦厚颜无耻的恶棍，哪怕他吸食大麻沉迷声色，我都甘愿追随。那是一种犹如上瘾一般纯粹而又痛苦的感觉，是全身心的投入，是全力以赴的承受与自戕，是无论多苦多痛，仍觉人间值得。

多年以后，我才明白当初的那个记忆是多么夸张与不可靠。在一张旧的小学集体照里，我找到了当年的程国庆。细胳膊细腿，一张大嘴，笑起来露出不整齐的门牙——完完全全就是一个还没有长开的浑小子，除了比我在村小的那些男同桌干净白皙之外，没有任何的光彩可言。

然而，那个来自洪雅乡下的小女生，就这样怔怔地伫立在潮湿、灰黑、弥漫着呛人气息的公共厨房里，走火入魔一般仰面注视着眼前这位自带神光的城市男孩。

“你怎么还不走？”程国庆不知道我正在犯花痴，他大声吼叫了一声。我打了个哆嗦，不敢不听他的话，抬脚往我爷爷家走去。

我后背的皮肤从破损的衣服里裸露出来，能感受到阴湿的风与他的目光。他从背后看着我，像舞台中央的那束追光，打在我身上，这让我的脚步凌乱起来。整个过程，他的眼神里全是困惑。说实话，我也很困扰，杀人凶手泰然自若地回到案发现场，帮助受害者清理善后，这到底是一种什么样的心态？

很多年以后，季老三告诉我，他和程国庆都没见过摔得七荤八素竟然不哭鼻子的小女生。程国庆的返回，正是基于此。他们跑出一段路，程国庆问季老三，“她没哭？”季老三把一条长鼻涕吸回去，摇摇头。程国庆追问，“真没哭？”这一回，季老三也不太确定，他说，“好像是，也可能现在哭了吧。”就是这样，程国庆决定返回，检查我是否如同别的孩子，哭得稀里哗啦乱七八糟，一张脸都皱了起来。

从这时开始，他俩盯上了我。为了看到我哭一次，他们做了大量破坏性的努力，最终都以失败告终。在让我哭这件事上，年少的程国庆进行了艰苦卓绝的拼搏。他不知道，这一生很长，而比流泪更悲伤的，其实是心碎。这也不对，心会碎，我仍旧揣着一颗破碎的心活下去。终其一生，程国庆都在如何让我流泪和让我心碎这两件事上，锲而不舍，殚精竭虑。

因为我的缘故，程国庆和季老三拉拢了我二哥史夏，史夏跟他们同班，三个人歪打正着地成了最佳损友。程国庆比我大三岁，他和季老三已经念五年级。我二哥插班进入，毫无悬念地成为全班倒数第一，那个位置，曾经光荣地属于季老三。我二哥史夏被他们委以信使的重任，专门负责出卖我的行踪。他们仨形影不离。我得随时提防着他们的出现，他们有数不清的怪招。而史夏是个大义灭亲的孩子，自打跟上了程国庆，他就彻底背叛了他的妹妹。可惜，史夏是个笨孩子，他也找不到让我哭泣的点。我是个倔强的孩子，即使被我妈用鞭子抽打，也会倔倔地仰起头，坚决不让眼泪流下来。我从小就认定了示弱是一件可耻的事情，作为家里最小的孩子，我习惯了战斗。从来就没人让着我，吃饭靠抢，玩偶靠抢，凡事都靠抢，抢不过就得学会认命。哭几声是一点用处都没有的，徒然浪费时间罢了。这样的认知，也间接导致了我一生中漫长的悲哀。

最离谱的一次，是在下午放学以后，我刚走出教室，就被他们仨带出了校门。季老三鬼鬼祟祟地告诉我，他们要带我去看他外公的老宅，就在师大附近，是一栋很美的庭院。

我信以为真，跟着他们从师大的校门往外走。师大的四周都是田野，阡陌纵横的农田通往一条双车道的狭小的马路。我们在迂回曲折的乡间小径上走了很久，终于，停在了一处破旧的院落前。两扇紧闭的木门被雨水泡得发白，门上挂着一把生锈的大铁锁，木门四周是深及膝盖的荒草，更远一些，是一处堰塘，水面已经被暗绿色的浮萍密密地覆盖住，看不见下面的流水。

这里压根儿不像是有人居住，他们三个也没打算从正门堂而皇之地进入，他们用的是叠罗汉的方式，一个人踩着另一个人的肩膀，翻墙而入。

程国庆蹲下来，季老三先踩着他翻进去。我被我二哥史夏搀扶着，踩在程国庆的肩膀上，他们推着我，朝围墙上爬。季老三在围墙里面接应我。

我进到了院内，里面跟门外一样，全是茂密的荒草。荒草尽头，是一栋摇摇欲坠的两层旧屋，依稀有雕梁画栋的痕迹。我吃惊地打量着季老三外公的住宅，我想问一问人都住在哪里，我回过头来，正好看到肥硕的季老三爬上墙头，他趁着我不注意，翻了出去。

我被独自留在了这里，一栋只能出现在《聊斋志异》里的鬼屋。我听到几个捣蛋鬼在外面笑，转眼间，笑声也没了。几个坏家伙全都跑掉了。

围墙相对于我的身形，实在是太高，我是无论如何都出不去的。既然别无他法，我认命地安下心来，站在草丛里，四处打量。深草中央，有被掩埋的小路，想必曾经是一条花径，花径两边有几棵树，有石榴树，有桑树，树木都被野草荒藤缠身，这却不妨碍它们枝叶繁茂地长起来。桑树结出了果实，我轻轻一摇，熟透了的桑葚像下了一场急雨。我捡起一颗，放进嘴里，酸酸甜甜的。于是，我捡了一满把桑葚，边吃边朝里走。

靠近房屋的是一棵槐树，枯枝落下来，树下是两只荒废的大鱼缸，里面没有水，也没有鱼，全是草。我吃力地穿过密集的野草，跨上台阶。房门全部锁着，落满了灰尘，但木头窗户有一些破损，可以看到里面蒙尘的雕花大圆桌与中式茶几。我认得正前方是供奉菩萨的神龛，菩萨却被打碎在地，无人收拾残局。

围墙外传来怪异的叫声，细细辨认，还是他们三个。我不去搭理他们，继续沿着窗户朝里窥视，楼边有一道破败的楼梯，通往二楼，我尝试着想要攀爬，我想去楼上看看。说实话，我喜欢这个调调，老屋、天井、细草、古式家具，像是藏着无数的故事，说不定什么时候，就有一双穿着绣花鞋的脚，一级一级地走下来，怯怯地，停留在日色昏黄的楼梯上。

那道楼梯很麻烦，下面三级都断掉了，我使劲攀住上面的支撑处，准备爬上去。突然，有人从后面拉住了我的脚，我被拽了下来。

是程国庆。他们三个不知何时神出鬼没地又从围墙上爬了进来。

“那是坏掉的，”程国庆指了指楼梯，“我和季老三都摔下来过。”

“我的门牙都磕松了。”季老三佐证。

“史佑，我真是服了你了，你到底是什么材料做成的？你连鬼都不怕？”程国庆无奈地看着我。据说他们三个在围墙那边等着我屁滚尿流地哭喊求救，结果半天没声响，他们学鬼叫来吓唬我，还是没动静，只好爬进来看个究竟。

“当然怕，”我老实说，“但是，这里并没有鬼。”季老三说了，这是他外公的家，他外公家怎么可能有鬼呢？

我没生他们的气，指给他们看那棵桑树。程国庆找了一根木杆子敲打树枝，桑葚纷纷掉下来，我们分着吃，吃得嘴巴舌头都染成了蓝黑色，好像喝了一壶墨水。

吃过桑葚，我认真地问季老三，这房子破成这样，他外公怎么住？季老三听了，笑得打跌。原来他们是合伙骗我的，这压根儿不是什么季老三外公的住房，是程国庆无意中发现的一处荒宅——也不是荒宅，是民国时期的作家李劼人的故居。李劼人生前在这儿住了好多年。

其后几年，我读到了李劼人的小说。我喜欢《死水微澜》里面的市井气息。我又来过这里好多次，每次都跟他们一道，翻墙进入。从此，我们戏谑地把这里称为季老三外公的家。

季老三是个一团和气的胖男孩，他不介意我们的调侃。这里俨然成为了我们的世外桃源，我们捉迷藏、捕鸟、吃桑葚与别的野果。有一次，我在程国庆的帮助下，成功地爬到了二楼，季老三和史夏也跟了上来。二楼的窗户同样被虫给蛀坏了，透过朽掉的木窗，我看到房内桌上放着的泛黄的旧书，还有一些堆积起来的字画卷轴。史夏对那些书画也很好奇，他试着从窗户爬进去，结果脑袋险些被卡在两条木栅栏之间。

我二哥史夏的存在感并不强，无论是在生活里还是我的文本中，他的使命仿佛就是为了陪伴我和程国庆走过一段。直到史夏皈依佛门，我们才发现，曾经的经历，在他心里留下了多么惨烈的伤痕。

我从未在程国庆面前哭过，即使是第一次见到程国庆的那个黄昏，我摔得晕头转向，依然若无其事地隐藏起了受伤的手掌、破损的衣服，从他眼前走过，回到我爷爷的家里。

我用完好的指尖把湿毛巾拎给我爸，我爸胡乱擦着脸，他的双眼更红了。要在更晚的时候，我妈才发现我撕裂的衣服，我含糊地说是不小心摔了，她心不在焉地为我缝补，并没有责备我。

我爸擦着眼泪的时候，我爷爷从屋外走进来了，他逆光而行，看不清他脸上的表情。他的手里端着一只薄薄的铝锅，锅底被补上了厚厚的一层，锅盖倒扣着，上面放着两只小碗。

我爷爷从食堂带回了我们全家在成都的第一顿晚餐，我一直记得那稀世美味——对于习惯了以白水煮南瓜、白水煮玉米、白水煮红薯作为正餐的我而言，师大食堂里颗粒饱满的大米饭、有油有盐的炒菜，代表着成都生活最为美好的一面。当我吃着香喷喷的饭菜时，我对我爷爷又小又黑的屋子不是那么反感了。

我所憧憬的成都，从表象而言，意味着千万间广厦，意味着白米饭、盐煎肉与糖醋莲白，即使食堂的烹饪水平整体堪忧，大米里掺杂着好些碎石子儿，盐煎肉里全是肥肉，而糖醋莲白只有酸味儿。但毕竟在乡下，除了过年杀猪，其余季节，是极少见到新鲜猪肉的。在我的幼小心灵里，成都象征着美食，象征着繁复的烹饪方式。而这一切背后的本质，我无从洞见。

那是我爷爷提供给我们的唯一一餐美馔，从第二天开始，我妈就无师自通地熟稔了公共厨房里属于我爷爷的那口灶。我爷爷还没有用上蜂窝煤炉子，也没有酒精炉，后者算是高端灶具。其时师大的校园尚处于原生态，杂草与枯树枝漫山遍野，我妈拾了一大捆柴火，灶膛里燃起了熊熊火焰，大铁锅里的水沸腾起来，我妈放进去南瓜和玉米，那是我们从乡下用大竹筐背来的。我们从洪雅千辛万苦迁徙到成都，饭桌上仍然绝望地出现了白水煮菜。

我爷爷不吃这些，我妈有时给他准备一份青椒拌皮蛋，有时打发我们去食堂单独为他打一份荤菜。我爷爷坐在饭桌正中央，面前是一杯酒、一碗菜，全然不顾及四个小崽子快要掉出来的眼珠子和哈喇子。

我奶奶是个小脚女人，多年来一直住在乡下，独自哺育子女。我爷爷单独住在师大，我妈的到来，改变了家中的格局，她掌控了整个家庭的春种秋收，在门前的小花园里辟出了一小块土地，种上了大葱蒜苗，以及鱼腥草。鱼腥草是一种气味浓郁的蔬菜，药食同源，清热润肺，初春时摘一把，凉拌起来，浇一勺子辣椒油，连小孩子都能吃下去满满三碗干饭。妙的是，这草枯老以后，还会开出小朵小朵色泽清淡的花。

那些年，每到春节，我家热闹非凡，算是师大的一大景观。我奶奶率领在洪雅乡下的好几家亲友，浩浩荡荡开拔到成都，把师大的家里挤得满满当当。床被拆掉了，床板竖立在门边，地上铺满了干草与棉絮，到了晚上，大家就横七竖八地席地而卧。我奶奶亲自指挥，一群女人们打下手，每顿饭都在屋外的石桌石凳上摆开，摆不下的就放在街沿上，大家一人端着一只空碗，像吃自助餐。

腊月二十九，我奶奶动手蒸上一大屉年糕，里面有白糖、猪肉、红枣、核桃仁，香浓油腻，吃上一块，一天都不会饿。大年三十吃饺子，韭菜馅儿的、胡萝卜馅儿的、芹菜馅儿的，好几种。大年初一炸酱面，肉末里加上香菇丁冬笋丁木耳丁，用脸盆盛装，一盆一盆地端上来。我爷爷坐在桌前，喝着酒，什么都能下酒，有花生米就花生米，没有的话，年糕、饺子、面条，什么都行。我爷爷在晚年成了一个嗜酒如命的人。

家是热气腾腾的，每个人都起劲地活着，我的哥哥姐姐们，也各自找到了自己的玩伴。谁都未曾留意到我，这个慢热型的乡下小孩，是如何惴惴不安地观看着陌生的城市，难以真正沉浸其中。

我就在这样的家里渐渐长大起来，喧嚣、杂沓、拥塞，起床做饭、入夜睡觉，每个人都用肉体生活，灵魂是多余的，更是冗杂无益的。越长大，我就越孤独。我爷爷住的平房前，是一处陡坡，陡坡垂下好些藤蔓植物，我觉得自己就像那些垂下来的植物，即使生长不息，也一直是向下的。

2　程青书

今天是霜降。

我是向上生长的。从前，史佑告诉过我，身为男人，要做一棵向日葵，永远朝向有阳光的方向。我愿意听从史佑的叮嘱，我在一张白纸上画下了一棵向日葵，把它贴在我的床头，将那意向当成是我的座右铭。

这个深秋，我常常陷在回忆里。我想起很多过去的事，我、史佑，还有我爸。过去的我们，已经消散在白茫茫的雾气里，变得恍惚，要费很大的力气，才能够找到支离破碎的细节。

在成长的岁月中，我遇见了许许多多始料未及的痛楚。史佑离开我十三年了，这十三年来，我不知道自己是怎么挣扎着度过来的，唯有一个信念支撑着我，那就是，我要认真地活着，再见到史佑的时候，不会让她失望。

我做到了。我是一名药学博士，我持之以恒地求学。我的底线是，不能成为我爸那样的人。我讨厌我爸。在我很小的时候，我一度以为，史佑一定也是无比轻视他的。因此，我很少在史佑跟前提到他。我爸是我的耻辱。

算起来，我从出生就跟我爸住在一起，他并没有遗弃我。可是，他本身就是一个长不大的孩子，他照顾自己的情绪，多过照顾自己的孩子。他觉得亏欠着我，又想要逃避我，这种复杂的感受导致我们的父子关系与众不同。

一开头，我爸将我交给一个很老的保姆，她的人品是信得过的。后来，我长大一些，就跟着史佑了。我爸很少在家，见到他是不容易的，那比抛弃了我还要过分。我一度以为自己是属于史佑的，而史佑也是属于我的。

在我上小学以前，我爸在师大的电话室工作。90 年代的电话是官阶的象征，相当级别的领导家里才能免费安装电话，一般人家只能到电话室里打电话，尤其是越洋电话，要在电话室里等上一两个钟头，才能碰巧接通那么一次。

电话室负责整个学校的中转，我爸的角色相当于接线员，他坐在几架话机跟前，一边接转，一边抽烟。他的烟瘾很大，我见过他在找不到火的时候，把一支烟给嚼了下去。

我看不出这份工作对于我爸有什么意义，他除了上班抽烟，就是在家抽烟，他什么都不做，饿的时候就出来翻找我的零食——他会一次性给我买很多的零食，结果是他慢慢地消耗掉那些垃圾食品。除了抽烟，他的第二样嗜好是饲养小动物，他养过好多奇形怪状的玩意儿，像是蜥蜴、蚂蟥这些，他甚至养蛇。很少有小孩子不喜欢小动物的，偏巧我就是那“很少”中间的一部分。

这些小生命就待在屋子里，被关在大小不一的笼子里头，屋里因此散发出臭烘烘的气味儿。每年冬天我都被咳嗽缠绕，史佑领我去医院，我被诊断为动物皮毛过敏。我看见史佑严厉地与我爸谈了一次话，我爸耷拉着脑袋，像是犯了错误的小学生，我觉得过瘾，我喜欢史佑教训我爸。

谈完话以后，我爸租了一间单身宿舍，他把所有的动物都移居过去，他还是继续养着它们。他不肯放弃它们。当我学到“玩物丧志”这个成语，第一个想到的人，就是我爸。

没过多久，我爸不在电话室里工作了，他办理了停薪留职，去春熙路摆地摊做生意。有时卖衣服，有时卖书卖光碟。他卖过很多东西。他的钱积攒起来一笔，就外出一趟，到那些深山老林里带回新的小动物。

说不上来我爸是有钱还是没钱，我们住在师大的筒子楼里，但是他花钱租房子养小动物。他的动物帝国越来越兴盛，到了后期，他甚至租下了两间屋子，才能勉强装下那些家伙。

我爸是一个不称职的父亲。

3　史佑

刚到成都的我，经历了一场语言的暴乱。我在师大附小课堂上开口说出的第一句话，让整间教室炸开了锅。对于这些土生土长的成都孩子来说，洪雅话就像是一种来自外星的方言。他们模仿我的土话，取笑我的发音。

“你干饭了吗？”他们盯着我，一脸坏笑。他们已经知道，干饭就是吃饭的意思。

我不敢吭声。我对语言生出了畏惧。于是，在师大附小二年级一班，我获得了一个新的绰号，哑巴。在洪雅的村小，我叫做撒谎精，在这里，我叫做哑巴。成都似乎并没有让我的生活发生本质的改变，我仍然是一个被孤立的孩子。

在课堂上，当我不得不回答问题的时候，我慌乱不已。我盯着那些不怀好意的眼睛，在我拼命挤出几个字眼时，我的同学们笑得惊天动地。我的班主任声嘶力竭地制止着大家的笑声，甚至不得不用教鞭用力抽打讲台。

我在师大附小遇见的第一个班主任，是个封神级的人物。她的衣着考究，高跟鞋、口红、带有香水味的手绢，这些，都把她从一地烟火中拯救出来。她有一头鬈发，每晚睡前会用发卷把自己的头发裹起来，这样一来，她的头发永远保持着足够耀眼的弧度。

班主任的编制并不在师大附小，她是从师大近旁的402厂借调过来的，她老公在那家厂里做军医。402厂是一家军工企业，主要负责军用汽车的修理。传说在中印边界自卫反击战期间，全厂连续几天几夜检修军车，立下了汗马功劳。它的光荣厂史令书生气十足的师大望尘莫及。两家相邻的单位达成了协议，402厂的子弟在师大附小就读，厂里则派出一些文化人，借调到师大附小教书，补充匮乏的师资。因此，附小的师资由两部分构成，一部分是附小编制，另一部分是从402厂借来的，薪酬由402厂支付。

我们发现，拥有附小编制的老师通常飞扬跋扈，修理起孩子们就像修理汽车一样冰冷无情，而来自402厂的女人们反而要柔软得多，她们以做客的方式，礼貌温婉地善待班里的孩子们。此外，作为军工厂的员工，她们收入优渥，还有按月发放的劳保，从待遇上全面碾压附小本土的师资。

我的班主任潜心于教学，她跟我在村小的老师截然不同，她不会在课堂上织毛衣。她的普通话不够标准，不过她讲着一口柔和悦耳的成都话。可惜她的性子也很软，导致所有冲着我来的嘲笑有恃无恐。她没有接受过专业的师范训练，这导致她无法掌控整个班级的局面。

班主任意识到这是一个问题。当然，她并不是悬壶济世的天使，她格外关注我，是因为她有一个特别喜欢吃甜椒肉丝的儿子，这就跟我爸有关了。

我爸是炙手可热的打饭工。他所在的伙食团被称为五灶，前面的一灶、二灶、三灶、四灶全部是学生食堂。学生食堂里的打饭工享有不同的福利，曾经有女大学生因为大学期间多吃多占的肉片，不惜以肉偿肉，毕业后嫁给了打饭工，成就了一桩跨越阶层的神话婚姻。

五灶则是教工食堂，教工食堂往往会有一些学生食堂看不到的精肋排、里脊肉一类的好东西。那会儿顿顿吃食堂的人很少，除非是工资很高的专家与高级别的领导。毕竟食堂里的饭菜不便宜，比在家里用蜂窝煤炉做饭的成本要高得多，这就让吃食堂有了下馆子的意思。一般是谁家来客人了，或是遇到节日，焖好一锅米饭，炒两样素菜，再端着碗去食堂打回一份肉菜，那就是改善伙食了。

我爸掌握着如此重要的资源，可以给人留一点儿好东西，也可以给人多舀半勺肉。是往深了去挖那沉淀在锅底的瘦肉片，还是浮光掠影地撸一把肥肉与油星儿，全凭他的心情。在师大，有很多人认识我爸，他走在校园里，不断有老师客气地招呼一声，史师傅。

班主任的皮包里藏着一只铝制饭盒，她不时到五灶来，看看有没有甜椒肉丝，请史师傅打一份。班主任说得很含蓄，她说，小家伙就爱吃甜椒丝儿。但我爸心领神会，用一大勺子肉丝儿将她的饭盒填得满满的。

那几年，我的班主任跟我家走得很近，她与我妈甚至成为了闺中密友。班主任通过丈夫的关系，把402厂待加工的包装盒拿给我妈，糊十只纸盒能赚一分钱，算是投桃报李。我妈就没日没夜地干这活儿，增加一份收入。

不仅如此，冬天的时候，她还让我妈领着我和姐姐史佐到402厂的车间浴室里洗澡。402厂的浴室面对本厂职工免费开放，班主任的老公治好了守门大爷的支气管炎，班主任带去的人，也就一律免费了。

师大也有公共澡堂，就在锅炉房的后面，水管细小，水流冷热不定，开放的时间还极其稀少。要命的是，教职工与学生混在一起，上一秒在课堂上师道尊严，下一秒就在澡堂子里裸裎相见。

我家的人从不上澡堂，花钱洗澡的事，不在我妈的财务预算里。天气好的时候，我妈就在家里烧一大盆热水，四个孩子轮流蹲在盆子里，用力搓洗。热水不够，我妈就靠粗糙的掌心与丝瓜布对付着我们身体上的污垢。

我极其害怕洗澡，害怕滚烫的水与我妈手心的力度。对于温度，我和我妈永远不能达成统一战线，我被烫得龇牙咧嘴，我妈却是一脸的稀松平常，手下用劲，像对付一件衣服似的使劲揉搓。每次洗完澡，我身上的皮肤都会痛上好几天。

进了 402 厂蒸汽缭绕的浴室，我还是怕。史佐已经在热水中游刃有余，我却不断退缩。我妈把我往水流中拎，我就不断地逃出来，那水流的冲击力让我胆战心惊，我觉得自己快要被冲走了。我妈和班主任都笑了。

洗澡就是一场噩梦。我看见我妈和班主任冒着热气的两具裸体，我无法直视。她们的皮肤被热水冲刷得发红，像是出生不久的粉色小猪。她们的身体从颜色到形状都太过复杂，雪白的、深黑的、肉红的，平坦的、凹陷的、起伏的，当她们舒舒服服地在水流中一边搓洗一边聊天的时候，光溜溜的我瑟缩在她们脚边，又冷又羞臊。我的脚边是一道深深的沟渠，通往外面，脏水就从那里流出去。我生怕自己不当心踩进去，又幻想顺着那条沟渠，顺流而下。

我的班主任在我来到成都后的第二年，跟随她的丈夫调到了市中心的一间医药研究所，她与我妈的姐妹情总算告一段落。随之结束的，还有那些充满了羞耻的公共浴室之夜。

4　程青书

今天是万圣节。

下午我买了一只火鸡，带去焦老师家里。史佑在家，她叫我进去。史佑动手往火鸡的肚子填塞了碎面包、洋葱、胡萝卜、芹菜以及迷迭香、罗勒这些香料，用烤箱烤到脆脆的棕黄色。

晚餐我跟他们一起吃，烤火鸡很香，但焦老师晚上吃素，他单独有一份蔬菜沙拉。我与焦老师谈论功课，我们在一起，说的不外乎都是刊物、课题之类的。我们总是这样，吃饭其实不是吃饭，是为着坐在一起研讨功课。焦老师说过，跟学生吃饭而不谈功课，那就是耍流氓。

史佑喝一点酒，静默地倾听我们说话。中间，她冲我扬了扬杯子，邀请我也来一杯。我喝了满满一杯。

中间焦老师接电话，我带着微醺的酒意，到门口去，点起一支烟，靠着墙，抽完一支，再点起另一支，我在想实验室里的数据，刚刚焦老师提出来一个很要命的点。

史佑不知什么时候跟了过来，半晌不作声，然后她轻轻问道，“很多年了吧？”

我掐灭烟蒂，说，“是从十五岁那年夏天开始的。”

史佑面无表情，没有问为什么。我想她是知道的，在她离开以后，一个男孩子，不能总哭吧，就这样开始抽烟了。不知不觉地，上了瘾，抽烟变成了一件认真的事情。烟真是好东西，起码抽烟的时候可以远离人群，不用词不达意地说话，不用虚与委蛇地假笑。要是遇到什么过不去的难题，一个人点起一支烟，一口一口地用力吸完，不行再来一支，等抽完最后一支，跺脚啪地踩灭它，告诉自己，这事儿，就他妈的过去了！然后规规矩矩地滚回生活里去。

没错，抽烟可以获得片刻的宁静。

静了一会儿，史佑开口说，“换成细支，尼古丁含量会少一些，戒断的时候，也不会那么痛苦。”

我缓缓地说，“我从来没有想过戒烟。从心理学的角度来讲，抽烟相当于良性的心理抚慰。”

史佑看着我，无言以对。

这当然是强盗逻辑。

我叫她的名字，我说，“史佑，有一阵子，除了烟，我什么都没有。”

她看我一眼，低头走进屋里。

晚上我走路回宿舍。一路上，我总是想要笑。这一定是酒精的作用。我不快乐，但是，我想笑。我想起我们的过去。史佑不是我的亲人，她是我的恩人。她从一堆人中间，捡到了一个小男孩。

那个孩子，就是我。

史佑接手我的时候，我不过三四岁，由我奶奶的一个远房亲戚，一位头眼昏花的老保姆照看着。我的童年，是我奶奶创业的鼎盛时期，她全国各地飞来飞去，根本顾不上照看我，而我爷爷已经中风。毫无疑问，他们是爱我的，只不过他们无能为力。我奶奶把我交给老保姆，那是一个品行端正的人，我奶奶是放心的。老保姆确实把我当成了自家的孩子，问题是，她按照乡下孩子的养法，接地气，或者是说，粗疏、放任。

据说我很久没有洗过澡，小腿后面的褶子都被沤烂了，脸也是不洗的，都是泥道道，没有打过蛔虫，瘦，而且黑。我不会讲普通话，上幼儿园属于三天打鱼，两天晒网。老保姆在本地农村有熟人，她时常去人家家里串门，带着我一起，一住就是好几天，我自然就逃学了。

在乡下，我跟一只大黄狗成了好朋友，我在狗窝里跟它挤着睡觉，我拔它的毛，它忍着痛，不咬我。可惜某一年春天，菜花黄的时候，那条狗疯掉了，被人给打死了。从此以后，看到油菜花，我就有些说不上来的哀伤，好像大黄狗就藏在里面，下一刻，便会汪汪叫着，朝我扑过来，与我嬉闹。

史佑是来给我做家庭教师的。第一次上课，我向史佑展示了惟妙惟肖的狗叫声，她吃惊得瞪大了双眼。我得意地笑了。她走过来，脱掉我脏兮兮的外衣，她在我身上发现了被狗传染的癣。

我就是这副灰头土脸的模样，来到史佑眼前。她蹲下身来，对我说，“程青书，我叫史佑。”她的语气是那么平等，我立即就喜欢上了她。

我点点头，我说，“史佑。”旁边的人教我，“程青书，你得叫史佑阿姨。”我固执地说，“史佑。”史佑摸摸我的头，她说，“随便你怎么叫我。”

这些，我已经不记得。都是稍微大一点，史佑告诉我的。我喜欢听她讲我小时候的片段。我对童年的记忆是从史佑那里开始的，我记得她清秀的脸、嫣然一笑的模样。她一直都在我的生命里。更早一些，在没有她的时候，那些被忽略、被冷落、被遗弃的岁月，我是故意要忘记掉的。

与荒疏的照顾相反，我的物质生活是丰沛的，我有很多连标签都没有来得及拆下来的新衣服。但是，我的皮肤被内衣粗糙的边角磨破了，我的外衣口袋没有剪开，我还穿着一件婴儿时期的绒衣，头颈那里太小了，我的大脑袋根本没法穿脱，结果，没人让我穿脱，夏天了，我竟然还穿着它！

史佑替我收拾了房间，还是原来的那间，样子却完全不一样。她为我新换了一张单人床，有围栏，我不会坠床。床单和被套是蓝白格子的，男孩子用的那种。她把我当成一个小小的男子汉，什么都跟我商量，询问我的喜好。她给我买了尺码适宜的外套与内衣，儿童专用的牙膏与沐浴露。我里里外外都被她捯饬得焕然一新。

她用一只佳能照相机，给我拍了一些照片，冲洗出来，存在相片簿里。在照片里，我穿着海军领的衬衫，神气活现地举着一把玩具手枪。从那时起，史佑每年都会记得给我吃蛔虫药，我渐渐地长胖起来。

史佑教我普通话，也教我学习英文。到幼儿园大班的时候，每当有外宾参观，我都会表演一支英文歌曲。那些毛茸茸的外国人很喜欢我，蹲下来，与我交谈，他们称赞我的口语非常标准。幼儿园的老师们站在一旁，露出礼貌的笑容，她们听不懂英语，时刻都需要翻译在场。

在幼儿园里，我变成了一个出众的小男生，我会用英文朗诵诗歌，我还会跳民族舞，这些本领，都是史佑教给我的。史佑会跳新疆舞，她可以像新疆女人那样扭脖子。我觉得史佑什么都会。

我经常涂着红脸蛋，穿着袖珍版的礼服，参加各种表演。有些家长不认得我，向老师们打听，这是谁家的小孩。一旦老师们说出我爸我妈的姓名，他们总是露出恍然大悟的表情，接着，就是深深的怜悯。

我对那些同情的目光不屑一顾，只要有史佑，我什么都不在乎。她给予我巨大的力量。

今天，我又一次想到这些。我走到宿舍，又折转回来，回到焦老师家的门外。透过花园里的花木，可以看到微淡的灯光，不知道史佑在做什么。

我并不想去打扰她。只要知道她在那里，我就觉得安稳。我不是《朗读者》里的那个男人，我对她的感情是不同的，不只是肉欲，还有许多别的、难以言喻的、深厚的感情。

5　史佑

当我还是一个小小少女的时候，有一个男生是必须提到的，那就是季老三。他是个胖乎乎的、反应略略有些迟钝的男孩子，他是程国庆的死党，跟程国庆形影不离，其实也跟我和史夏形影不离。

80 年代的师大，教职工没有私人房产，全都住在学校分配的公房中。其时的师大一共有四种房型，分别叫做工人宿舍、教师宿舍、教授楼和专家楼。房子是身份与地位的象征，对应着不同的岗位和职务。不仅如此，住房还是稀缺资源，夫妻双方只能有一处住房，即使分别在两个不同的单位工作，也只能选择在其中一处享受公房。直系亲属都在师大工作的，譬如父子俩，两个家庭只能享受一次分配机会。这就导致了我爸接班以后，我们全家没有新的分房权利，大家都只能挤进我爷爷的家里，在这拥塞的空间里挤成沙丁鱼罐头。我爷爷单独住在里屋，剩下的两大四小，就住外屋。我连一张单独的床都没有，只能睡在两只樟木箱子上。

我爷爷习惯了城市，退休以后，他仍然没有回到乡村，就在师大，每日散步、听收音机、喝酒。他是工人编制，住的是工人宿舍。那种宿舍一共有五排，全部是平房，也是师大最早修筑的房屋，屋檐很低，采光通风效果都很糟糕，建筑质量也很差，不是墙体漏水就是地面坍塌。建筑师更是脑残，室内居然比街沿地势要低，下小雨都能下出发洪水的后果。

这五排工人宿舍，最富有的是两家人，一家是师大小车班的司机班长，那年代汽车稀少得很，连带的，司机班长也身价陡增，那个把过方向盘的男人，总是一手拎着一只黑乎乎的大茶缸子，另一只手举着收音机，走出了傲视群雄、气吞山河的步伐。

另外一家，便是季老三他们家了。

季爸也是接了父亲的班，进入师大当工人。季家的接班是风平浪静的，没有钩心斗角，没有大吵大闹。据说季家老爷子临近退休时，几个子女采用了抓阄的方式，谁赢谁接班。这游戏是一场人生的豪赌，愿赌服输。胜出者是季爸，这是天意。没人敢对抗天意。

季家老爷子退休以后，告老还乡，颐养天年，这屋子就住着季老三一家子，拥挤固然是拥挤的，但比不得我家的水泄不通。

季爸在师大的澡堂子里工作，澡堂子开放的时候，他负责出售洗澡票，澡堂子关闭以后，他就负责打理卫生。季爸的身胚敦实得很，像连环画里的鲁智深，浑圆结实的胳膊不像擦地的，倒像是耍大刀的。这季爸长得其貌不扬，但他幸运地靠老婆提前奔了小康。

在工人宿舍，来自乡下的老婆是标配，通常是，男人在师大当工人，女人是地道的农村户口。这些来自乡村的女人大多自卑沉默，一说话就脸红，整天坐在门前纳鞋底，凑齐了就拿到菜市场去卖，怎么还价都行，给钱就卖。像我妈这样说话行事敞亮开阔的，已属罕见。

季妈可不同，季妈是工人宿舍的白天鹅，是如假包换的成都本地人。季妈还是一个职业妇女，她在师大附近的牛奶厂工作。那时的牛奶可是上等滋补品，一般人喝不上。

季家夫妻在外表上倒是天作之合，一看季妈就知道挤奶是个力气活，她壮实得像个男人。不过，季妈可是个骄傲的女人，平日里仰着头走路，下巴能翘到天上去，面无表情，从不跟邻居打招呼，浑身散发着牛奶的腥气和雪花膏的香气。在师大，她不跟任何人交往，一到星期天就领着老公和几个孩子回娘家。季妈的娘家是有背景的，季老三的外公在粮店工作，季老三的外婆在干杂店工作，都是肥缺部门，近水楼台，能买到物美价廉的好东西。这一家子空着手奔娘家去，返回师大的时候，大人孩子手里都拎着满满当当的食物。

季妈的实力不允许她低调，她家的陈设比别人家讲究得多，进门是要换拖鞋的。透过门缝，可以看到那个年代少有的沙发、大立柜。大家都在公共厨房里烧火做饭，季家不是做饭，简直是炫富。顿顿肥鸡、大鸭子不说，吃腻了，又弄些甲鱼、泥鳅之类的，看得别人馋涎欲滴。一到饭点，总有邻家的孩子对着清水煮白菜发飙，闹着要吃季家的那种硬菜，结果自然是挨上爹妈一顿狠狠的板子。

每天早晨六点半，在师大校内一个固定的地点，季妈与牛奶厂的同事推来类似鸡公车的那种板车。车上是一只大铁桶，铁桶边沿挂着两只大小不一的铁勺子，大勺子是一斤的量，小勺子是半斤的量。在师大，能天天喝牛奶的，除了没母乳的婴儿，还有就是高收入的老教授。订了牛奶的人家一早就排着队，端着奶锅打牛奶。牛奶不用现金交易，用印刷的奶票，有一斤一张的，也有半斤一张的。这牛奶是全天然的，未经消毒，得高温煮沸，烧开以后浮着厚厚的一层奶皮，泛着油腻腻的黄色。

在拼妈这条路上，季家的孩子们起点最高。他们喝着纯正醇香、没掺一滴水的牛奶长大，个个膀大腰圆，不缺钙，也不缺爱。季老三的嘴角经常挂着一圈奶渍，又是一身雪白的好皮子，他们班的同学戏谑地叫他奶妹儿，季老三性情再温暾，也听不得这么娘娘腔的绰号，谁那么叫，他就跟谁打起来。季老三块头够大，打起架来却毫无章法，像一大团充气娃娃，目标大、受力面广，往往被打得抱头鼠窜，总得要程国庆帮他出头摆平。

季爸娶了这样一个女人，他必须做一个懂得感恩的好男人，必须对得住季妈每天端回来的一大锅滴滴香浓的鲜牛奶。邻居女人们对那锅牛奶羡慕嫉妒恨，背地里猜测着那不知是牛奶厂员工的福利，还是季妈从奶勺里匀出来的，每勺剩下一点儿，凑凑就是一锅了，这等于是喝的百家奶。

季爸还真是三好男人，不喝酒，不抽烟，不跟老婆吵架，下班就钻进公共厨房里，抡起膀子切菜做饭，吃完饭跟一群老娘们挤在水槽前刷锅洗碗。他心甘情愿地伺候着这个又懒又丑的女人，每晚临睡前，他会把洗脚水端到季妈的床前，得到的报酬是痛痛快快喝上一碗热牛奶。季家的牛奶不在公共厨房里熬，他们有一只煤油炉，就在屋子里煮着，奶香仍是关不住，从门缝里钻出来，四处流窜。

季妈上班早，下班也早，午后就回家了，窝在房间里，基本不出门。她换上睡衣，用塑料发卷把头发卷起来，靠在床头，边嗑瓜子儿边读小说。季妈有整套的《红楼梦》，读了一遍又一遍，一边读，一边抹眼泪，这个粗壮肥大的女人，有一颗多愁善感的心。

季妈使用的物品，都是那个年代的稀罕货，别家主妇素面朝天，她已经用上了百雀羚；别人主妇一双笨重的老棉鞋，她已经穿上了轻便漂亮的保暖鞋。她考究的生活，在鸡飞狗跳、城乡接合部一般的师大工人宿舍，是多么引人侧目。更让人不顺眼的是，人家的老公是连酱油瓶子倒了都不会扶起来的，偏偏她家有这么一个言听计从、比拉布拉多还听话的男人。这就反自然了。

人们对一切反自然的事件都心存疑窦。

季家果然出了事。某天傍晚，晚饭还没结束，牛奶还没熬上，师大保卫处来了两个戴袖章的同志，从饭桌上带走了季爸。

夜里，季爸独自回来了，季家熄灯睡觉，鸦雀无声。然而不到天亮，八卦就从保卫处传遍了整个师大。原来季爸利用职务之便，偷窥女生洗澡。季爸那力大无比的胳膊果然没荒废，他在值班室的墙角凿了一个洞，透过那洞眼儿，澡堂子里荡漾的春色尽收眼底。

洞口封上了，季爸的处分通告张贴在了师大的中心地段。那是一个三岔路口，被称作言市口，有一长溜布告栏，贴着各种告示。季爸的劣迹就此走红。那些天，布告栏前人头攒动，师大的老师们改变了散步路线，不去师大近旁果香四溢的八一农场了，也不去花草纷繁的铁轨边了，他们绕着路线，千方百计从言市口路过，一遍又一遍意犹未尽地读那份处分决定，估计能从死板、简洁的行文里读出一整部未删减版的《金瓶梅》。

澡堂子当然不敢容留季爸，他被调去了印刷厂。师大的印刷厂业务繁忙，有永远印不完的教材、试卷、文件，季爸人尽其能，负责搬运。他甩开膀子撸起袖子，木板车嘎吱嘎吱地一趟趟推出来，散发着油墨气息的印刷物一摞一摞地送往教学楼、办公室。

偷窥事件暴露以后，季爸还那样，话不多，但见人就是一个笑脸，跟他傲慢的老婆不一样。他规规矩矩地活着，跟从前一样，做饭、洗碗、给季妈打洗脚水。季家没有为此掀起滔天巨浪，季妈还是冷若冰霜地卖牛奶，还是不跟人讲话，无论多么位高权重的领导、多么知名的教授来打牛奶，她都是正眼也不瞧一下的。她还是花枝招展地打扮着，擦着香喷喷的雪花膏，头发卷得跟爆炸现场似的。季家两口子不吵不闹、安分守己地过下去，好像那布告栏里惊世骇俗的事迹，跟他们家一点儿关系都没有。

但有些什么是不一样了，起码，季家的牛奶，季妈的鬈发，都有了不同的意味。师大的女人们也用一条真理安慰着自己，太过美满的婚姻，往往是虚幻的。谁要不信，参看季家。

师大的人一直记得季爸偷看女生洗澡这回事，看到季爸，仿佛间接地看到了云遮雾绕的澡堂子。就像是鲁迅先生说过的，一见短袖子，立刻想到白臂膊，立刻想到全裸体，立刻想到生殖器，立刻想到性交，立刻想到杂交，立刻想到私生子。

季爸是师大最早的偷窥狂，其后出现过的暴露狂、偷内裤的男生，在季爸这位始祖跟前，都是小菜一碟，不值得大惊小怪。师大的人是有见识的，大家在季爸身上算是见过了世面。

言市口的处分被别的什么告示给覆盖了，一个月过去了，一个季节过去了，一年过去了，日子慢慢地溜走了，季家的孩子慢慢长大了，别家的孩子也慢慢长大了，季妈慢慢变老了。季妈所在的牛奶厂被重组了，她的工龄被买断，她下岗了，往昔风光不再。而季爸患上了糖尿病，消瘦下来，肥硕的臂膀变得松松垮垮。在师大，有些年纪的人们仍旧记着从前那一回事，在大家眼皮子底下一点一点老去的季爸，是一个偷看女生洗澡的男人。不苟言笑、趾高气扬的季妈，有一个偷看女生洗澡的老公。

季老三就长在这样的家里，他的家是富庶的，也是奇葩的。但他是一个弥勒佛似的男孩子，清净明澈，心里没有杂念，也没有阴影，他没有受到父母的影响，他遵循着成长的规律，该叛逆的时候，也叛逆，该收心的时候，他比谁都出色。如果说，程国庆是一座火山，安静时山色壮美，爆发时岩浆喷发，季老三则是一团幽微的烛光，没有充沛的光与热，但温淡平和、暖意洋洋，在暗夜里散发出恒常的一点微光。

熟悉以后，我常常欺负这个慢吞吞的男孩子。季老三总是笑眯眯的，任由我捉弄。我在程国庆那里受到的伤害，都在他这里找补了回来。

师大是这样一个相对封闭的环境，学校离成都市的中心区域太远，直到2002年以后，才被三环路包围在内。师大的人们去市区，叫做进城，仿佛师大是在乡下，师大的人，是一群乡下人。这样的地理环境，加上知识分子丰富的想象力与严密的思辨力，大家的目光向内、心思向内，眼观鼻鼻观口口观心，思绪像疯长的藤蔓，牵丝攀藤、旁逸斜出，藤蔓变成了思绪本身。如此一来，在师大，谁家都没有秘密，而脑子癫狂的人也就格外多一些，七零八碎的故事也就蔓延得格外广阔一些，被人记得格外久远一些。

那时，程国庆每天早晨都会准时出现在工人宿舍门前，用橡皮筋做的弹弓往季家的窗口弹一块泥团之类的。紧接着，季老三就会慌慌张张挽着书包冲出来，手里抓着一只大馒头，馒头顶端还浸了一圈牛奶。季老三的食量很大。

程国庆的家不住这里，他住在教师宿舍。教师宿舍是楼房，筒子楼。每家每户的厨房都在过道里，每层楼都有公共厕所，有专人打扫，看起来干爽而洁净。

初次被邀请去程国庆家里时，我见到了他的双亲。他妈是他妈，这没问题，但我差点儿把他爸错认成了他爷爷。程国庆的父母年龄悬殊，他爸老态龙钟，头发花白、脊背佝偻，相形之下，他妈年轻得难以想象，一条英姿飒爽的大辫子，骨骼粗大有力，看起来爽快利落。她的身段壮健，覆盆子似的胸脯，饱满欲滴，眉眼却精致得像个小仙女，深黑的眉毛，尖尖的下巴。程国庆活脱脱是她的翻版。

程国庆爸爸是师大中文系年纪最老的讲师，早年毕业于北京大学，在师大工作的第四个年头，也就是刚评上讲师的那一年，被打成了右派。而在被打成右派的知识分子里头，他又是运气最差的那一拨，屡屡遭遇从严处罚，最终被发配到了新疆的建设兵团，在农场里过了将近二十年。挨到四十好几了，老家的亲戚好不容易从乡下给他物色了一个姑娘做老婆，这就是程国庆的妈妈。

这姑娘父母早亡，底下一溜弟弟妹妹，家里穷得就一条裤子，谁出门给谁穿。她嫁给这样的老公，算不上攀附，纵然后者是读书人，毕竟尚在遥远的军垦农场，前途堪忧。这顶多就是一次冒险。要是嫁给本地庄稼汉，未来的日子能够一眼望到头，进了婆家，就得为婆家卖命，休想再接济年幼的弟妹。嫁给那未曾谋面的右派，好歹具有不确定性，要么改变命运，要么沉沦深渊。程国庆妈妈骨子里大约有着苔丝似的浪漫主义和探险精神，她愿意试一试这条非同寻常的路径。她单身一人上了路，沿途经过了半个多月的颠簸，来到日光强烈的新疆，结婚入洞房，生下了程国庆。从这时开始，她在老家的弟弟妹妹定期会收到她寄回来的粮票，程国庆爸爸是个好姐夫，他支持年轻的妻子赡养娘家。

落实政策以后，程国庆爸爸得以重返师大，带回了他的漂亮妻子和儿子，这是二十几年来他最大的成就。作为赌徒，程国庆妈妈算是小胜一局。这一局，给予她足够的底气，往后的生活，她一次又一次地下注，一次又一次地与命运博弈，这个勇敢的女人赌博上瘾。

师大依据平反的政策规定，给程国庆妈妈安置了工作，就在师大附小当杂役。她最初管理着附小的广播室与体育器械，不知怎么的，一来二去，当上了大队辅导员，渐渐地开始上思想品德课，从工人阶级转为行政编制。到我小学毕业的时候，程国庆妈妈已经当上了德育主任，她身上的超凡气质展露无遗。这个元气满满、不甘平庸的女人一路蓬勃向上，最终当上师大附小的校长。这还不算，从校长的岗位上退休以后，程国庆妈妈通过类似众筹的方式，筹建了一所幼儿园，幼儿园的规模逐渐做大，接连开了第二家、第三家，至今已经是遍布全国的知名幼教集团。这位出身低微的乡村姑娘完美地实现了逆袭，同时也让程国庆在三十岁以后被动成为富二代。

对于程国庆爸爸而言，这桩婚姻说不好是爱，还是劫。小妻子的生机勃勃，照亮了他枯朽的人生，然而，她的弟妹们陆陆续续拖家带口地投奔到师大，就在程家落脚。程家每次开饭都是一大桌子人，还不断地有人来迟了，不断地煎鸡蛋、下面条。他们家的蜂窝煤炉子是一直燃烧着的。程国庆爸爸面对的是一个嘈杂的大家庭，他不是娶了一个老婆，而是娶了一支兵强马壮的大部队。

弟妹们在长姐的策划下，做起了小生意，轨迹遍及师大，有的在校园里做补鞋匠，有的在后校门外的菜市场摆卤菜摊子，有的走街串巷磨刀。在冬天一度被师大的子弟们所拥戴的那位蛋卷师傅，就是程国庆的小舅。每到农历新年前后，他就在师大的家属区支起小柴炉，柴炉上架着三支长长的铁板，用来烘烤蛋卷。面粉鸡蛋由各家自行提供，阔气一些的人家，撒上一点儿炒过的芝麻，蛋卷的滋味就更加香脆。其他季节，蛋卷师傅也兼职做爆米花，一声巨响，在围观的孩子们瞪大的双眼里，一锅又白又疏松的爆米花像是一个奇迹，闪亮出炉。

因此，程国庆的家，与师大别的双职工家庭太不一样了，虽说住的是教师宿舍，家里却没有通常知识分子家庭的那种安静、内敛，他家从来都是乱糟糟的，人流往来不绝。不过，一家子对程国庆爸爸还是很敬重的，无论家里乱成什么样，书桌和书柜天王老子都不能碰，谁家的小孩子捣乱，动了程国庆爸爸的备课本，一定会饱饱地挨一顿胖揍。

老人家有一把老旧的藤椅，扶手磨得发亮，没课的时候，他就坐在藤椅里，专心致志地备课。他有两副眼镜，一副近视，一副远视，近视的看书备课用，远视的上课用。他尽忠职守地力图做一个称职的老师，投身到教书育人的伟大事业里去，但他的身子骨其实很不结实，牙齿在批斗时被打落了好几颗，腰膝都受了损，整个人即使打起十二万分的精力，也还是神情恹恹、中气不足的模样。

在教书这件事上，程国庆爸爸是急迫的，他想要追回所有虚度的时光。可惜“种瓜得瓜，种豆得豆”的谚语在他这里不大灵光，他的发愤图强毫无效果。他教的是古代汉语，那也是他曾经擅长的专业，每堂课，必然从那句“天行健，君子以自强不息”开始，那是他的盔甲，也是他的软肋。他像被点中了穴位，定在那里，跟卡带的老式录音带一般，浑身动弹不得，保持着一个固定的姿势——头颅微微扬起，嘴唇似有叹息声，眼中满含欲坠未坠的热泪。千言万语奔涌着、喧嚣着、挤攘着，要从他脆弱的胸腔里冲出来，结果全在他的内脏里厮杀，他表面看起来完好无损，没人知道，他已经五内俱焚。

他的课堂效果就是这样，至少有半节课用热泪和沉默来祭奠自己的前半生，接下来磕磕巴巴地解读“天行健，君子以自强不息”，一个学期过去了，他都没有说清楚这句话究竟是什么意思。上课的时候，他抱着厚厚一摞参考书，每一本都有折叠处，他逐一打开来，一字一句地念着，像是宣读一份文件。说实话，他浪费了那些伤筋动骨的经历，那些摧毁和灭亡般的记忆，暗中烘烤着他的骨头，却没有哪怕一丁点的灰烬吹进课堂。边疆的光风霁月，诗歌与劳作，典籍与屈辱，这些活生生的教材，统统被他忽略。或者是，他像白杨林一样，在荒原上待得太久，没有水和电，没有交流，思想生满了铁锈。总之，他的才华是废掉了，他这个人都废掉了。

学生们向系里投诉他，中文系的系主任是师大留校的，对程国庆爸爸的那张北大文凭心生敬畏，对他受过的创伤也满怀怜悯，遂亲自出面，给学生们解释，请求他们宽恕一个处于休眠状态的读书人，同时为学生们安排了夜间讲座，由中文系最厉害的古代汉语教授为大家开小灶。学生们的情绪平息了，他们假装认真听课，任由这个老师在讲台上战战兢兢地缅怀他的青春，以沉默，以眼泪。学生们在课堂上悄悄读着别的书，不去惊扰这个暮气沉沉的老讲师。整个中文系都在陪伴程国庆爸爸养伤和疗愈。

这个善意的谎言在师大尽人皆知，却不知程家是否有所耳闻。程国庆爸爸拼命讨好学生们，晚上熄灯前，他带着书和笔记本到男生宿舍里去答疑。学生们没有问题要请教他，他讪讪地坐一会儿，转身离开。中秋节那晚，他又来了，巴巴地拎着两个大口袋，给自己班里的学生每人送去一只五仁月饼，多出来的也让别班的学生们揩揩油。他是很大方的。那时的五仁月饼可是月饼中的爱马仕。说起来，程家是不折不扣的有钱人，师大一口气补发了二十几年来停发的工资，在当时那称得上是一笔巨款，可以任性地挥霍。

到了期末，有古灵精怪的学生上门求重点，程国庆爸爸一激动，拿起笔来，把学生带来的书仔细勾画一遍，那就是他出的全部考题。结果是，那个学生所在宿舍全体满分。

我在程家吃的第一顿饭，就是叨中文系一位学生的光，那家伙假装求教，本质是来刺探考卷的。程国庆爸爸不仅精准勾画了考题，还留人家吃饭。学生享受了国宾级的待遇，老师叮嘱师母亲自下厨，师母家的女眷们全部上阵当助手，她们众星捧月似的簇拥着小主妇，后者则颇有大将风范地一通翻炒，煞有介事地做出了一大桌菜。

我和季老三、史夏这几个小捣蛋鬼也被留下来享用美食，我们兴奋得要死，除了过年，谁家都没有这样的大气派大场面大手笔。然而那味道真是一言难尽，我在回锅肉里吃出了猪毛的味道！不得不说，打一开头，程国庆妈妈的才能就绝对不在家务方面。

年老的丈夫是一个住在诗词歌赋中的理想主义者，而年轻的太太信奉的则是生活教，这一老一少居然拉拉扯扯地过了一辈子，不能不说是一个奇迹。程国庆爸爸身为教书匠，从未有过出彩的课程，他是在同情与包容中勉强混到了退休，程国庆妈妈不一样，她保持着昂扬向上的姿态，不断制造高光时刻。

我见到程家父母的时候，已经加入到了二哥史夏与程国庆和季老三的三人团队，被程国庆妈妈笑称为“四人帮”。我们时常滞留在我爷爷家，也不时出没于教师宿舍，在程国庆的家里待着，混吃混喝。

在此之前，我度过了一段至暗时刻，遭到嘲笑的洪雅方言让我噤声不语，情愿被全班同学称为哑巴。我的不哭泣，则挑起了程国庆的斗志，他不间断地挑战我。鬼屋不怕，再来一拨。我教室的抽屉里出现过蛇皮、蜥蜴、毛毛虫，我的棉被里被史夏放过蟑螂、死老鼠，可惜，程国庆全都失望了，我真没有哭鼻子的习惯，我心里发着抖，表面却是淡定地收拾起这些乱七八糟的小动物，扔到屋外。程国庆还不信邪，他决定跟我决一雌雄。这一回，他挂帅出马，约我去砸马蜂窝。

“小丫头，就说你敢，还是不敢？”程国庆挑衅地盯着我。

我不吭声。

“那就这么定了！”他挑挑眉头。

我硬起头皮跟上他。师大有好些未经人工开凿的树林与山坡，程国庆挑了其中一处，我们捡了一些石头，他领头，我殿后，一下下地朝着松树上的马蜂窝扔去。满树的马蜂密密麻麻地飞起来，史夏和季老三已经吓得抱头鼠窜。程国庆有点犹豫，而我仍然一块又一块地扔石头。

长大以后，程国庆还记得那个下午，他说我看上去像个冷面杀手。他不知道，那是因为他没有叫我停下，我愿意听从他的每一句话，他的命令充满了我年幼的灵魂，他居住在我全部的世界里，他是我寂静的神祇，是我天空里的群星。这一点，程国庆从不去深究，也许，他是故意要忽略，故意看不见也听不见，为了避免结束，索性避免一切的开始。

砸完马蜂窝的第二天，我被蜇得胳膊肿起老高，那是夏天，我没法遮掩。史夏和季老三看见我红肿的伤口，大惊失色，叫得像要下蛋的母鸡。季老三搬出他妈的恐吓，说被马蜂蜇了的孩子，活不过七七四十九天，得每天喝一勺子蜂蜜兑牛奶才能解毒。季老三决定每晚偷一点牛奶给我，被我坚定地拒绝了。我厌恶那种腥气。我在日历上一行一行地数下来，然后在某个数字上郑重其事地画了一个圈。我转过身来，对面前的三个男孩子宣布，那个数字，是我寿终正寝的日子。

一直抱着双臂站在一旁的程国庆走了过来，他看了看我的胳膊，又看了看日历上的数字，突然，他伸手在我的头顶重重拍了一下，那一下，拍得我眼冒金星。

“走，带上你一个！”程国庆斩钉截铁地说。那天，他从家里偷来了几段香肠，他们正要找地方去生火烤香肠。这是一个重要的历史时刻，程国庆的决定，意味着从此以后，我们就是三男一女的团队了。

我吃了分给我的那一份烤香肠，之后的时日里，程国庆经常带来香肠。我吃着流油的香肠，每一次，都当成最后一次。我的伤处不知在何时，莫名其妙地就消了肿，远未到达我画在日历上的那个日子，伤口已经完全不见。季老三忘记了他的预言，就连我都忘掉了。我整天跟着他们，沉迷于男孩子的游戏之中。

程国庆不明白，所有与他混在一起的日子，包括他的捉弄，其实是一种最为温暖的陪伴，让我度过了最初最惶恐的岁月。在班级里，我不敢开口说话，只有跟程国庆季老三和史夏在一起，我才能够肆意表达。程国庆和季老三也会模仿我和史夏的洪雅口音，但毫无恶意，并且很快就丧失了兴趣。吸引我们的事物太多了，我们的秘密基地幅员辽阔，除了所谓季老三外公的家，也就是李劼人故居，更多的时间我们穿行在师大图书馆后面的竹林与桂花树林中。

师大的图书馆前面是一块形状不规则的池塘，种满了荷花，塘中有莲藕，有小鱼小虾小蟹，荷叶间栖息着青蛙与蜻蜓。竹子和桂花树随意地散落在池塘四周，桂花开了，落了满地细小芬芳的花朵，竹叶也掉了一地，无人打理，累积起来，是厚厚的一层，又松又软，踩上去会发出沙沙的声响。

大人们会到这里来挖竹笋，切成薄片炒了吃，生脆清香。谁家的孩子上火咳嗽了，就到这里抽一把嫩嫩的竹心，泡水润肺。这些形而下的生活，与孩子们无关。我们逗留在竹林里，是为了趴在竹叶间写作业，是为了各自拿一根木棍，挑起深处那些早已被雨水沤烂的枯叶，想要看一下是否有蛇。至于在桂花树间，我们从不赏花，而是比赛爬树，桂花树参差不齐，从最矮的一棵到最高的一棵，我们全都爬过。

在程国庆的认知里，我是一个强悍的女汉子，犹如铜墙铁壁，比季老三和史夏还要爷们儿。他并不知道，这个土了吧唧的乡下小丫头，在雌激素尚未充足分泌时，已经对他产生了好感。纵然这份好感，让这个多愁善感的女孩在往后的岁月里遍体鳞伤，她依然对他言听计从，唯其马首是瞻。

在一辈子的长度里，喜欢一个人，不过是一段人畜无害的记忆，但在每一个当下，它就是一个又一个九死一生的大事件。

6　程青书

今天是立冬。

焦老师嘱我找一份英文资料，我打印了出来，给他送去。焦老师习惯阅读打印稿。

史佑在家，把所有的窗帘都拆下来，逐一清洗。那些是她回国以后更换的，大部分是轻纱质地，我帮她在花园里晾起来，影影绰绰的，像是一个不切实际的梦。史佑仍旧是一个浪漫得要命的人。

我记得她年轻的时候就喜爱那样的轻纱。

我读幼儿园的时期，她是师大的研究生，专业是英语。最初，她每天来给我上课，没过多久，我的老保姆摔伤，回乡下去了，我奶奶临时找不到合适照看我的人，只好把我交给我爸。我爸不会带孩子，他给我吃冰激凌，任凭我吃肉吃零食，不懂得给我及时增减衣物。我反反复复得了两次肺炎。我奶奶去请求史佑帮忙，史佑就住进我的家里，陪着我。她自作主张地把我家的窗帘给换掉了，全部都是纱质的，她在窗前悬挂了风铃，铃铛声轻微清脆，乱糟糟的屋子立即就不同了。

那种格调，我说不出的喜欢，可是，我控制不住自己，我把窗帘弄脏，又把风铃扯下来，史佑的脾气很好，她不责怪我，她洗干净窗帘，修好风铃，房间里依然是干净清爽的。

我跟着史佑，我爸继续心安理得地四处晃悠，平日里家里只有我跟史佑。在师大，其实史佑有一个家，是很破旧的平房，那里住着她的家人。有时她也带我回家，她妈妈用糖果招待我，被她拦着。史佑说小孩子吃糖会坏牙齿，她妈妈很生气，说她是死脑筋。

她也带我去看望我爷爷。我爷爷是植物人。植物人是一种奇怪的人类。像植物一样的人，那就是绿色的、静止的。我爷爷是一个绿色静止的人。

我奶奶不出差的时候，就会来看我。我奶奶是个神经质的老太太，有时她带来剃眉毛的刀片，有时是睫毛剪子。她剃掉我的眉毛，又剪掉我的睫毛。那是两件很可怕的事情。她振振有词地跟我讲道理，她说我的发质又疏又黄，多剪一剪，才能又黑又密。我没法反驳她。

史佑功课忙起来的时候，就把我带去她的宿舍。到我家以前，她住在九舍，是一栋专门的女生宿舍，一共有两栋楼，有迁回曲折的走廊相连接，由一圈很高的围墙单独圈起来，防止男生翻墙而入，我这样的小男生是例外，我可以从正门大摇大摆地走进去。

研究生的房间在顶楼，四人间，史佑睡在上铺。她坐在桌前查资料的时候，我就在通往上铺的梯子上爬来爬去，对于我而言，那仿佛是一座值得被征服的山峰。

我好不容易爬到了山顶，我看见史佑的床铺，非常洁净，被子叠得很整齐，不像别的床那样，散落着五光十色的装饰物，蚊帐里悬挂着明星挂历什么的。不过，她的床头有一枝绢花，孤零零的一枝，深绿的枝干上有一小朵一小朵洁白的梅花，是纱布做成的。我一下子就爱上那枝插花，尽管它的颜色那么假，形状那么呆板，显得毫无诚意。但是，小巧玲珑的白色花，跟史佑很配。

史佑就是这样的一个女子，身材单薄，巴掌大的脸，眼睛却超乎寻常的大。她习惯穿着宽大的衣服，纤细的手臂从蓬松的衣袖里露出来，看起来弱不禁风，就像是随时会飞走的样子。平常她是不化妆的，整个人就像是一本用白色棉线装订起来的古书。

现在的史佑，仍然瘦弱，仍然有一双深邃的眼睛，仍然喜欢轻纱。我已经成年，我不会破坏她的窗帘，不仅如此，我忍不住地想着，我必须用力抓紧她，不让她像十三年前那样，从我的眼前飞走。

7　史佑

从一开始，我和程国庆的关系就是不对等的，我当他是温暖甜蜜的哥哥，而他把我当成了一个不会哭鼻子的兄弟，比季老三和史夏还要称职的兄弟，因为他俩在负伤或是受委屈的时候，经常都会嘤嘤地哭起来。

“我希望你们向史佑学习，打死都不哭！”程国庆用我来给他们励志。

程国庆自己也不哭，烤香肠的时候，他的手指曾经被铁钳子戳破，血流如注，我们都被吓呆了，我的头都晕了。他却只是把流血的手指在衣襟上擦了擦，另一只手拿起滚烫的香肠，塞进嘴里。

香肠是程国庆从家里偷偷拿来的，他家物产丰富，他爸有钱，过年时家里的窗台外面密密麻麻挂满了香肠和腊肉。有好几年他家都接连发生失窃案件，半夜三更小偷用长长的竿子，从他家窗外掠走几块腊肉或是一些香肠。

除了烤香肠，我们也烤土豆，烤红薯，烤一切能够找到或是在家里偷到的食物，间或抓住一只青蛙或是麻雀，二话不说，照样烤掉。零厨艺加上零作料，导致烤出来的吃食又黑又煳，论理，跟好吃是沾不上边儿的。但不知为什么，几个脑袋凑在一块儿，每人一大口地轮着吃，就很有些暴殄天物的野趣了。

师大有一道后门，出去几百米，就是一条蜿蜒的铁轨，那是成昆铁路的某一段。铁轨两侧，是低矮的缓坡，有农田，有树林，有沼泽，还有一些散落的桃树、梨树。春天来临的时候，那些果树争先恐后地开起花来，绚烂的桃花、雪白的梨花、淡黄的油菜花、深紫的胡豆花，漫山遍野都是花朵。

那片缓坡是师大的大学生和师大附中、附小的学生们春游、打野炊的地方，随意找一处坡道，挖开一个洞，填进枯叶树枝，生起火来，有锅的还能像模像样地烧起水来，煮饺子、煮抄手，徒手的就弄弄烧烤。周围的农户扛着甘蔗出来卖，也有卖瓜子卖花生的，用旧报纸折叠成尖尖的小圆筒，盛起来，五毛钱就能买上满满的一大捧。

我们四个人就借用那些现成的小坑，生火烤肉。有一回，季老三带来一条鲫鱼，烤熟了，撒上史夏从田地里拔来的小葱，格外的香嫩。季老三吃得太快，被鱼刺卡住，程国庆去地里偷着拔了一棵大白菜，让他生吃进去，也不知道那刺怎么就没了。后来，我们的烧烤品种里就增加了鱼。

师大西边的围墙外，是好几十亩果树和农田，那是部队留下的军垦农场，叫做八一农场。其间散落着几处堰塘，塘里有鱼有虾。师大在紧邻农场的地方，开了一道小铁门。季老三的爸爸一度迷上了钓鱼，他做了一根钓鱼竿，晚饭后就从小铁门出去，从泥地里刨几根蚯蚓做饵，在堰塘旁边坐着，鱼竿甩出去，一动不动地盯着浑浊的水面。季老三的爸爸不时有收获，钓回来的鱼就养在自己的洗脚盆里，到了星期天，做成一大盆麻辣鲜香的藿香鲫鱼。

那会儿大部分的家庭都仅有一只洗脚盆，为了节省热水，通常是一家人一块儿洗脚，大脚小脚都搁在暖暖的热水里浸泡着，脚癣和皮屑亲亲热热地在一家人中间传播开来。唯有季家是每人一只洗脚盆，季妈有洁癖，她在牛奶厂里做着脏污的活计，回到家里，她要让她的世界清洁而芳香。

自从季爸迷上了钓鱼和养鱼，他就没办法每晚洗脚了，从这时起，他便上不了季妈的床，他跟儿子们挤在一起睡觉。从时间上看来，也就是偷窥女生洗澡事件爆发以后不久。鲫鱼不仅在季家的餐桌发挥了重要的作用，也让季家两口子不动声色地找到了分居的借口。当然，季老三的爸爸不知道，他儿子每次都会巴巴地偷一条最肥的鱼出来，跟我们一起烤着吃。

我们对烧烤不厌其烦，与烧烤本身有关，也跟看火车有关。我们对经过此地的火车兴趣十足。接近狮子山的时候，由于弯道过多，火车司机的视野受限，就会提前发出高亢的鸣笛声，减慢速度。

如果是载客的列车，从山坡上可以清晰地看到车窗里的人，他们靠着窗口，吃橘子，或是无聊地朝外张望，视野里出现的每个大活人都让他们枯燥的旅程变得兴奋。我们站在坡道边，使劲朝着火车里的人挥手，车窗里的人也会朝着外面挥手，有些兴奋的乘客还会跑到车厢连接处，拼命对着我们喊叫。

若是货车，我们就数车厢，一节一节地数下去，看看一共有多少节，猜测里面运输的是什么。偶尔货车里也坐着一两个工作人员，我们照样热情万分地喊叫着，对着他们挥手。

这是一件很无聊的事，但大家都乐此不疲。

我们四个孩子都没有坐过火车。师大的大学生估计也很少有人坐过火车。人们对火车兴致盎然。甚至住在市区里的人，周末也会不辞辛劳地赶过来，拖家带口，带着零食，一家子坐在山坡上，就为了看一眼火车，朝着火车里的人挥一挥手。到狮子山看火车，在铁轨两侧用来减震的碎石子路上走一走，是那个年头成都人民重要的娱乐活动之一。

成昆铁路从火车北站出来，分成两条线路，一条往西，一条朝东。朝东的，要穿过狮子山，到达火车南站。车头往北的，是从昆明过来的，即将到达火车北站；车头朝南的，是刚从火车北站出发不久，去往昆明沿线。这些，我们都是熟悉的，就连火车在哪个地方必定会鸣笛，鸣笛以后还有多久就能看见车头，我们都一清二楚。除此以外，我们还琢磨出了新的判断方法，那就是趴在铁轨上，听一听铁轨的震动，从那震动里判断是否有火车即将前来，距离此处还有多远，什么时候需要立刻离开铁轨。有了这样的技术，我们就能安心地踩着细长无际的铁轨往前走，不用惧怕被火车这庞然大物给撞死。

这铁轨自然是死过人的。有那不信邪的，跟人打赌，偏要在铁轨上走着，等火车逼近了，最后一刻，准备脱身，已经来不及，火车经过时瞬间卷起的气流，将人裹进车轮里。这算是脑袋被门夹了的，作死。另一种，是寻死。师大和师大附近的人，比如认死理的女大学生，比如 402 厂的工人，比如散居在狮子山的农户，遇到天大的挫折了，失恋了，或是得了绝症了，卧轨就是一条上佳的自杀之路。每隔两三年，必定会闹这么一出。一旦有人卧轨，整个师大校园都沸腾起来，大家奔走相告，无论如何，都要从四面八方赶到铁轨边，既忐忑又激动地看一眼事故现场，像是尽职尽责的民间警察。

师大校医院的医生是最早到达现场的，这些白大褂事后也是最重要的八卦者。他们摇着头，一边叹息，一边活灵活现地描绘着惨状。那些年，去往城中的路途遥远不便，师大校医院发挥了重要的医疗功能。师大校医院科室配备齐全，不仅有内科外科中医科，还有专门的儿科和产科等等。大夫们见过不少生死，处理突发事件得心应手。他们包裹了尸体，用担架暂时抬回校医院停放，等待家属认领，等待铁路警察前来接手。尸体所经之处，简直人山人海。

铁轨杀人，但也兼职做月老。对越自卫反击战的那一年，每天都有经过此地上前线的军列。列车满载着年轻的战士们，意气风发地开往位于云南省麻栗坡县的老山前线。师大的学生们群情昂扬，在铁轨两旁唱着国歌，挥舞着红旗，为英雄的战士们壮行。

军列在弯道处照例会减速，速度慢得车外的人足以腾身跳进车厢。女生们就会将亲手缝制的手帕一件件地扔进车窗里，也有以班级、团支部、党支部名义集体写的豪情万丈的书信，一封封地扔进去。

有一个中文系的女生，独自写了一封信，署上了自己的姓名地址，从车窗随意塞给一个陌生的战士。那位年轻的军人从战场上归来以后，试着给这女孩回复了书信。他们顺利走入婚姻，狮子山的铁轨理当是他们的媒人。

师大附小下午三点来钟就放学了，孩子们大多呼朋引伴，在师大的校园里撒丫子疯玩，也有到校外去溜达的。家里的大人很少过问行踪，都是放养状态。到了晚饭时间，各家敞开嗓门一通呼喊，四面八方都是飞奔而来的小崽子。孩子们时不时地玩得疯了，天黑了才想起回家，爹妈也还记得在锅里留一碗温热的饭。

放学以后，我们的四人小团伙有两种娱乐方式，一种是打乒乓球，附小门口有三张石头砌的乒乓球桌，得早早去占领。这通常是我的任务，低年级放学更早一些。四个人轮流上阵挥拍，没轮到上场的就趴在一旁的石墩上胡乱将作业写完。要是没占上台子，我们就去铁轨外闲逛，逛一阵子，然后烤些什么来垫垫肚子。

快到寒假的时候，我们的物质就显得匮乏了，就连程家上一年积存下来的腌腊制品都一扫而空。程国庆妈妈召集了家族中的女性，妹妹和弟媳们，忙着灌香肠，在楼前生起火堆熏腊肉，但新做的香肠腊肉需要好些天才能风干，风干了才能吃。鱼也断货了，季爸在这个冬天收获颇少，他的洗脚盆用来洗脚的频率明显高于养鱼的频率，洗过脚的他终于回到了季妈的床上，不用再跟儿子们挤在一起。

在这个没有香肠没有鲫鱼的空档期，我们沿着长长的铁轨漫无目的地朝前走着。有时程国庆从家里拿来几颗土豆，我们就烤土豆，我和史夏切一块南瓜来，我们也烤南瓜。烤熟的土豆和南瓜寡淡无味，主要是，它们都是蔬菜，我们馋的，是肉食。

终于有一天，程国庆实在忍不住，用小刀从家里割下来一小截新鲜香肠。我们围着火堆，馋涎欲滴地盯着那节逐渐变色的香肠。事实却无情地摧毁了我们的渴望，未曾风干的香肠就是一团腌制的生肉，咸得像打翻了盐罐子，同时肉与肠衣尚未充分融合，嚼不动的肠衣仿佛一块塑料布，用来收口的绳子更是在口腔里清晰可辨。程国庆妈妈拥有担当贤妻良母的自觉意识，可她实在是欠缺天赋，加上一群娘家的马屁精喝彩鼓掌，她从来没有意识到自己在厨艺方面需要大步迈进，因此，她故步自封、墨守成规，她做的香肠不是太辣就是太咸，这缺点在香肠的水分未曾收干时显得尤为突出。

我们勉强吃了一点，失望地对着地面上的余烬发呆，跟来自心底的欲望搏斗着。就在这时，一个壮年男子出现在我们跟前，他手里拿着一段干瘪的香肠。

“小朋友，能否借你们的火一用？”他的神情看起来有些奇异，很久以后，我才明白，那种表情，叫做猥琐。这人细皮嫩肉的，头发很长，垂在肩膀上，看起来不太像附近的农民，也不像师大的老师。一件脏兮兮的开衫夹克，前襟有好些油渍，这让他的年龄和身份都变得暧昧起来。

“你用吧。”程国庆率先回答，他招呼我们仨离开。

“等一等，烤熟了，一起尝尝？”这个男人发出邀请。季老三首先就迈不动步了。

“火快熄了，我帮你加一些干草！”一向动作慢吞吞的季老三跳起身来，体贴地去找燃料，史夏殷勤地紧随其后。我看了看他们，想跟过去，对于很少吃到香肠的史家孩子来说，那几根香肠充满诱惑，我甚至已经数清楚，一共是五小节。这人可真是个大富翁啊。

我的衣袖被程国庆拉住了，程国庆没有动弹，他警惕地看着这个陌生人。整个过程中，季老三和史夏谄媚地帮着那个男人烤香肠，香味儿渐渐弥散开来，亮晶晶的油水滴答下来，几双眼睛聚精会神地瞪着火堆里逐渐柔软起来、丰盈起来、油亮起来的肉。

那个男人很大气，他掏出一把小刀，大大方方地把香肠切割开来，分给我们，他自己只留下了一小节。我们吃得很香，尽管这香肠也挺咸的，但毕竟经过了时间的风干，缺点都被隐藏在了岁月中。

自始至终，程国庆一口没吃，他把分给他的那节，转送给了史夏。他独自走到一旁的田地里，拔了几根蒜苗，放在微火中烤着。

“想吃香肠的话，就来找我，下午我一般都在这附近散步，”那个男人吃完了他的香肠，微笑着冲着我们说，“你们谁来都可以，我那里有不少的存货。”

说完，他在衣服上蹭了蹭油腻腻的手，转身走掉了。我们集体目送着这个天使一般慷慨而友好的男人，香肠让我们忽视了他眼里的戾气。只有程国庆蹲在地上，无聊地嚼着烤得黑乎乎的蒜苗。

“喏，给你。”我递过去我手里的那一节香肠，我忍着馋劲儿，只吃了一小半，我把它留给程国庆。我一直留意着他的行止。

“我不要。”他摇摇头。

“吃吧，很香的。”我坚持。

“傻瓜！”他揉了揉我的头发，像揉史夏或是季老三的头发那样，“我不能吃，我得保持清醒，万一他是个坏人呢？万一他专门拐卖儿童，往香肠里放了蒙汗药，我们吃了，那不是全都完蛋了！”

那一刻，我对程国庆肃然起敬，这么多的隐患，这么多的玄机，我们竟然都没有觉察，三个吃货嘴角流油地吃着嗟来之食，没有一丝的提防。人贩子从来都是有的，我们的父母也时常教导我们，人贩子就像“狼来了”里面的那只狼，它既虚幻又具象，潜伏在某个抽象的时空里，一旦现身，便是天崩地裂的灾难。

“要是天天有烤香肠吃，哪怕他下药，我也情愿跟着他走。”史夏意犹未尽地舔着自己的手指。在我家，其实每天午饭都有肉，我爸利用职务之便，家里能够吃到的肉已经比别家多了很多，但分到碗里，每个孩子大约就一两片而已。对于男孩子史夏而言，这两片肉，相当于诱饵，让他空虚的肠胃有了目标明确的念想。

“我也愿意。”季老三也舔着自己的指头。在季家，肉亦是不缺的，但季老三的排行不占优势，抢不过两个大孩子，他又有着一副难以填满的好胃口。

隔了几天，我们再次偶遇那个男人。他从口袋里掏出一串香肠，史夏和季老三默契地打下手，他们争先恐后地拾来柴火与枯叶。香肠烤好了，这一回，程国庆也吃了。我惊疑地看着他几口干掉那节香肠，有点不知所措。我没动我那份，我猜想程国庆默认的规则是，大家轮流值班——如果这也算值班的话。

那个男人跟我们一样，盘腿坐在火堆边，津津有味地吃完他的香肠，仍然在自己的衣服上擦擦手，起身走掉了，临走前他再次告诉我们，他经常在这一带烤香肠，欢迎我们品尝。

“你怎么不吃？”等他走后，程国庆碰了碰我。

“你不是说，万一里面有蒙汗药怎么办？我不吃，就可以保持清醒了。”

“还真是个猪脑子！”程国庆大笑起来，“就算你保持清醒，你那小身板儿，人家往肩膀上一扛就得了，你还能救下我们？”

我急了，我不愿意让程国庆看扁，在他眼里，我必须是强大的。我朝着程国庆比画我的胳膊，他挑挑眉头，轻描淡写地伸手一捉，就把我的双手给捆住了。我动弹不得。季老三和史夏在一旁笑得打跌。

香肠又继续吃了好几次，程国庆吃了，我也吃了。我们渐渐跟这男人熟识起来，他的态度很随意，从不打听我们的姓名，也并不打算跟我们交流，见面就一起坐下来烤香肠，吃完就分开，那磊落的做派像极了江湖中萍水相逢的绿林好汉，怎么看都不是坏人的样儿。

这期间，程国庆家里的香肠风干了，又发生了一起失窃事件。这一回，窃贼太过贪婪，偷去了一大半，程国庆妈妈气急败坏地把剩下的香肠全都收进房间里，于是，程家的屋子里四处悬挂着香肠。

这一年，程家第一顿煮香肠时，程国庆把我们仨都叫了去。煮好的香肠油汪汪地盘旋在案板上，程国庆妈妈斜斜地切成片。我们围在她身边，她一边切着，一边放进我们嘴里。程国庆妈妈是个大大咧咧的女人，她不仅招待我们，也叫着邻居孩子们的名字，一人一片，最后，盛到盘子里的香肠，就剩下了可怜的一点点，程国庆妈妈对着盘子里的香肠，大笑起来，笑得像个淘气的孩子。

那一刻，我是多么热爱这个性情明朗的女人，我渴望成为她的孩子，哪怕她的厨艺如此糟糕。我是个忘恩负义的孩子，我老喜欢用我妈跟程国庆妈妈做对比，我妈什么都不好，嚼饭时吧唧嘴，口腔里散发着腥气，内裤全是补丁还晒在门前的大树杈间。这些，都让她比起程国庆妈妈逊色太多。

当然，我最为渴望的是，能够作为程国庆妈妈的孩子，与程国庆朝夕相处。我还不到九岁，不懂得两性之爱，只是笼统地觉得程国庆什么都好，就想跟他在一起。一想到他，我的心里就泛滥着杏子似的酸，又有橙子般的甜，他不在身边的时候，我会若有所失，当他出现，那种惊喜，就像是久别重逢——虽然我们每天下午放学都混在一起。

我并不知道，那就是我最初的爱。爱是一场奇迹，拥有化腐朽为神奇的力量，让程国庆这个人，以及他周遭的事物，都变得光芒万丈。而在这光芒之外的区域，一切都黯淡下去，我甚至忽略了史夏，我那馋嘴而粗心的二哥。我们谁都没有预料到，我的二哥史夏即将面临一场灭顶之灾。

那个下午，我们都没有去铁轨旁的山坡。我们是指，我，程国庆和季老三。史夏去了。他单独去了那里。出发之前，他邀约了我们，但是，我们都没有去。

季家的鲫鱼在消失了一阵子以后，季妈的肚子大了起来，季家的第四个孩子即将诞生。而在当时，我对季妈的状况缺乏准确的预判，我只看到这个原本就肥硕的女人每天坐在窗前，不分时辰地加餐。她的肚子越来越大，顶到了饭桌上，像一只皮球。她不断地吃东西，嘴巴动个不停。我从心底里深深地怜悯着季老三，这孩子多可怜啊，有个如此贪吃的母亲，肚子都撑成那样了，她还吃，她就不怕把腹部给胀破吗？

冬至过后，从季家传出小婴儿的啼哭声，透过窗户，可以看到季妈头上缠着一圈白布，坐在床边哺乳。自此，季老三几乎失去了人身自由，他和他的两个哥哥忙得不可开交，每天有大量的尿布要洗，还得哄他们哭声嘹亮的小妹妹睡觉。季家的第四个孩子是个小女婴，性别的稀缺导致她一出生，就成为家里的掌上明珠。

季老三拖着书包，郁郁寡欢地往家走。季老三不喜欢他的小妹妹，可是，一旦他有丝毫的表露，季爸的鞭子就会抽下来。季爸对老婆千依百顺，在三个儿子面前可是威风凛凛的。

程国庆要参加附小鼓号队的排练。师大附小建立了一支鼓号队，神采奕奕地出席各种重要场合，非常拉风。每年元旦前后，师大会有一次大型文艺演出，征用附小操场，演出前有烟花表演，开场的保留节目则是附小的鼓号队奏乐。

程国庆是领头的鼓手，他穿着学校统一定制的演出服，戴着白手套，挺拔的腰身和笔直修长的双腿看起来是那么的炫目，而他的表情，一派的云淡风轻，目光不知道落在什么地方。他抬手敲击鼓点的时候，我的心都要跳出来了。我在人群里，看得发呆。鼓号队的粉丝不只是我，每当排练的日子，附小的操场上一定挤满了孩子们，放学以后大家都逗留在学校，就为了观看他们的彩排。

史夏来叫我的时候，我没有搭理他，我甚至没有注意到他是何时离开的。那个下午，我的日程安排得很满，全都跟程国庆有关。先是观看他彩排，接着，我们要去三灶替家里排上队，磨汤圆粉。

三灶是学生食堂，那里有一个巨大的石磨，过年前会集中开放两三天，全校教职员工排队去磨汤圆粉。磨好的汤圆粉，佐以自家用猪油、花生、红糖等炒制的馅儿，那个腻啊。成都的新年风俗有一样叫做金线吊葫芦，是指大年初一的早餐，每个人都要来一碗汤圆加上一碗面条，预示着一年的好彩头。有些家庭会在汤圆馅儿里藏一枚硬币，谁吃了那只汤圆，就是大吉大利的征兆。

我和程国庆约好了去排队，其实是我妈定了那个日子磨汤圆，我怂恿程国庆说服他妈，也在同一天完成。这样，程国庆就能陪着我一块儿去。

那个年代，家里的小孩子都是能够派上大用场的，跑腿排队之类的活计基本都是小朋友完成。譬如到合作社去打酱油、买甜面酱。那会儿师大的商店叫做合作社，是一家国营商店跟师大合作，由师大拨了几间屋舍，摆上简单的货品，生意就做起来了，里面日常用品一应俱全，还有几只搪瓷盘子，盛着绿豆糕、柿子饼、马蹄糕之类的点心。譬如师大有个电影放映队，差不多每个月都有两三次，会在附小的操场上放映一场电影。孩子们早早地就拿着小板凳去占领操场正中央的好位置，家里的大人们吃完晚饭，洗刷了碗筷，这才不紧不慢地到操场来，坐在最棒的观影位，欣赏影片。孩子们是不太看电影的，完成了占座的任务，就在人群中钻来钻去地藏猫猫。

这样一来，那天下午，季老三回家洗尿布，我和程国庆领受了排队的活计，我们要去做正经事。史夏本来也应该跟我一块儿去排队的，不过作为男孩子，他与大哥史尚不太被我妈器重。史尚与史夏很少一起混，史尚与同班的几个调皮蛋好得割头换颈似的，成天不见人影。因此，我家的排队通常落在我和姐姐史佐头上。史佐跟我妈很亲密，她愿意随时腻在我妈身边。我排队，她就帮着我妈把泡发的大米和糯米装进盆子里，从家里抬来三灶。

史夏落了单。落单的史夏习惯性地朝铁轨外面走去，朝着他一生中最大的陷阱走去。

那时，我浑然不觉，我幸福地跟程国庆一前一后地排着队。在这中间，程国庆遇到了他班里的男生，两人一言不合，动了手。我在队伍里急得要命，生怕程国庆吃了亏，又怕错过了排着的序号。还好，轮到我们的时候，打斗结束了，程国庆脸上带着一线细细的抓痕走了过来，他的对手更惨，嘴唇都流血了。

程家磨了三大盆汤圆粉，程国庆妈妈和家里的女眷们一起抬着她们的战利品。我家就一盆，我妈和史佐抬着。我妈与程国庆妈妈打了声称呼，两人就聊上了。因为孩子们的缘故，我妈和程国庆妈妈很熟悉，她们遇见了，就会数落一番自家的淘气包，这个话题，可以让全天下的女人作为社交生活的起点。

程国庆妈妈说：“你家两件小棉袄，多贴心。”我妈说：“贴什么心，操心差不多。”程国庆妈妈说：“史佑这小丫头乖巧得很，我要是有这么个女儿，睡着都笑醒了。”我妈就说：“你要不嫌弃，送给你得了。”程国庆妈妈笑着说：“你如果舍得，让她今晚就跟我回家去，我养着。”我妈说：“有啥舍不得的？”

听到这里，我激动得手心都冒汗了，丝毫意识不到那不过是大人之间的一句玩笑话。我是完完全全当了真。我看着程国庆，这小子没心没肺地围着石磨转圈儿，东摸摸西看看，仿佛想要解锁某项神秘的技能。我的心里翻腾得厉害，我恨不得揪住他的耳朵，大声提醒他，我就要去他家里，成为他的家人，把他的母亲当成我的母亲了！

程国庆妈妈磨完汤圆粉，几个女人抬着盆子就走，我本能地跟过去，我惊讶程国庆妈妈为何没有叫上我一起走，难道她忘记了刚刚说过的话？

我被我妈给喊住了，我妈让我不要出去野，盆子太重了，待会儿需要我和我姐史佐一块儿帮忙抬才行。我焦急万分，眼看着程国庆妈妈越走越远，幸好，程国庆不知从什么地方蹿了出来，他没有离开，不是为了陪着我，而是为了那台怎么琢磨都嫌不过瘾的石磨。

我家的汤圆粉终于磨好了，最终由我妈和史佐抬了回去，她们没有找到我，因为我躲在了石磨背后。程国庆也藏在那里，他正试图爬到屋顶上去，因为连接石磨的轴承一直延伸到了天花板。程国庆避开大家的目光，寻找着下脚之地，我紧随其后，要是他能上得去，我也打算跟着去瞧一眼。这石磨太神奇了，如此沉重，又如此灵巧。

就在这时，我看到我的大哥史尚气急败坏地跑了进来，他大声叫着我的名字。我不得不现身，史尚一把抓住我，什么都没说，没命地朝外跑去。程国庆从爬了一半的缆绳上跳下来，也跟着跑了出来。

史尚跑得很快，我被他拽着，趔趔趄趄地朝前跑，风迎面吹来，刮得我的两只耳朵生疼生疼的。我想挣脱史尚的手，但他牢牢抓着我，朝着后校门的方向飞奔。在我们身后，程国庆也在奔跑。我不知道我们要去哪里，程国庆也不知道，但他锲而不舍地跟随着我们，中途他甚至超过了我们，跑到了前面，然后，他站住，等待史尚拉着我追上来。

"你们要去哪里？"程国庆问道。

"我家出事了。"史尚气喘吁吁地回复。他只说了这一句，就拽着我继续狂奔，程国庆也跑了起来。我的脑子乱得不得了，我无法思考，只能跌跌撞撞地跟着史尚朝前奔跑。

快到后校门的时候，一大群人从铁轨的方向，对着我们迎面冲过来。史尚猛地收住脚步，我差点摔了出去。然后，我看到领头的是我爸，他抱着史夏，狼狈地跑过来。

我喘着气，恍惚地看着我爸，我不明白发生了什么事。一个人影快速遮挡在我身前，是程国庆。他伸出双手蒙住我的眼睛，不是“猜猜我是谁”的那种玩法，他很用力，严严实实地挡住了我的视线。我的眼前一片漆黑。我试图掰开他的手，我想要看一眼史夏，为什么他会被我爸打横抱着，为什么有那么多人跟着他们在跑，我得看一下。然而，程国庆毫不松手。

“不要看。”他说。他的声音是颤抖的，也是坚决的。我突然感到一阵心悸，我意识到史夏出大事了。

那群人奔过我们身旁，杂沓的脚步声越来越远，他们朝着校医院去了。史尚伸手来拉我，被程国庆拦住了，程国庆对史尚说，我带她来。史尚没有坚持，他跟着前面那群人跑远了。

过了好一会儿，程国庆松开了手，我揉了揉发花的双眼，紧接着，我看到了地面上的血迹，断断续续地洒了老远，从铁轨那里，一直蔓延到我爸他们跑过去的地方。

我一阵恍惚，双腿发软，面前的树木和马路旋转起来，整个人像落进了水里，水波荡漾开来、荡漾开来，我被转晕了，我什么都看不见、什么都听不见了。

清醒过来的时候，我已经躺在了校医院，我妈和程国庆都在我旁边。是程国庆把晕倒的我背来了校医院。一位护士直起身子，对我妈说，她晕血，补充点儿糖分就好了。我妈的表情是木然的，她递给我一个白瓷缸子，里面是葡萄糖水。我喝完了那缸水。

你先回家吧。我妈对我说。她的脸色发青，她想说什么，但她什么都没说出来，转身走了出去。

我抓住程国庆，我问他，史夏怎么了？他流血了？他受伤了吗？他跟谁打起来了？我本能地想到了打架，史夏不是一个惹是生非的孩子，但身为男孩，没有一个不被卷入一堆莫名其妙的战争中的，他们的荷尔蒙在转化为性欲以前，主要的宣泄渠道就是角力。

程国庆摇摇头，他说，我不知道。我问他，史夏在哪里？程国庆说，他也在校医院。程国庆的神色也很难看，看起来同样被吓坏了。所有人都魂不守舍。

我跳起来，走了出去，我要去看看史夏。走廊尽头是抢救室，门外站着好些人。我看到了我爸我妈，还有史尚和史佐。

我走了过去，程国庆也跟了过来。抢救室的门敞开着，我透过人缝，只看到一道白色的布帘，史夏一定是躺在那后面，因为我看到地上是他的鞋子，一双很旧的球鞋，一边鞋尖破了一个醒目的洞，鞋面满是泥污，除了泥污，还有——血迹。我又感到晕眩，我抓住我妈的手。

你快回家吧，别看了，别在这儿添乱了。我妈带着哭腔说，她的手是冰冷冰冷的。我回过头，看到程国庆，他踮起脚尖朝里看，我拉住程国庆，我说，我要去你家。

程国庆果真带我回了他家。程国庆妈妈专门给我煎了一只荷包蛋。那顿晚餐，程家人很静默，他们不断地往我碗里夹菜。我吃得很少，整个人晕得厉害，我不想说话，失魂落魄地傻坐在那里。

晚饭后，程国庆妈妈派程国庆去看一下我家有没有人。程国庆跑着去，又跑着回来，他说，我家里黑灯瞎火的。

“可能抢救还没有结束，大家都在校医院里。”程国庆妈妈叹口气，说道。她把程国庆爸爸的被褥抱去了程国庆的床上，拿出一床干净的被子，让我在她的床上躺下来，她一定看出了我的疲惫。我的头一挨着枕头，立即就睡着了。

不知过了多久，模糊中，有人为我测量体温，有人扶起我，喂我吃药。我发起了高烧，烧得迷迷糊糊的。我依稀听见我妈的声音，她在跟程国庆妈妈交谈，程国庆妈妈留下了我，她让我妈安心照料史夏。她们在我的床头低声说话，我妈发出轻轻的啜泣，那些只言片语的信息，我没法拼凑起来，在当时，我根本不知道史夏经历了什么。

直到史夏十八岁那年，以极其优异的成绩，填报了让人大跌眼镜的佛学院，从此皈依佛门，做一个心如止水的出家人，我才逐渐还原出那桩不愿被人再提及的惨烈的事件。

在那个永远不会再回来的冬日下午，阳光苍茫的铁轨边，史夏再次遇见了那位随身携带香肠的男人。他俩一起生火烤香肠，吃完之后，男人没有离开，他侵犯了史夏。

史夏伤得很重，奄奄一息地趴在树林里，一个路过的农民发现了他。问清住址以后，农民来到我家报了信。我的家人疯了一般赶去事发现场。

师大校医院无法救治史夏，在简单的伤口处理以后，他被送往华西医院，进行肛门缝合手术。之后的两个月，史夏被迫请了病假，因为他没法正常地坐着，他必须坐在一个架空的木笼子上，等待他严重受损的肛门修复。

这件事，在师大传得沸沸扬扬。但是，这与别的八卦又是不同的，人们没有办法从容地用一些词语讲述清楚，一旦聊到这里，一定是咬着耳朵，语言变得支离破碎，甚至简化成了一些语焉不详的代名词。也是在那时，师大人首次知道了男性同样是脆弱的性别，同样有被性侵的危险。

复学以后，除了学习，史夏不再做任何别的事情，他从全班倒数第一名，变成了正数第一名，而且这个排序在中学时期一直保留了下来。长大以后，我终于明白，原来，相对实现这世上别的欲望，念书是最为容易的一件事，只要下功夫，就可以拿到好成绩，远比改变某种窘困的状态，抑或是见到一个朝思暮想的人要容易得多。

荒诞的是，当警察抓到罪犯时，大家才知道，他那些取之不竭的香肠，是从程家的窗台偷来的。每一年，他都会偷走程家的一部分香肠，储存起来，慢慢享用。

这个男人，是师大附近那间教学仪器厂的工人，离异多年。警察审讯得到的信息是，他的目标原本是小女孩，准确地说，是我。因为他发现我是个馋嘴的女孩。他在找寻着机会，用大量的香肠作为诱饵，想要从这几个男孩身边将我引诱开来。然而那些天，他始终没有成功，因为我像个跟屁虫，紧紧跟着程国庆，没有留给他任何下手的机会。

那天下午，他见到的是单独前来的史夏。我、程国庆和季老三都没有出现。他等得实在是不耐烦了，想到前期投资的大量香肠，他决定索要回报。

案件被定性为冲动性犯罪，换言之，他的预谋对象是我，而史夏是他激情犯罪的后果。

很多年过去了，我一直记得洒落一地的血迹，记得史夏那双脏污的球鞋，以及程国庆的那个动作。程国庆毫不迟疑地蒙住我的双眼，不让我看见伤痕累累的史夏。

平日里，程国庆当我是小兄弟，是一个从来不哭的家伙，但遮挡我眼睛的那双手，让我明白，在他的潜意识里，我不过是一个外表强硬内心怯懦的小女生，他看穿了我的柔弱。这份了然与呵护，让我宽恕了他在这一生中带给我的所有伤痛。

8　程青书

今天是小雪。

天气不太冷，清晨的细雨过后，天就晴朗起来了。

午后，我去焦老师家里，探讨一篇论文。以往，我们师徒会约在学院办公室，焦老师在那里有一间专家工作室。再婚以后，他很少去学院，他在家里办公。

史佑送进来一盘水果，转身离去。我的目光跟随着她的背影。在她回来以后，我恨不得每天见到她，我总是不知不觉地就走到焦老师家里来，就像在我幼年时，本能地跑向史佑所在的地方。

谈完论文，我在花园里见到史佑，她抱回来一只纸盒子，从里面拿出一些陈旧的信件与照片，逐样地清理着。见到我，她并不回避。她告诉我，她回了一趟在师大的老屋，取回来这些，纸张都发霉了，她放在阳光底下晒一晒。她家的老屋已经无人居住，空置在那里。

有一张照片，是她二哥史夏的。史夏从佛学院毕业，留在藏区的寺庙里。那是一个超凡脱俗的人。

“史佑，你有多久没见过他了？”我问道。史佑摩挲着那张发黄的旧照片，照片上的青年相貌英俊，有着跟史佑相似的明眸。

“快三十年了吧，”史佑淡淡地说，“他不太愿意家人去探望，当他走进去的时候，就是要彻底斩断与这尘世的联结。”

我不知道该说什么，这是一件伤感的事。

“程青书，将来等你结婚生子，如果生下来的是儿子，”史佑闲闲说道，“你一定要细心照顾他，小男生的心思是很敏感的。”

“就像你照顾我那样？”我脱口而出。史佑闻言一愣，她抬头注视着我，片刻以后，她微笑了。

“没错，要像我那么全心全意。”她说。

“全心全意”这个词语，不知为何，让我鼻子一酸。

十五岁以前，史佑是全心全意守护着我。她接送我去幼儿园，给我做饭，每晚给我讲睡前故事，周末为我洗澡洗衣服。她是一个未婚女子，面对小男生的裸体，她会有些不自在的表情，而我，也像所有的捣蛋鬼，她越是回避，我越是故意把小鸡鸡暴露在她面前。

“程青书，你是个小坏蛋。”我记得史佑总是咬牙切齿，又是尴尬，又是无可奈何。她忍耐着我的恶作剧，也忍耐着照看一个孩子的烦琐与疲惫。

我生病的时候，她送我到校医院看大夫，回到家里，一天三遍地喂我吃药。我发烧的时候，她整晚不睡，一步不离地盯着我，半夜里用湿毛巾为我做物理降温。

在我的认知里，我不是我爸的孩子，我不是任何其他人的孩子。我是史佑的孩子。

我对我爸宣布，你不用回来了，我是史佑的孩子。我爸愣了愣，他竟然没有生气，他说，很好。他那种心平气和的态度让我感到愤怒。我希望自己不认得这个不负责任的男人。

七岁那年，我患了疝气，疼得快要晕过去了。史佑背着我，送我去医院。我伏在她的背上，听着她奔跑时发出的气喘吁吁的声响，她是那么紧张，这让我觉得安心。只要史佑在身旁，任何的痛苦与困难都是可以解决的。

手术后醒来时，我第一眼看到的是我爸，他失魂落魄地盯着我，脸色是灰黄色的，我从未见过他这样。我爸惊喜地扑向我。

“孩子，你醒了？”他的眼里似乎有泪光。

我不想搭理他，我转开头，找寻着史佑。史佑在病床的另一侧，朝着我微笑，那笑容是镇定的。我朝她伸出手去。

“史佑。”我轻轻叫着。史佑握住我的手，她的掌心是温暖的。

“程青书，你吓死人了。”我爸哽咽着说。

恰好护士进来换点滴，人家惊讶地看了我爸一眼，我羞愧得要死，一个大男人，表演什么哭戏！

麻醉药让我昏昏欲睡，我抓着史佑的手，陷入半梦半醒之中。迷糊中，我听见我爸的呜咽声，他在抽泣。史佑似乎是在安慰着他。

“史佑，我受够了这种担惊受怕的日子，我情愿我的人生中没有出现过他们，我时时都在恐惧，生怕一个不留神，就会连他都失去了。”这是我爸的声音。他是什么意思？我不明白。我讨厌他这副软弱的模样。他冷漠的时候，我讨厌他；他慌张的时候，我也讨厌他。当一个人厌恶另外一个人的时候，后者做什么都是错的。

我撑不住，我爸还说了些什么，我已经听不见，我又睡了过去。当我醒来时，是一个好天气，阳光从病房的窗户里照进来，一条白色的光带落在我对面的墙上。史佑趴在我的床边睡着了。我爸已经不见了。

我恢复得很快，我觉得体内的力气像水一样漫延上来，我甚至想要跟史佑一起做游戏。她带来几本童话书，念给我听，以便让我安静地躺着休息。我爸偶尔来瞧我一眼，他的脸色很平静。渐渐地，我忘记了那个哭泣的男人，在那个夜里，我爸的哭声，或许就是一场幻觉。

他一直是我至为反感的人。

然而，我记得，就是那一年，在我手术以后，史佑决定要离开。史佑就是这样，这些年里，她总是反反复复地试图要离开我，每一次，都令我撕心裂肺。

我出院以后，史佑得到了一份很好的工作，外企，集团总部在杭州，她要去杭州工作。我舍不得她，但我只能接受她的安排，我不得不接受。她并不是与我商量，她只是通知我而已。

她走的时候，我本来决定不哭。但是，我忍不住，我痛痛快快地哭了起来，惹得她也哭了。她紧紧抱住我，好半天，她猛地掰开我抱住她的胳膊，头也不回地走掉了。

史佑走后，我小心翼翼地生活下去，上学、写作业、吃饭。我爸不在成都，我奶奶也不在成都，我奶奶新开张的幼儿园在北京，她有很多家幼儿园，她经常在不同的城市里。我被送去我爷爷和我奶奶家里，我爷爷中风了，家里只有一个保姆，她在我爷爷的房间里陪睡，我单独睡在另外一个房间里。

所有人，似乎只需要确认我活着，没人将我放在身边照顾。就像我外婆，她给我写信，也给我打电话，寄钱给我，寄给我玩具手枪与背带裤。然而她从不见我。很久以后，在她弥留之际，我飞往上海，见了她最后一面。她形容枯槁地向我道歉，告诉我，从不谋面，是因为不愿意想到我的母亲。我奶奶、我外婆，连同我爸，他们都选择了让自己最为好受的方式来面对我，他们没有考虑过我的感受。

史佑走后的第二天，我上了体育课。到了夜里，我被手术伤口的剧痛惊醒过来，我下意识地轻声叫着史佑，摸了摸身旁，她不在。她陪着我的时候，我是一定要赖在她的身边，跟她一起睡。史佑身上有一种洁净的清香，就像用来安眠的香熏，只要她在，我一下子就能睡着。即使在医院，麻醉药过后的痛感里，我哼哼唧唧地抓着史佑的手，心里的难过也会一点一点地消失掉。

但是那晚，我的伤口痛得无以复加，痛得连睡眠都不能将之打败。我被恐惧所扼制，我委屈地小声哭了起来。我越哭，它越嚣张。我痛得受不了了，我想去叫醒我爷爷和保姆，但我意识到他们帮不了我。

我光着脚下床，起身走到窗前，窗外灯火阑珊。我推开窗户，夜风吹过来，我朝着外面的夜色试探地叫了一声，史佑。

神奇的事发生了，叫声让我的疼痛减轻下来。我再叫了一声，史佑，那痛感就像一双怯生生的脚，又朝后退了一步。我提高嗓音，大声叫着史佑，一声又一声。楼下经过的人抬起头来，望向我。我不理睬，接着叫下去，直到嗓子都哑掉了。

我这样叫着史佑，睡在隔壁的保姆终于被吵醒了，她惊慌地跑进来，把我抱到床上，我不肯躺下去，号啕大哭起来。

我被连夜送去医院，伤口果然化脓，在急诊室打了一天一夜的点滴。新的夜晚来临了，我躺在病房里，我奶奶家的保姆在我旁边呼呼大睡。我大睁着双眼，睡不着。天知道我有多想史佑。

门开了，借着走廊里的幽光，我看到有人走进来，走到我床边。她低下头来的瞬间，我哭了出来。我已经认出来，这是史佑。我扑进她的怀里，痛哭流涕。

史佑就这样结束了杭州的行程，她还没来得及去公司报到。当我奶奶家的保姆辗转找到她的电话，告诉她我深夜对着窗外呼唤她的名字，她做的第一件事就是返程。她搭乘最近的那一趟航班，回到了我的身边。

史佑在成都找了一份工作，重新接管了我的生活，从那一年，直到我十五岁，她再也没有离开过我。我相信她是爱我的，肯为我做这么多，一定是非常非常地爱我。

三十五年前

史佑

从二年级到五年级的三年间，我成功逃脱了洪雅方言的噩梦。时髦的前任班主任随丈夫调走后，新换的班主任嗓门很大，一生气就咆哮，这一来就把大家给镇住了。没人再留意我的洪雅话，因为我们的新班主任讲的是一口标准的内江话，这也是四川方言中极具个性的一种。菜市场有一个卖花生的小贩是新班主任的老乡，他说的是：

“过瓦！喊你过瓦非要过雕，雕是另外的价！”这句话翻译过来的意思就是，买花生要用一只大勺子，不区分大小好坏地舀起来，如果一颗一颗挑选，价格就要提高。

这就是干劲脆辣的内江方言。班主任身上也有那种爆辣劲儿。同学们乐此不疲地偷偷模仿班主任的口音，时间一长，也就习焉不察了。

在班级里，我的功课很出色，普通话讲得很好，擅长朗诵与演讲，跳舞和绘画也是很棒的，我的每篇作文都被作为范文宣读。我不太跟那些叽叽喳喳的女生一起玩，她们在跳房子、玩皮筋、抓仔儿、翻绳的时候，我一般都去程国庆妈妈的办公室。那时我已经是少先队大队委，耀眼的三道杠。我热衷于大队部的工作，是程国庆妈妈的左膀右臂。

同学们早就忘记了我的绰号，哑巴。我的两个绰号，撒谎精、哑巴，已然灰飞烟灭，除了我自己，没人再记得。然而，它们所带来的伤害，就像受伤以后留下的疤痕，伴随终身。

我并没有新的朋友，程国庆、季老三和史夏都已经升到师大附中。下午放学以后，我腻在程国庆妈妈那间大队辅导员的办公室，里面塞满了队旗之类的杂物。我就在她的办公桌上写作业，顺便帮她收发物品，而她大部分的时间都在向领导汇报工作。她的情商很高。

程国庆妈妈经常顺道捎我回她家吃晚饭，有时她会遣我帮忙去食堂里打一份肉菜，当然，我去的是我爸掌勺的窗口。我爸一声不吭，往碗里扣上一大勺子肉丝儿，程国庆妈妈给的饭票则是原封不动地让我退回来。程国庆妈妈的初衷倒不是占便宜，食堂里的菜要比她做的好吃很多，尤其是她的工作忙碌起来以后，对做饭就越发敷衍。

我、史夏、程国庆和季老三的四人团伙已经彻底解散。史夏和季老三被分在同一个班，程国庆在另外一个班。脱离友谊后的史夏变得很孤僻，他是一个成绩优异的独行侠。他的眼睛近视了，戴上了眼镜。上学和放学的路上，手里都拿着一本书，一边走路，一边看书。他的行为，没人非议，大家都用一种怜悯而又意蕴深邃的目光，目送这个忧郁的少年一言不发地从身边经过。我不知道那些书籍向他展开了怎样的世界，他仿佛沿着一道月光下的岔道，走向了另外一条蜿蜒而狭长的小径。就像是一些种子，渐渐萌生以后，有些开出了花，有些长成了树。史夏的心思距离我们越来越遥远。这个男孩子，我的二哥，在我未曾察觉之时，从我身边繁复的人间烟火中，渐行渐远，朝向了遁世之路。在这荒寒的成长岁月中，每个人都是孤单的，也是伤痕累累的。从此以后，在我家的餐桌上，没有再出现过香肠。过年的时候，我们不做香肠，只熏腊肉。

季老三也变得面目全非，那个腻腻乎乎的胖男孩不见踪迹，他瘦了一大圈，长高了，身手变得敏捷，跟附近工农兵中学的几个混混搅在了一块儿。他们抽烟打架，是远近闻名的问题少年。现在，季家爸妈表演男女混双，用尽体内的洪荒之力，打得季老三哀号不已。但是，挨完打，他照样出去晃悠，不是被派出所的警察送回来，就是被别家孩子的家长找上门来。

程国庆有了好些新伙伴，是他班里的同学。不过，他依然愿意搭理我，跟我聊聊天，说我是他妈的小喽啰。他那几个新伙伴到他家里来，见到我，他简单地给人家介绍：

“史佑，我弟。”

他那几个伙伴就笑得稀里哗啦的，说他眼睛坏掉了，男女不分。程国庆扳过我的肩膀，盯着我仔细左瞧右看，故作诧异地说：

“史佑，你啥时候留了长头发？快剪掉吧，这发型不适合你。”

但是，中学的作息时间跟小学不同，程国庆不再有工夫领着我一块儿玩，他有了自己的新世界，那世界对于我，有一层厚厚的隔膜。也因为程国庆，就连陌生的师大附中，对于我，都有了一种温暖和亲密。

有一回他被留堂，我在程家都吃过晚饭了，还不见他回来。他妈把他那份饭菜热在锅里，我自告奋勇去接他，一直走，一直走，不知不觉就走到附中门口。

我坐在门外台阶上，望着附中的铁门，那两扇镂空的大铁门生了锈，紧紧关闭着，门内是两行静默的梧桐树。教学楼里亮着灯，不知道程国庆是在哪间教室。天色渐渐灰暗下来，间或有中学生走出来。

过了好久好久，我都快要睡着了，突然，我看到程国庆，他从教学楼里三步并作两步蹦跳着跑出来，背着书包，双手插进裤袋里，一脸满不在乎的表情。起了风，风里落下大片枯黄的梧桐树叶，有一片正好落在他的肩膀上，转眼又掉了下去。他的个子已经长得很高，腿显得更长了。我就那样远远地注视着他，不知怎么的，有一种天荒地老的感觉。

走出附中的大门，程国庆吹起了口哨，他并没有看见我。我站起身来，大声叫他的名字，程国庆。他转过脸来，看到我，笑了。他走到我跟前，把书包取下来，挂在我的脖子上。

“走吧。”他笑嘻嘻地说。

我替他背着沉甸甸的书包，他大步朝前走，我跟不上他的脚步。走几步，他就得停下来等着我。他的几个男同学从我们身旁经过，朝我们吹了一声呼哨。

“程国庆，你小女朋友接你来了？还帮你背书包！”他的同学嬉笑道。

“没错，你小子羡慕了？”程国庆不以为意，他突然抓住我的手，放进他的衣兜里，跟我手拉手地走着。他的同学惊讶得眼珠子都要掉下来了。

“东看西看，母鸡下蛋，把你炸到火车北站！”程国庆朝他们吼道，那几个男生一哄而散。

“男女授受不亲，”程国庆在我耳边轻声说，“史佑，我俩不用介意这个——我当你是男的。”

这是什么鬼话！

程国庆的手很温暖，他紧紧地握住我的手，我就这样跟着他，在他同学们惊讶的目光里，沿着师大那条栽满梧桐树的马路，朝着他的家里走去。那一刻，我恨不得那条路永远没有尽头，而我们就这样永无止境地走下去。

上了初中的程国庆，不仅是他的面容、他的长腿和风一般的奔跑速度吸引着我，他书包里的那些书，同样让我馋涎欲滴。

程国庆跟他的同学交换了各种各样的闲书，金庸的、古龙的，甚至有琼瑶的，都被翻得很破旧了，有些已经缺了页码，它们像毒品一样让人上瘾。我把头蒙在被子里，打着手电筒，一口气读到半夜。

其实程国庆只喜欢金庸，他读得很慢很仔细，研究着金庸小说里的拳脚功夫，想象自己是武林大侠，但他也愿意帮我调换别的书回来。

我的二哥史夏亦有不少的课外书，他不跟人交换，他是从师大附中的图书室借来的，大部分是课外习题集，另外有一些哲学书。有一阵子，我发现他精读了马克思主义选集，摘抄了一大本笔记。在我爷爷家，每一寸空间都被充分利用，大家睡觉都恨不得将身体折叠起来。在这里，每个人都袒露无遗，谁都没有秘密。

史夏的笔记本被我妈当成无人认领的物品，用来引火做饭了。他四处寻找，我妈得知以后，愧疚异常。在我家里，史夏是可怜虫的代名词，大家都小心翼翼地呵护着他，仿佛他是一个易碎的水晶花瓶。他倒是没有大呼小叫，走到公共厨房里，望一眼火里的灰烬，一声不吭地照旧回到屋里，看书、重新抄写。他的书桌是我妈的缝纫机，我妈织衣服的时候，他就转移到饭桌上。他什么都不抱怨，似乎已经习惯了来自命运的一切戏弄。

那几年，我家留在成都念书的孩子只有我和史夏。史尚和史佐在升中学的时候遇到了大麻烦，成都没有哪所初中接收他们，他们不得不回到户籍所在地洪雅，进入乡村中学。史夏由于超乎寻常的优秀，更是因为他的遭遇，由他的小学班主任出面，找了附中的校长，破例留在了师大附中，继续借读。

放学以后，史夏总是在家的，而我从不着家。我是个白眼狼，我喜欢程家。程家是热气腾腾的，有白丁，也有鸿儒，还有足够的空间，可以安安静静地待在角落里，做自己的事情。时时刻刻都坐在书桌前的程国庆爸爸，无论他读的是什么书，无论他在课堂上是多么的卑微，他本身就代表着另一种面貌，是高尚的，也是洁净的，程家是我所向往的书香门第。

程国庆有单独的书桌，我挤在他的书桌前，津津有味地读着他带回来的书，程国庆爸爸也会给我们一些古典文学名著。我在程家囫囵吞枣地读完了整套《水浒传》，文绉绉的，不解其意，我只记住了林冲和他的娘子，一对苦命鸳鸯。我还是更乐意读那些没营养的畅销小说。

作为提供书籍的交换，我帮程国庆写英文作业。程国庆厌恶英文，他的英文从来没有考及格过，那是他的死穴。事实上，他对所有的功课都深恶痛绝，除了体育。

英文单词，我一字不识，初中才开始的英文学习对于小学阶段的我而言，根本就是天书。为了给程国庆做枪手，我拼命自学。程国庆帮我找来一套新概念英语，我写完作业就背单词。当我进入中学的时候，毫无疑问，我的英文程度让我的老师大吃一惊。高考时，我的第一志愿就是英语。这真是一个黑色幽默。

我缠着程国庆找通俗小说来看，时常逗留在他家里，蹭吃蹭喝。程家的女人们会拿我跟他开涮。程国庆的大舅妈说，史佑跟咱家有缘分，往后就做咱家的儿媳妇吧。她们喜笑颜开地等着程国庆表态。

我镇定自若，努力不让自己脸红，那显得太过小家子气。程国庆看我一眼，似笑非笑地说，她要是能帮我把所有的作业都写完，我就答应。程家的女人们笑得要死，她们说程国庆是吃软饭的料。玩笑开得太过分，程国庆妈妈就出面了，我以为她会主持公道，制止那帮乡下娘们儿的胡说八道，没想到她只是来征求我的意见。她问我，史佑，你像你二哥，有读书的天赋，你能看上咱家这浑小子？

说完，她笑眯眯地瞅着我。这玩笑太冷，我简直没法作声。程国庆的姨妈又来了一句，她说，史佑你回去问问你妈，你家彩礼高不高？合适的话，咱家先给送过去，这门亲事就算定下来了。我和程国庆同时愕然，彩礼是什么？一帮女人笑得稀里哗啦的，程国庆妈妈总算正正经经解了围，程国庆妈妈说，他们是真不懂，城里的孩子，不作兴说这些有的没的。

我用《新华字典》查阅了“彩礼”的含义，查完就去问我妈，我家的姑娘出嫁，彩礼要多少？我妈吓一跳，追问缘由，问清楚以后，她笑得连眼泪都出来了。下次她在师大校园里偶然遇见程国庆妈妈的时候，把这事当成了天大的笑话，转述给程国庆妈妈听，两人又是一通狂笑。我站在一旁，不明白这有什么可笑的。程家提出这个问题，我正式问了我妈，就能让这两个女人乐成这样？

不管她们怎么乐，我在心里对自己说，程国庆学习是差了点儿，但我不嫌弃，我喜欢他，我愿意帮他写作业，而且，跟他结婚的时候，我不让我妈要彩礼。

这样的想法让我镇定下来，我的内心是安然的，学习也是有奔头的，我不断地找到更高年级的课本，朝前自学，想要追赶上程国庆的课程进度，从而顺顺当当地帮他写作业。为了程国庆，我要让自己变得特别好，就像一支登山队，作为领队，率先攀越高峰、涉过险滩。成为大队委，自然也是这好中的一部分。身为大队委的我，就这样出现在了夏茭白面前。

我们三个人当中，我与夏茭白是最早认识的。

师大附小有一个露天操场，是小学生上体育课的地方，也是孩子们撒野、溜冰之处，同时还充当着师大电影放映、文艺演出的场地。

到了80年代中后期，每到星期六的晚上，学校就会举行一场交谊舞会。由师大工会掌管的一套高档音响被拖到广场中央，教室的屋檐被用来营造张灯结彩的氛围，大学生们就在广场里翩翩起舞——其实大部分都不太会跳舞，核心要义不过是在昏暗的光线里搂着一个姑娘，在凤飞飞龙飘飘邓丽君的靡靡之音里胡乱地走来走去，鞋底与粗糙的沙石地面发出滑稽的摩擦声，整个操场都充斥着这种一本正经却又无比搞笑的摩擦声，连音乐都遮掩不住。翌日清晨，在操场上一定能看见好几块残留的鞋底，不知那些用力过猛的男生是如何穿着露底的皮鞋，跟新结识的舞伴谈笑风生地一路走回宿舍的。

偶尔会出现一对真正的舞者，跳起华尔兹来，横移、旋转，行云流水的舞步犹如波涛起伏，这时，四周的人群就会自动避开，腾出一大块空地来，围聚成圈，充当他们的观众。

这些集体娱乐，让操场永远人满为患，像是一处热门打卡地。看电影和演出需要早早占座，看跳舞更是要挤进人堆里去，这都是体力活儿。

但有一处得天独厚的观赏胜地，可以不必拥挤，就能一览操场的景致，那就是附小旁边的那几栋别墅，那里居住着几位德高望重的专家。夏茭白的家就在这儿。

有两三年的新年晚会，师大有老师动用了私人资源，请到了当红歌手现场演唱。消息不胫而走，就连师大附近几家工厂的住户都闻风前来，操场被挤得水泄不通，险些出现踩踏事件。别墅的苏式阳台愈发显示出了来自阶层的优势。

那些别墅修建在缓坡上，前身其实是化学、物理和生物实验室。学校对它们进行了负责任的改造，洁白的外墙覆盖着牵丝攀藤的花草，墙外种植着珍贵的木芙蓉，在黄昏的时候，它们会变成另外一种颜色。一切都是那么美，那么宁静。

头一回进入别墅区，是在我小学五年级的时候。我跟着程国庆妈妈，来到第三栋别墅门前。篱笆敞开着，我们走了进去，穿过花木扶疏的前院。程国庆妈妈抬手轻轻敲门，一向不拘小节的她，动作变得和缓。这楼里有一种肃穆的气氛，令人情不自禁地放慢脚步、放低身段。

门没有立即被打开，门内的钢琴声掩盖了轻柔的敲门声。钢琴声在最近几个月时常响起来，经过墙外，就能听到。在附小操场上体育课的时候，骤然安静下来的瞬间，琴声也会依稀传来。那是眼下师大唯一的一架钢琴，是一位姓夏的教授从上海带来的。

夏教授调来师大不久，他是一位国内颇具知名度的数学家，在拓扑数学研究中有开创性的成果，一到师大就担任数学系的系主任。夏教授是四川人，在此地有年迈的父母，这也是他选择从上海调到成都的原因。他举家前来，一来就住进了师大条件最好的专家楼。

我和程国庆妈妈是来探望夏教授的独生女的。夏小姐患有严重的先天性心脏病，一直在家养病，不能入学。师大附小大队部决定与这病孩子结对子，轮流派学生去家中辅导和交流。

程国庆妈妈领着我，充当先遣部队。我的手里还攥着一封信，是附小大队部全体成员写给这病孩子的慰问信，撰写在一张喜气洋洋的红纸上，表达了师大全体少先队员们的亲切问候。那封信的抬头写着，夏茇白你好。这病孩子叫做夏茇白。一个美丽轻盈的名字。

那天下午，我和程国庆妈妈站在门口，等了好一会儿，门终于打开了。出现在我面前的，是一位气质优雅的女人，穿着一件有光泽的大衣，衣领处簇拥着一圈细长柔软的毛毛，雪白的脸泛着油画般的光晕。这就是夏妈，她是上海人，普通话说得不太流畅，很多时候，她都用微笑与手势来跟我们交流。

我和程国庆妈妈在夏家的客厅里坐下来，客厅旁边有一扇双开门的木头门，上半部分是磨砂玻璃，我还从没见过这么洋气的门。从那门后，传出天籁般的钢琴声，琴声如潮水似的流淌在整个空间里，仿佛带着香气，那芳香里有一朵朵灼热的玫瑰花渐次开放，花蕊中有一个白色的精灵随风起舞。那精灵，就是夏茭白。

夏妈歉疚地让我们稍坐片刻，她的女儿在练琴的时候，不喜欢被人叨扰。夏妈用一只托盘端过来两只高脚玻璃杯，杯口泛着热气，里面盛着热可可。我从不知道世间竟然有如此美味的饮料，忍不住一口气喝光，偷眼看一下程国庆妈妈，她也正惊讶地睁大双眼，打量着室内。

我们就像两个土包子，对着夏家华美的陈设瞠目结舌。在我的眼里，程家已经很富有，不像我家，没有一件完好无损的家具。不只如此，在我爷爷家和程家，以及别的师大的家庭中，大多数的家庭都没有私人家具，全都是从学校里借用的，正儿八经的双人床是没有的，都是两张单人床给拼凑起来的。床板和桌面，用红漆歪歪扭扭地写着“师大家具”的字样。家具坏掉了，可以送去修理，也可以调换。在师大，有一个木工房，占据着一大块场地，里面的木工每天都在生产和修缮家具。

夏家却没有这种款式粗劣的家具，他们的家什都是从上海托运过来的，包括那架钢琴。房中有躺椅，有落地灯，有酒柜，窗帘不是跟床单同色系的粗棉布，而是透明轻软的白纱，在风里轻舞着。墙壁粉刷得雪白无瑕，挂着唐朝仕女图。与客厅相连的餐厅里有好多好多的装饰品，玻璃餐桌上有插着翅膀的天使雕塑，还有一只细长的蓝花瓶，插着一捧青瓷色的晚香玉。

我没见过这样美丽的家，就连在电影里都没有。我知道，在师大，夏教授是一位气宇轩昂的大人物。与他们一家子一道前来的，还有夏教授留苏时的导师捐赠给师大的一辆华沙牌二手小轿车。那个苏联专家到中国访问时，特意拜访了得意门生所在的高校，并且捐赠了那辆车。师大自此拥有了一辆进口汽车，就停放在供留学生住宿的外宾楼前，专职司机每天把它擦得亮堂堂的。

见到夏茭白以前，我很容易得出结论，她是一个不幸的女孩子，是生长在云层中的折翼天使。出现在我眼前的，必然是一个病病歪歪、苍白羸弱的小姑娘，就像林黛玉，除了吟诗作画，就是吐血喝药。

当天，我们并没有见到夏茭白。钢琴声停住以后，夏妈到房间里去，过了一会儿，她走出来，歉疚地告诉我们，夏茭白需要休息，约我三天以后再去家里。

程国庆妈妈问了夏茭白的功课和基本情况，让我意外的是，她的年纪比程国庆还要长两岁，显然更适宜与中学生交朋友。但是，夏妈向程国庆妈妈表达了感谢，说是夏茭白愿意与我讨论功课，也希望我陪她玩一些安静的游戏。

“除了史佑同学，附小还有很多优秀的少先队员，愿意来帮助她，跟她做朋友。”程国庆妈妈说。

“茭茭的意思，就只要她了。”夏妈抱歉地朝我笑笑，一瞬间，我就喜欢上了这个中年妇人，她好看得像一幅图画，又是那么的谦逊，她是那种，很容易被小女生当作偶像来崇拜的美丽人物。

“我没问题。”我立即说。

夏茭白固执的选择，让这次活动变得单调乏味。程国庆妈妈原先设想的各类出彩的帮扶项目，都落了空。夏茭白既不肯到一墙之隔的附小参加任何交流，也不愿意让除了我以外的孩子登门。送我们出门时，夏妈一再表示歉意。

“很抱歉，茭茭就是这样，她有点任性。”夏妈用不太灵光的普通话解释着。

三天以后的下午，按照预先的约定，我独自来到夏家。那天下着毛毛雨，我敲了敲门，好半天没有回应，屋里也没有钢琴声。正在疑惑间，门开了，一只手从里面伸出来，一把将我拉了进去。我吓了一跳，正要出声，只听见“嘘”的一声，我还什么都没看清楚，就被拽到了后院里。

“别出声，不要吓着它。”我的耳边响起了轻柔的叮嘱。站在我面前的，是一个纤长的少女，戴着一顶边沿绣花的阔边草帽，大约是用来遮雨的。她的裤腿和衣袖都高高挽起，赤着一双脚，那是一双洁净的脚，足踝精致如同大理石雕刻，脚上则沾满清凉的雨水。我想，这一定是夏家的亲戚或是客人。我刚想开口问问夏茭白在哪里，就被她做手势制止了。

她让我留在台阶上，自己则蹑手蹑脚地朝着庭院里的一棵苹果树走去。我望过去，树梢上有一只毛色洁白的鸽子，咕咕叫着，不安地挣扎着，翅膀不断地扑腾，仿佛是受了伤。

那个少女靠近苹果树，模仿着鸽子，口中发出悦耳的啼叫。奇异的是，那只鸽子渐渐安静下来。她身手灵巧地朝着树梢攀爬上去，朝着鸽子伸出双手，那只鸽子竟然没有躲闪，任由她握在了掌心里。

“嗨，姑娘，别愣着，快来帮我一把！”她从树上跳了下来，一阵风似的往屋里走。

我赶紧跟着进去，她风风火火地找出一只急救箱，替鸽子处理伤口。那只鸽子受伤不轻，整条腿血肉模糊，躺在地上瑟瑟发抖。我们手忙脚乱地按着它，按照人类的处理方式，清创、消毒、包扎。最后，鸽子被裹在了纱布中，喝了一点点水，灰色的小眼珠戒备地东张西望。

“好了，我们也该喝下午茶了，”那少女拍拍手，站起身来，朝我伸出手，“你叫史佑吧？我是夏茭白。”我大吃一惊，机械地伸手与她握了握。她有一双纤细柔软的手。从头到尾，我都没有想到她就是夏小姐本尊，这活泼的少女怎么会是重病在身的夏小姐？她不应该出现在这里，她应当半卧病榻，由内而外地散发着药味儿。

是的，第一次见到夏茭白的时候，我是惊讶的，更是惊艳的。这个养尊处优的教授千金，不仅相貌酷肖夏妈，也有那种令人魂飞魄散的美，同时，她看上去毫无病容，天然的好气色，蔷薇色的双颊，头发细软黑亮，无辜的眼神，小而薄的嘴唇。她的个子很高，但骨架很小，薄而窄的肩膀，颈项细长，头颅微微扬起，看起来像一个芭蕾舞者，不知多美多健康。后来我才发觉，患有这种疾病的女孩子，通常都美得出人意料——所谓悲剧，就是把美好的东西摧毁掉。老天遵循的就是这样的规律，它富有戏剧精神。

夏茭白端着水果与点心，侧身让我进入她的书房。房间里醒目地摆放着那架昂贵的钢琴，靠墙是一长溜书柜，还有一张很大很柔软的沙发，茶几上也有一只玻璃花瓶，里面插着一簇新鲜的茉莉花，淡淡的清香弥漫在室内。

“这是咸的，这有甜的，你要哪一种？”她把饼干盒子递过来。

我随手拿了一块，她自己则大嚼橙子，果汁沾了一点在她的唇边，她的唇色有一种魅惑的美，是樱桃色里透着浅浅的紫。我并不知道，那正是心脏缺血的危险征兆。

我发觉这间屋子的磨砂玻璃可以清晰地看到客厅，过后，在我们已经非常亲密了的时候，我问夏茭白，为什么偏偏选定的是我。她说她在玻璃后面观察了我好半天，她欣赏我身上的分寸感。在上海的时候，也有学校里的孩子们去陪伴她，她们在她的家里四处打量，像围观怪兽一样围观她。只有我，以极其平静的目光注视着她的家。

我挑挑眉头，天知道我对这华美的房子有多好奇，只不过，我一向不是一个喜怒形于色的孩子。我喜欢夏妈，也喜欢夏茭白，她不是一个叽叽歪歪的病孩子，不会挟病以自重，性情苛刻，拒人于千里之外，恰恰相反，她看上去像个温厚亲善的邻家大姐姐，眼中温暖有光。

那天，我吃了不少东西，橙子、葱油饼干、山楂片，夏茭白也吃得不少，她一边吃，一边与我聊天。她并不问我学校里的事，反而对我的家乡感兴趣，因为我告诉她，洪雅县属于峨眉山山系。

“我想去峨眉山，我没去过任何一座山，”夏茭白失落地说，“我特别想爬山，在山顶看日出，可惜，我爸妈不同意。”

“下次我陪你去。”我安慰她。

“史佑，告诉你一个秘密，”夏茭白突然神秘地凑近我的耳朵，“医生对我爸妈说，我活不过二十岁。”她吹气如兰，像是说着一件稀松平常的事。

我错愕不已。

“他们瞒着我，以为我什么都不知道，其实我都听到了，”夏茭白很淡定，“我妈悄悄地哭，说当初就不该生下我，让我受罪，可是，你看我，这不是好好的？哪有受什么罪？”

“这是——真的？你真的，活不过二十岁？”我有些难过，尽管在我看来，二十岁是一个遥远得不可思议的年纪。但无论如何，死亡就像一大簇藻类植物，从暗影中伸出强有力的手臂，试图将这个妙龄少女生拉硬拽地拖进暗无天日的沼泽地。

“我才不相信医生的话！”夏茭白的眼里重新泛起亮光，“史佑，正好，我们有两个人，就能请笔仙了！你过来，咱们听听笔仙是怎么说的。”

笔仙是什么？我不明所以。

夏茭白拉上窗帘，与我到书桌前分别坐下来。她拿出一支绿色的长铅笔，一张很大的白纸，用铅笔在纸上横着写下“唐、宋、元、明、清”五个字，又竖着写了“是”与“否”，接着是一大堆毫不相干的数字与拼音。

然后，她教我双手交叉，与她一起，把铅笔夹在两手之间，手背向里，手掌向外，不用使劲，只需要维持铅笔不倒下即可。做好准备工作，她开始虔诚地念叨：

“前世，前世，我是你的今生，若要与我续缘，请在纸上画圈。”她反反复复地念着，柔和的声音在昏暗的室内像溪水一般轻缓地流淌着。过了一会儿，我感到指尖被猝不及防地牵扯了一下，铅笔猛地动弹了。

“你来了吗？”她问。铅笔滑向“是”字。我目瞪口呆，我并没有用力，这铅笔怎么会动起来？

“笔仙笔仙，我可以活到多久？”她轻声问道。

铅笔凝滞了好一阵子，随即，我的手指再次传来奇怪的力量，铅笔开始不受控制地滑动，在一些拼音间滑动，最后，它停了下来。

夏茭白立即将笔尖朝上，她找出一盒火柴，划燃一根，将那张纸烧掉，随后拉开窗帘，整个动作一气呵成。她转过头来，面带喜悦地看着我：

“看到了吧？笔仙说，我可以长命百岁。”

我先是不解，继而努力回想，我想到铅笔停留过的那几个拼音，分别是C、M、B、S，长命百岁。这也太神奇了。

“一定是你下意识地用了力。”我直言不讳地指出来。

“我哪有！”夏茭白不高兴了，“我跟我妈、我爸也请过笔仙，每次来的，都是不同的笔仙，但它们的说法都是一样的。”

我不作声了，我实在是愿意相信她，哦不，我愿意相信笔仙，笔仙说的是，她会长命百岁。这是我头一回接触到科学世界以外的事物，我所接受的教育无法让我信以为真，但是，我希望这是真的。

“史佑，我不会死掉，”夏茭白走过来，主动拉住我的手，嫣然一笑，“我会一直做你的好朋友。”

那一瞬间，窗外的阳光落在她美丽的面庞上，我忽然有一种莫名的感动。

遇见夏茭白以后，我的生活变得很不一样。程国庆是一道光芒，照耀着我，让我越过长满雪松与白桦树的原野，跋山涉水向他奔去。而夏茭白，她是开满七里香与野菊花的春天，芳香而温暖，我就像被她拯救的那只受伤的鸽子，安然无恙地栖息其间，在她的掌心里熟睡。有了他们的存在，我的眼前是透亮的，连空气都发着光。

我几乎每天放学都要去一趟夏家，并不是每次都进去，就站在花园外面，叫着夏茭白的名字，等她出来，与她隔着篱笆聊几句。我会把学校发生的一切，事无巨细地告诉她。老师讲了什么笑话，谁跟谁打架了，谁谁带来了很难买到的小说等等。她耐心地听我说，渐渐对我身边的每个人都熟悉起来。

每次去夏家，如果凑巧夏妈在家里，我会被要求戴上口罩。夏茭白不能被传染感冒，这对她的疾病是致命的。只有这一点，让她像个病人。

夏茭白会玩很多的游戏，她有纸牌、象棋等等，她教会我规则，然后与我一起玩。她不是一个骄纵的女孩子，很有游戏精神，赢得漂亮，也很输得起。

有一阵子，她迷恋上了星座知识，买了好几本星座书，没事就拿我做研究对象，诸如考试分数什么的，都在她的测算范围。在我看来，那就是无厘头的十八猜。我总会有好分数的，不是第一名，就是第二名，这是毋庸置疑的，即使算准了，也不能说明任何问题。当然，更多时候，她的关注点依然是在寿命的预测上。她用星宿来计算生命的长度。

“我能活一百岁，”她宣布，“史佑，你是九十九岁。”

我不与她分辩。她屡屡谈及死亡，以轻松俏皮的口吻，然而，这实在是一个不吉利的话题，我连碰都不想去碰一下。

夏家是一个极为完美的家庭。夏家夫妻彼此相爱，他们柔声交谈、相互凝望时，眼波里全是不加掩饰的爱意。夏爸从事的专业严谨而无趣，但这并不妨碍他成为一个幽默的男人。他在家时，常常讲一些冷笑话，逗得夏妈心领神会地莞尔一笑。夏妈时常向夏爸撒娇，夏爸进门时，她甚至会在他脸上轻轻一吻。这动作简直叫我万分惊疑，在我有限的认知里，历届中年妇女都是练过铁头功的，百毒不侵、百折不挠，没有一个会在男人跟前示弱，个个都比男人更加威猛雄壮。至于大嗓门、不修边幅、八卦、吃饭吧唧嘴这些，在夏妈身上更是不存在的，她是一个美到了手指尖的女人。

相应的就是，夏妈是不染指家事的。她从不生火做饭。夏家有两个三层的饭盒，夏妈每天从食堂买饭菜。这是一件相当奢侈的事，相当于长期下馆子。当然，她不用认识我爸，不用跟任何掌勺的套近乎，在师大的教工食堂，有一个特殊窗口，专门为杰出的专家提供精细的饮食。

有时我被夏家留下来吃晚饭。我所受的教育里，外出蹭饭不是什么羞耻的事。我很少在自己家里吃晚餐，不是在程家，就是在夏家。夏家吃得很好，比程家还要好，可是夏茨白不太爱吃肉，她吃芹菜豆腐一类的，偶尔吃些鸡肉、牛肉，她的习惯很好，从不剩饭，碗里的饭粒吃得干干净净。夏家跟程家不同，饭桌上没人记得给孩子们搛菜，也没人劝着客人必须多吃。菜式丰富，分量恰恰好，我吃得很自在很舒服。

有一个钟点工每周来一次。夏家人的衣服是每天都换的，放在一个专门的篮子里，集中起来，由钟点工清洗。床单被罩每个礼拜都要换洗，他们的床品都是清淡的图案，没有大红大绿的那些，也没有一般人家用来炫富的花里胡哨的真丝被面。他们用的是全棉制品。

照顾那只受伤的鸽子，也是我们生活中的重要部分，当它稍稍可以站立，夏茭白心急地把它放在花园里，想让它重新飞起来。可是，鸽子一动不动。夏茭白拨弄它的翅膀，它还是无动于衷。

“可怜的，不会连怎么飞都给忘记了吧？”夏茭白自语着，她决定帮鸽子复习一下。她的身子略微前倾，双臂向后张开，围绕着花园慢慢跑起来，一边做出飞翔的姿势，一边对鸽子说：

“你看，就是这样，这就飞起来了。”

我笑得要死。不可思议的是，那只鸽子瞪着她，试着扇扇翅膀，某一刻，它真的飞起来了。夏茭白兴奋地跺脚，加快了速度，在风里飞跑着。她的嘴唇出现了一层鬼魅的、轻浅的紫色。她停下来，大口喘气。

那只白鸽在伤势痊愈了以后，还在夏家待了好久。它白昼飞出去，夜晚飞回来，隔三岔五会在夏家的花园里下一颗小巧玲珑的蛋。原来，它是一只雌鸽子。直到秋天到来，树叶都变成了枯黄色，像脆薄的纸一样。有一天，它飞走了，再也没有回来。

“它可以去往很远的地方，而我，却哪里都不能去。”夏茭白伤感地清理着鸽子留下的小窝。

“它长大了，多半是去谈恋爱了。”我笃定地说。

“爱情一定是很美的，”夏茭白一脸神往，“我看到书里说，那就像是有一万只蝴蝶一起飞，或是整个山谷的萤火虫发出光亮，可惜，这些我是不能够经历的。”

“你也是可以的。”我鼓励她。

“医生说，我不可以谈恋爱，不可以结婚，不可以生孩子。”夏茭白一口气说下去。后面的两个步骤，我全然无感，但是，不可以谈恋爱，那确实是一件不幸的事。

“史佑，你有喜欢的人吗？”夏茭白双目灼灼地盯着我。我的心跳得很厉害，这是一个机会。我孤独了太久，我的爱，是一颗单单照亮我一个人的星辰，是唯一属于我的光明的景色，是独自跳舞、独自歌唱，无人知晓、无人分享。

“有。”迟疑了好一会儿，我老实回答。

“他是谁？他是怎么样的人？”夏茭白来了兴致。

“他叫程国庆，是个很会打架的男生。”我说。

这个话题，足够我们聊上十年八年。秘密一旦撕开了一个口子，就变成了决堤的河水，奔涌不息。从此以后，凡事都与程国庆有关了，初开的花朵是他，雨后的树影是他，清晨是他，暮色也是他。飞走的鸽子离开了我们的视野，程国庆像是一阵风，吹了进来，取代了我们的关注点。

夏茭白饶有兴致地倾听着我的描述，她的模样让我觉得自己的词汇是多么的干涸，我渴望能够用更加丰沛的语言来描绘我的初恋，它是山川，是日月，是落在枫叶上的雪花，是温柔透彻的春光，是穷尽了世间词汇，也无法形容的美好。

我希冀与夏茭白一道，体会其间的春日夏风，秋叶冬雪。夏茭白的身体决定了她不可以拥有爱情，但是，在这寡淡的世间，唯有爱，会让人怀揣深情活下去。这些念头，小学五年级的我，尚且无法准确表达，我只能尽心尽力讲着程国庆的顽皮、程国庆的俊朗，以及在史夏出事的那天，程国庆轻轻蒙住我双眼的刹那。我想与她分享我的心情。

“他一定值得你去爱，”夏茭白得出结论，她握住我的手，轻轻说，“你要感激他的出现，这是上天赐予你的礼物。”

感激程国庆的出现？这倒是我没有想过的。我只知道，我爱他，我要时时见到他。跟他在一起，即使什么都不做，也是好的。

那个秋天，鸽子飞走以后，我的身体发生了细微的改变，我迎来了初潮。血迹与隐约的疼痛让我狼狈而忧伤，我坚持了一整天，放学时，程国庆妈妈照例叫我去家里吃晚饭，我没有答应。我也没有去夏家，我背着书包，郁郁寡欢地朝家里走去，我感到血液滑下我的小腿，像汩汩流淌的小溪。

一切就快要暴露。我在烟熏火燎的公共厨房里，找到我妈，嗫嚅地告诉她，我流血了。一开始，我妈没有反应过来，当她明白以后，带我回到房间里。她在箱子里翻找着，一边来了一番类似责备的絮叨。那年，我十二岁，在女孩子中间，这是一个太早的岁数。

“你这小脑瓜，就是想得太多，”我妈往我的额头上戳了一指头，“造孽了，这么小的孩子。”我听不懂她的话，拼命低下头，仿佛犯了一个天大的错误。

然而，我妈并没有多说什么，没有教给我任何与此相关的知识，她甚至不在家里提起这件事，好像这是一桩耻辱。她只是默然翻出两条布带子，一包细长的淡绿色草纸，教我将其中一条带子捆缚在腰间，另一条则穿过一张草纸的两端。那是一个艰深的技术活，我笨手笨脚，怎么都弄不好，急得都快哭了。但终究，我还是用这些粗劣的工具遮掩住了我的慌乱。

那些坚硬的纸磨破了我的大腿，我必须得忍受着双重的痛楚。不只如此，这些貌似忠厚的草纸完全是可怕的阴谋分子，它们时常发生突如其来的泄漏，以至于我整日惴惴不安，不知道在哪个时刻，就会变成众人眼中的笑柄。而在体育课上，当我与两三个女生一起，垂头丧气地出列，站在操场边缘时，我很容易就将所有的屈辱归结于该死的草纸，它们让我变得步履凌乱、笨重不堪。

夏茇白察觉到了我的不安，当她追问我的时候，我很轻易地就告诉了她这场困境。夏茇白带我上楼，到她的卧室里去，她的房间里是整套的原木家具，触摸上去，暖而温润。她从床头柜里拿出一包当时少见的卫生巾。

“这是什么？”我从未见过这种高级货，在我家里，我妈和我，都被那种细长粗糙的草纸所挟裹。

夏茭白撕开包装，里面有使用说明。那真是一件神奇的好东西，洁白、柔软，它与我的身体浑然一体，紧紧地守住了我的隐秘。我试着如常行走，我的身体毫无问题，就连奔跑和蹦跳，也不会把我出卖。

“跟我来！”夏茭白含笑打量着我，她突然把我拉到她父母的卧室里。这是整栋楼里最大的一间屋子，天花板呈塔尖形状，地面铺着吱嘎作响的木头地板，四周是彩色落地玻璃窗，房内的家具闪闪发亮，十分气派。

在夏妈的梳妆台前，摆放着满满当当的化妆品，眉笔、口红与胭脂，一应俱全。夏茭白一样样地为我涂抹，镜子里渐渐出现了一张冶艳而魅惑的脸。

“史佑，你会是一个很美的女人，”夏茭白仔细打量着我，说出了一句让我难以忘记的话，“将来的某一天，要把自己当成最贵重的礼物，送给程国庆，叫他一辈子好好珍藏。”

当程国庆变成了我和夏茭白中间的影子，夏茭白对他产生了好奇心，她想要见见这个被我深爱的男孩子。这没有障碍，其实我也急于让夏茭白见到程国庆，既是一种信任，更是一种炫耀——藏有至宝的人，多半忍不住夸耀于世。

那时，按照约定，每周固定两次，礼拜一和礼拜四，下午放学以后，我会待在夏茭白的家里，陪她做做游戏，也与她讨论功课。她的书房里有中学阶段的全部课本。她的爸妈把她养得很好，他们给她请了家庭教师，教授了她所应该学习的知识。这样一来，为了给程国庆捉刀写作业，我在黑暗中苦苦摸索着进行的自学就变得容易起来。夏茭白自告奋勇地担任我的小老师。

我自学的速度和效率大幅提升，程国庆索性连数学作业都交给了我。他的数学老师从每日的家庭作业里丝毫没有察觉他已经掉队很多，直到期末考试，他的数学成绩让所有人大吃一惊。

程国庆爸爸面对儿子的成绩单痛心疾首，不过，这个和气的老头从未斥责过不争气的儿子，只是一遍一遍地跟程国庆讲着“天行健，君子以自强不息”，讲得痛心疾首，讲得无语凝噎。他找给程国庆大量的古籍读本，希望他能够从阅读中汲取养分，建立起奋发图强、勇往直前的三观。程国庆倒是不拒绝那些读物，相对其他的薄弱学科，他较为深厚的古文根基，对于阅读武侠小说是大有裨益的。

那些年，男孩子们对武侠小说中毒颇深，程国庆就是其中一例。他有一群同样上瘾的伙伴。他的班级有男生模仿金庸古龙，撰写武侠小说，密密麻麻地写在作业本上，悄悄传阅。程国庆兴致勃勃地带回来给我看。故事里充斥着自创的门派与武功，大段大段的复仇与权谋，所有人都在争夺舵主的位置。那种手抄本，估计算得上穿越小说的鼻祖。当然，里面的人物基本脑残，又算是抗战神剧的雏形吧，大家一上来就开打，莫名其妙地也能打上一场，纯属以暴制暴，而强者恒强，弱者则轻如尘埃，上来就被打死。一篇小说读下来，尸横遍野。

程国庆也动起手来，倒不是写小说，而是刻苦钻研着拳脚与招式。他弄来一本很厚的素描册，以锲而不舍的科研精神，爬梳着金庸小说里的派别，对每一套武功进行精细化复原，一招一式地绘制下来，画在他的本子里，照着本子练习起来。他深信一旦自修完全部的功夫，有朝一日，定能成为天下第一的高手。

英雄和魔法，都是我所热爱的。在这一点上，我和程国庆可谓志同道合。程国庆的事业，我自然不会袖手旁观，我卖力地帮程国庆写作业，从英语到数学，再到语文。我连周记都帮他完成了。我替他省出大把的时间，让他有足够的空闲做练功这件大事。

对此，程国庆妈妈一无所知。我说过，她很了不起，一个人活出了一支队伍的气势。她已经度过了人生的潜伏期，超越了家务和孩子的束缚，展现出行政管理的霹雳手段。她专注于附小的工作，不断进阶。就连程国庆的家长会，她都没有出席过，由程国庆爸爸参加。老人家弓着背，听着程国庆班主任的训斥或提醒，回到家里，还得想方设法为这捣蛋的儿子遮掩着。程国庆妈妈虽然对儿子放任自流，但脾气急躁，在程家，出手教训程国庆的总是他妈。他爸就像一个溺爱孙儿的祖辈，他的人生经验放到儿子身上，其实就是没有经验，他一味地顺从着这个来之不易的宝贝疙瘩。

我在程国庆成为大侠这条路上，默默奉献着。我不仅为他做枪手，还考虑到修炼武功需要足够的营养支撑。每天早餐，我妈会给我和史夏各煮一枚白水鸡蛋，我不吃，放进衣兜里藏着，傍晚在路口的寒风中等着程国庆从附中放学回来，递给他，看着他把一只冷鸡蛋三两口地给吃下去。他不问鸡蛋的出处，吃完就跟我说起练功的心得。一想到自己正在为一个盖世大侠贡献绵薄之力，我就既不觉得冷，也不觉得饿。

程国庆完成了伟大的拳法记录之后，开始对着他那本武功秘籍，聚精会神地苦练功夫。他从基本功开始，目标是腾身上树、穿行屋顶之类的轻功。他用实际行动践行着几十年以后风靡网络的修仙小说。

程国庆用树枝为自己削了一把木剑，将这伟大的兵器交给我，由我代为保管，因为他的伙伴们已经虎视眈眈。我怀揣着木剑，心跳加快、脸色发红，我在我爷爷家里转来转去，最后，我把它藏在了床底下。

程国庆的理想是去少林寺学习武功，他不打算念高中，更无意考大学，他要在初中毕业以后，到少林寺闭关几年，练成旷世神功之后，行走江湖、劫富济贫。

在他的人生设计里，原本并没有我的存在。幸好，金庸他老先生在每一本武侠小说里都为仗剑走天下的大侠们配置了一个姑娘，有的古灵精怪，有的冷若冰霜。在我提出这一点以后，程国庆深以为然，他一口就答应下来，允诺随时都会捎带着我。

“你虽然不会武功，但你可以打打杂，运输一下行李，帮着烧水做饭什么的。”程国庆很是大度，承蒙他不弃，让我像《西游记》里的白龙马，以交通工具的方式进入他的大计划里。

有一天，我忍不住向夏茭白炫耀程国庆的规划，我告诉她，终有一天，我会跟随程国庆漂流四海，过上武侠小说里那种既充满刀光剑影，又如世外桃源一般的生活。

“史佑，我想到了一个好主意，你去告诉程国庆，我也很想跟你们出门闯荡，这样，就可以请他来我家。”那一阵，我和夏茭白一直商量着如何把程国庆骗过来，让夏茭白看一眼。想来想去，都没有想到好招，我总不能大剌剌地跟程国庆讲，因为我暗恋他，所以我要把他带给我的闺蜜看一看。夏茭白提出的意见很有建设性，对于程国庆而言，名正言顺。

“这不是欺骗，我确实很想去。”夏茭白强调了一句。我是相信的，在每个少男少女的心目中，都有一个关于流浪的梦。

况且，我不介意她是否真的想去，也不介意她美得像一个仙女——在我眼里，夏茭白不是俗世中人，一个短暂的生命，就像昙花，美则美矣，无法长久。一想到她活不过二十岁的谶言，我就心痛如焚。

“如果你们能答应，我是要跟随你们一起出发的。”夏茭白一脸钦羡地再三确认，她对浪迹天涯的兴趣，已经超出了对程国庆的兴趣。毕竟她从出生就被关在家里，避免风寒和一切可能发生的感染，每次出门几乎都是去医院体检，并且严阵以待，从头武装到脚，帽子围巾口罩一样不落，只差穿上防弹衣。

我学着程国庆的慷慨模样，一口答应下来，在《西游记》里，不仅有白龙马，沙僧的扁担里还挑着行李，夏茭白的功能就算是一件行李吧，不会增加太多的麻烦——我准备这样来说服程国庆，我也很想带上夏茭白。一个被养在家里的女孩子，在我，实在是难以置信。假如夏茭白这短暂的一生都无法出门远游，作为她的闺蜜，我觉得我不能原谅自己。

我让夏茭白坚持锻炼身体，实在不行，我保证让程国庆练完武功以后，再做一本精研草药的册子，她要是生病，程国庆就用草药给她治疗，就像武侠小说里的那些拥有盖世神功的高人，一次运气、一把草药就能让伤者起死回生。

我扮演起中转站的角色，通过我的夸夸其谈，程国庆的宏大愿景就这样在夏茭白的面前越来越清晰。放暑假的时候，我甚至把程国庆的作业带去夏家，夏茭白帮我一起做，这是我们三个人的事业，我们为着一个共同的目标而尽职尽责地做枪手。

程国庆的暑假作业我们只用了一个礼拜就完成了，我交还给他的时候，他格外吃惊。我有些胆战心惊地说出了真相，试着告诉他，有一个小姑娘，患有先天性心脏病，不能去学校念书，但她也很崇拜武林大侠，向往漂在江湖的生活，她申请跟随着我们一道云游四方。

“这么说来，你倒是学会收徒弟了？”程国庆在我脸上用力拧了一下，疼得要死。

“她是个很有趣的人，你一定会喜欢她的。”我信誓旦旦地保证。

为了证明我不是在说谎，我竭力劝说程国庆跟我一起去见见夏茭白。说服他实属不易，他是个晚熟的男孩子，对女孩子兴趣不大，夏茭白这种有病的女生，更是他避之不及的。最终他勉强答应跟我去夏家，倒不是因为夏茭白，而是我告诉他，夏家有非常之多的零食，大白兔奶糖、水果罐头、橘子味汽水、米花糖，应有尽有。

在我家，零食是稀罕的，是生病才能享有的福利。程家不差钱，可是家里也没有零食，程国庆身体结实，很少闹病，每顿饭他吃满满三大碗米饭，精力都用来练功了。程家的糖罐里只有一包葡萄糖，那是他爸补身子的。

程国庆算不得吃货，他对甜食提不起劲头，直到我说起酒心巧克力。夏家有一种神奇的巧克力，糖心里是货真价实的酒，还都是那个年代知名的品牌。酒心巧克力形状各异，有些是月牙形，有些是圆锥状，轻轻咬一口下去，酒香浓郁，内里荡漾着琥珀色的液体。

酒心巧克力吸引了程国庆，冲着里面的酒，他决定去一趟，见一见夏茭白这个信徒。不过，就算程国庆答应下来，从程家到夏家，几百米的直线距离，真正成行，也是在几个月以后了。

任何别的事情都比去夏家重要，临出发时，程国庆的行程总会被别的什么事打岔掉，比如有同学来找他，比如他想起了一个招式，比如，也就是突然间不想去了。相形之下，去见一个陌生女生这种事太不重要了，即使酒心巧克力里面藏着货真价实的酒，也可以缓一缓。

我铆足了劲，抓住一切时机，想要促成程国庆与夏茭白相见。一切美好的人与事，我都期待能与程国庆一同感知。我欣赏夏茭白，这份欣赏，我要让程国庆知晓，好像是让他听一听我喜爱的音乐、看一看我喜爱的花卉、读一读我喜爱的书籍，就是这样。

那个秋天的傍晚，程国庆终于被我带来夏家。那正是芙蓉花开的季节，教授楼前有好几株木芙蓉，日暮时分，它们的颜色变成了深浓的红。

那次见面乏善可陈，程国庆把武功秘籍带给夏茭白，夏茭白看得很认真，程国庆耐心地回答了她提出的各种问题，都是关于武功的。程国庆礼貌地喝了夏妈准备的汽水，又吃了一些酒心巧克力。

我们一起告辞出来。

我急于与程国庆探讨这个与众不同的小姑娘。我喋喋不休地讲述着夏爸、夏妈以及跟夏茭白有关的所有事物。程国庆心不在焉地听着，一路踢着石子儿，一颗又一颗。我站定了，抬眼看着他，很有成就感地问道：

“程国庆，你觉得夏茭白这人怎么样？我没有骗你，她确实很特别，对吧？还有她家的酒心巧克力，真的很好吃，是不是？以后要不要跟我一起去找她？”

程国庆似乎正在出神，他抬起头，不知道在看什么。我顺着他的目光，只看到被斜阳照得微微发亮的芙蓉树，花瓣的颜色更深了。

我拍了一下他的手臂，把那个问题重复了一遍。他一脸心不在焉的样子。他在夏家接连吃了好几颗酒心巧克力，里面有五粮液，有泸州老窖，有山西汾酒，我想他也许是喝高了。程国庆收回视线，落在我的脸上。他看了我好一会儿，然后，漫不经心地说道：

“这人还行。下次去，叫上我吧。”

程国庆记住了我与夏茭白每周两次见面的时间，他确保准时出现在教授楼前，等着我，一起去夏家。有时他跑得太急，气喘吁吁，连头发都汗湿了。

程国庆认可了我挑选朋友的眼光和品位，当然，也许是酒心巧克力名不虚传，他惦记着那个。无论如何，他也跟我一样，对夏家充满好感，这让我十分欣喜。

我与夏茭白谈论过程国庆，夏茭白笼统地觉得他很好，原因是那本武功秘籍，以及四海漂流的梦想。她沉迷于出门远行这件事，忽略了我的期待。我盯着她菱角形的、泛着轻微紫色的嘴唇，期待从那里出现对于程国庆的溢美之词。但是，我并没有等到。程国庆本人，被夏茭白对于远游的浩瀚欲望给吞没了。

“我们什么时候出发？”夏茭白一再问我，也一再追问程国庆，她已经迫不及待。

“别急，至少得等我练完这套拳法。那句话怎么说来着？工欲善其事，必先利其器。”程国庆居然引用了他爸那些古书里的句子。

夏茭白的书房里有夏妈事先准备好的热可可、酒心巧克力，还有削好的水果。我们坐下来吃东西，夏茭白告诉过我，这叫做下午茶。我猜程国庆非常喜欢夏家的下午茶，他总是一口气吃掉很多的酒心巧克力。

来到夏家以后，我们的任务与分工是明确的。我帮程国庆写作业，程国庆与夏茭白探讨武功。在这方面，我承认自己做了一件重要的外事工作，他俩早就应该认识了，早就应该就武功进行磋商，因为夏茭白练了好几年的太极拳、五禽戏和八段锦，这是几种对她的身体状况相当适宜的运动。

程国庆的那本秘籍摆放在夏茭白的书桌上，他们决定将太极拳、八段锦和五禽戏里的某些招式加入进去，创设一套前无古人后无来者的新拳法。在此之前，他们还要完成一项艰巨的工程，那就是让程国庆学会太极拳里的呼吸大法。夏茭白找出一些书，辅之以亲身实例，教给程国庆。

“所谓拳有形而气无形，法是拳，理是气。法中之吞吐，为有形之行拳；理中之吞吐，为无形之行气。一呼一吸，谓之拳。”夏茭白讲得头头是道。

程国庆听得明白，但学得很慢，他必须控制自己强有力的手脚，让它们放缓节拍，配合流畅的气息。这种慢节奏的运动模式对他而言是困难的，他的样子让夏茭白笑不可抑。

“程国庆，你像是在练催眠术！”夏茭白说。

然而“催眠术”这三个字又给了他们新的思路与启发，程国庆从他爸的故纸堆里找出几本竖排版的古籍，带来夏家，他们试图从远古时期的巫术中找寻有益的启示。这种博古通今的探索精神，让他们的工程变得越来越庞大。他们的绘图笔记已经拓展到了三本，他们的脑袋凑在一块儿，一边修改，一边商量。

研修到了一定的程度，闭门造车就不过瘾了。是骡子是马，得拉出来遛遛。程国庆被夏茭白反复催促着，终于下定了决心，打算去一趟武当山。根据史料记载，那座山里潜藏着绝世高手。

如果各大门派都有自己的传人，源源不断、生生不息，那么，至今为止，在武当山，一定又经过了若干代沉淀与传承，留下来的世外高人，与少林寺的高僧又不一样，他们归隐山中，是真正韬光养晦的高手，深藏不露、秘而不宣。他们住在白云生处，白须飘飘、晓露沾衣，以采药为生。找到他们，无论是切磋技艺，还是求教功夫，都将是一次有价值有意义有情怀的旅行。

程国庆把行程安排告知了他那几位同样酷爱武功的男同学，约他们一齐出发，几个浑小子欣然应允。我们的队伍迅速扩充到了八个人，每个人都跃跃欲试，每个人都热血沸腾。在这当中，唯一举棋不定的，是我。

我感到害怕。在这支队伍里，我是唯一没有练习过拳脚功夫的菜鸟，我做的全部都是外围工作，比如帮程国庆写作业，比如每天给程国庆一只白水蛋。夏茭白也是女生，但夏茭白会打太极拳，也会五禽戏，还会八段锦，她是我眼中的专业选手。

在金庸的武侠小说里，我大约就是那些随时需要被搭救的小角色，我的存在，就是为了衬托男主女主的神仙容貌、盖世神功，而这种充当秘书角色的女配，通常活不过三个章节。当然，作为女配，我也可以通过别的路径去图谋新的人生，譬如在武当山遇见天外飞仙，将我掠去，养在深不见底的地洞里，那里冬暖夏凉，只有石桌石椅，以及一棵枣树和一眼泉水，我喝着泉水，吃着枣子，练成了九阴真经，最终成为梅超风——呵不，我不想做梅超风，要是让我此后的几十年都见不到程国庆，我宁愿不要那些虚无缥缈的功力。

我试图说服他们放弃这个宏大的计划。其实，用不着我一一列举，所有的困难都摆在那里。资金，交通工具，如何逃脱大人的监督尤其是怎样让几乎足不出户的夏茭白顺利出门，这些都是高难度的。任何一个问题，都足以让他们的雄心泡汤。我大义凛然地表达了我的反对。

程国庆嗤之以鼻，他早就等不及了，武当山只是第一步，跟高手过招以后，他下一步的目的地是少林寺，他要在十八岁以前走遍四大名山，挑战所有的武林前辈。他的豪言壮语听得夏茭白连连点头，我不知道夏茭白对于江湖之远和庙堂之高有多少的认知，反正我是不太懂的。程国庆屡屡提起的武林高手，给予我的直观印象不过是云遮雾绕的险峻山路、高大茂密的原始森林、一个白发苍苍的老人，也许还有一个仙风道骨的小徒儿，大概就是连环画与武侠小说里呈现出来的这些样貌。几年以后，当港台电视剧进入我们的视野，我看到了真人版的大侠们，但那时，程国庆已经逾越了滚烫的少年时代，他不再迷恋武功。

让我始料未及的是，经过一次一次的商讨，程国庆与夏茭白还真是拿出了切实可行的日程表。他们逐一解决了可能面临的难题。我们在家长们那里，预先写下了一封情真意切的书信，倾诉了对于武功的热爱和对世外高人的仰慕，并且言之凿凿地保证自己会平安归来。这是一个模板，所有参与的小伙伴各自抄写一份，出发前留在家中。这封信，是我的手笔，我从杂志上抄写了一些心灵鸡汤，拼凑出了一封告父母书。

至于夏茭白，她坦白交代，夏爸夏妈均不在家的时候，她时不时会偷偷溜出家门，在附近转悠一圈。她不畏惧出门，相反，她充满期待，只需要带上她每天吃的药，一件御寒的外衣和一只口罩，她就能毫无障碍地走遍天涯海角。

至此，一应难题都迎刃而解。程国庆和夏茭白甚至翻看了一本程国庆爸爸的古书，煞有介事地选择了一个黄道吉日，定为开拔之日。那是一个月以后的某个星期五的晚上，那一天，是农历十五，月圆之夜。交通工具预计徒步加公交加绿皮火车，往返耽误半个月后返程。理想状态是，各自的家长在收到孩子们的留言条以后，会帮忙去学校请假。至于大家耽搁下来的作业，连同有可能被老师惩罚而临时增加的检讨书之类的，总之，所有文书类的工作，都交给我完成。

我答应当写手，但是，我还是迟疑。我不敢冒险。我读过

《鲁滨孙漂流记》，我用这个故事来举例，阐释可能出现的危险，尽管我们不是去航海，但在山里迷路也是有可能的。可惜没人在意我的恐吓，这帮少年们身未动、心已远，他们热切地做着准备，像蚂蚁搬家似的偷偷摸摸积攒着食物，以备路途所需。

“放心吧，史佑，我们会保护你的，不会把你留在山上喂老虎。”程国庆拍拍我的头，他喜欢拍我的头，他的力气不小，经常搞得我眼冒金星。

我的坚持毫无意义，我无力阻止他们的脚步。这时，程国庆提出一个新方案，他让我留下，因为我根本就是一个无足轻重的小丫头。假如他们能在武当山找到驯化过的鸽子，就让飞鸽传书，告诉我沿途的见闻。

这下子，我迟疑了，我是想要跟程国庆在一起的。我犹豫不决，既害怕不可知的远方，又担心不能与程国庆同行，我被爱与恐惧所煎熬。

与此同时，团队里又有了新的叛徒，程国庆的两个男同学相继宣布退出，他们苦着脸表示自己没有足够的盘缠。剩下的几个人为了表示忠心，把身上的钱凑起来，交给夏茭白保管，在我们中间，她年龄最大，适合被委以财务总监的重任。

那是一小堆折叠得乱七八糟的零钱，绝大多数是程国庆的。程国庆是富有的，他爸经常悄悄塞给他零花钱。夏茭白没有零花钱，她连门都不出，压根儿没有消费之处。但是，夏茭白有压岁钱，过年时放在枕头底下的，一沓崭新的十元大钞，她拿了出来——这是最要紧的一笔经费，能够解决大部分的花销。现在，我们只缺几块钱了，按照夏茇白的预算，再有这几块钱，就能保障大家在旅途中不至于饿肚子。我不清楚核算成本的依据是什么，但夏茇白是数学家的女儿，所有人都信任她的计算能力。

“你到底去，还是不去？给个痛快话！”程国庆看着我。

“去。”我在他的注视下拿定了主意。

“这就对了，”程国庆松了口气，“平日里你挺干脆的，偏偏这事儿磨磨叽叽！”

他朝着我伸出手来，他是知道的，我的书包里有一些零散的纸币和硬币，凑起来将近五元钱。我已经攒了好几个月，准备从师大的书店里买一套世界名著选读，那套书一共是十本。

我爷爷家里原先是没有书的，一本书都没有，史夏的书都是从图书室借来的。我要买下书店里的那套黄铜色封面的名著，摆放的位置我都找好了，就在窗台上，竖起来，就像是放在书架上，书的旁边，我要放一只杯子，里面插进一大把叫做扁竹叶的花。那是我最喜欢的一种花，在师大遍地都是，利剑出鞘似的坚硬的长叶子，开出的却是极美极柔软的蓝紫色的花朵，大片大片密密簇簇地盛放着。

在这一天以前，买书的钱还在我的书包里，我给程国庆看过。我每天都数一遍，它们的数字极其艰难地增加着，就快要接近那套书的价格了。但是，我还没有来得及告诉程国庆，此刻，它们已经躺在了书店的收银箱里。我从我爸那里要到了三毛钱，补足了差额。我已经趁着午休的间隙，跑去书店，买回了那套书，按照我的设想，放在了窗台上。剩下来要做的事情就是，采摘一大捧扁竹叶，插进我喝水的杯子里。我可以用饭碗喝水，杯子就用来插花。

“我没有钱。”我告诉程国庆。

程国庆和夏茭白交换了一个目光，转移了话题。如果程国庆追问，我会告诉他实情，但是，他没有问。夏茭白倒是突然提出，咱们一块儿溜出门去转转，找地方摘一些花。

这是个不错的主意。夏爸在上班，夏妈去春熙路的耀华食品厂买蛋糕。夏家最近上座率最高的点心是一种很可爱的蛋糕，透明的，像果冻一样摇摇晃晃，名字叫做玻璃蛋糕。夏妈隔一阵子就去买一次，每次都带着一个很大的饭盒，装一盒子带回来，分给我们品尝。她也会买很多其他的点心，有一种新出品的奶油蛋糕，叫做凯司令，覆盖着厚厚的一层奶油，香浓滑腻，夏妈一次就会买十几只。她实在是出手阔绰。

但是，夏妈和我妈一样，从来不会在成都的商店里买衣服。春熙路的商店里挂着一件件在我看来精致考究的衣裳，那些衣服，程国庆妈妈倒是常常买，她剪掉了大辫子，烫了头发，穿着从商店里买来的时尚服饰。她是个意气风发的小学教师，在她身上，已经找不到丝毫的乡村痕迹。我妈不买，是因为穷，我家人口众多，买不起成衣，衣服都是我妈亲手缝制，她本人穿着千篇一律的蓝卡其布外套，款式像革命年代的妇女干部。至于夏妈，她不在成都买衣服，是因为她的衣饰都是从上海寄过来的，在师大，她的衣品出类拔萃，整个人像是行走的时装杂志封面。

往返春熙路，需要大半天，夏妈一时半会儿回不了。我们放心地出门了，我打算去摘扁竹叶，那些花差不多就是野花，漫山遍野都是。夏茭白却提议去摘海棠花。教学楼背后的山坡上，有好些海棠树，正是开花的季节，远远看去，如云烟，如梦幻。这主意甚好，毕竟我的水杯很小，而扁竹叶太大，小朵小朵粉嘟嘟的海棠花更为相宜。

我们三人一起去了那片山坡。中途我们奔跑了一阵子，夏茭白的脸色立即就发白了。我和程国庆慢下脚步，只有在剧烈活动的时候，夏茭白才会让我们想起她是一个身患重病的女孩子。

我摘了一小把海棠花，我并不贪心，我只想着装满我的杯子，放在那套崭新的世界名著旁边。这样一来，我的家里就有了书，也有了花，能让我在木箱搭起来的床上，做一个鸟语花香的梦。随着我的长大，用来拼搭成床的两口木箱已经明显地短了，我的脚落在箱子外面，空空荡荡的，连被子都盖不住。后半夜我的脚是冰凉的，这份浸入骨髓的寒冷让我不断梦见自己在冰雪中行走，浑身冻得瑟瑟发抖。

我捧着含苞欲放的海棠花，想象着阴湿的房间绽放出花朵的光芒，程国庆和夏茭白在我身后低声讨论着什么。若是从理性的角度分析，这是一次疑点重重的邀约。程国庆是一个对花草全然无感的男孩子，程家养了一些盆景，没有花，据说程国庆爸爸对花粉过敏，靠近花就会不断打喷嚏。在夏家，夏妈倒是经常买花来着，夏妈是个没有禁忌的中年女人，从不掩饰对于白色花朵的执念，她买来的是白色的马蹄莲、白色的栀子花、白色的玉兰花，所有她能买到的白色系花朵。她对于颜色的偏好也反映到夏茭白身上，很久以后我才意识到，夏茭白时常穿纯白色的衣服，她的皮鞋也是白色的，亮晶晶的漆皮，像是城堡里的公主。

他们为什么约我来摘花呢？而且是隐蔽在山坡深处的粉红色海棠花。这是个问题。但我没有怀疑，更没有察觉里面的阴谋、背叛和欺骗。程国庆与夏茭白相处融洽，我是没有一丝芥蒂的，夏茭白活不长，也不能谈恋爱，这两点，我都知道，我喜欢她，也怜惜她，相信程国庆同样如此。当然，即使是同性之间的友谊，也不时会有嫉妒和竞争的发生，但是，他们是我最喜爱的两个人，一边是爱情，一边是友情，我用全部的心思来深爱着他们。

我们往树林外面走去，就在这时，一个男人拦住了我们，他大声指责我们破坏环境。他宣称自己是师大的花工，负责看守这片花林，摘花必罚款，每人五块钱。

我被吓蒙了，程国庆和夏茭白没有理论，乖乖地掏出钱，交给那个从天而降的花工。花工站在我面前，作为成年人，他的气势压垮了我。然而，我的书包里没有钱，一分钱都没有。

“你没有带上那些钱？”程国庆不相信。

慌乱之中，我没有解释，我可怜兮兮地向夏茭白借钱。夏茭白背着一个亮闪闪的小包，包里是为了即将开始的浪迹天涯而筹措起来的那笔巨款。这些天，她随时都背着那个包，就算在家里都不离手。夏妈问起来，她说那只镶嵌着假珠宝的包跟她的裙子很般配。

夏茭白借给我五块钱，是从那笔公款中抽出来的。我交给了那个花工，他满意地转身离开了。程国庆和夏茭白满不在乎地往外走去，像是什么事都没有发生过，我跟在他们后面，心乱如麻，双膝发软。他们不知道，我欠下了此生最大的一笔债务。

接下来的日子里，我进入了还债模式。我不得不找史夏借钱，找我爸要钱买冰棍，找我爷爷要钱买零食，我从一个不给人添麻烦的孩子，变成了厚颜无耻的讨债鬼。不仅如此，我还帮班里的学渣们写作业，每次收费一分钱。我不断地突破自己的底线，成了自己最厌恶的人。

我把钱一分一分地积攒起来，攒到两块五毛钱时，先期偿还给了夏茭白，将我的负债率降低了百分之五十。当我冷静地递过去那一卷混合着硬币与分币的钞票时，夏茭白惊讶地看了一眼程国庆。

“你不是有五块钱吗？”程国庆正爬上夏茭白的衣柜顶端，准备往下跳。他在练习轻功。

“我早已经买书了。”我淡淡地说。

“你是说，你没钱？”程国庆差点儿从衣柜上掉下来。

“我会凑起来，还给你们，这是公用经费，我不会占大家的便宜。”我坚定地对夏茭白说。

他俩面面相觑，一句话都说不出来。我觉得有些异样，到底是哪里不对劲，我无从得知。我沉浸在终于还掉了一半债务的胜利中。

在夏家吃过晚饭以后，我和程国庆一起走出了夏家的别墅。在门前，程国庆忽然站住了，看着我，挠挠头，欲言又止。

“你想说什么？”我傻傻地问他。

“那钱，你不用还了。”程国庆语焉不详地说，这句话轻飘飘的，毫无力道。他没有权力做出这样的决定，钱是属于集体的，不是他的。

“不，我能还上，我一定可以如数还回去。”我肯定地说。程国庆突然就莫名其妙地发起火来，他凶巴巴地盯着我，重重地说：

“我说不用还，就是不用还！”

说着，他从口袋里掏出我刚才交给夏茭白的那卷皱巴巴的钞票，两块五毛钱，硬塞进了我的手里。这钱，我不知道夏茭白是什么时候交给他的，我也不知道他们说了些什么。我想追上程国庆问清楚，但他转身就跑走了。想了想，我回到夏家，隔着篱笆叫着夏茭白。她走了出来，我给她看那些钱，她有些尴尬，随即甜蜜地冲我一笑：

“史佑，退给你，你就拿着呗，是你的程国庆小哥哥心疼你，不想让你承担债务。”我张了张嘴，这是什么逻辑？夏茭白不容我再说下去，声称自己要去吃药了，朝我挥挥手，转身进了屋。

我问不出个所以然来。我直觉这事儿蹊跷，但也只好让它翻篇。因为在还债这个插曲过后，伟大的冒险之旅就要来临了。

我们的团队做了充足的准备，起码在食物方面是有备无患的，所谓兵马未动，粮草先行。我贡献了一个我爷爷当年用过的背囊，体积很大，里面可以塞大量的点心和水果。盘缠和行李都放在夏茭白的房间里，她的大床下面成了我们的储藏室。不幸的是，我们都没有留意到水果是会腐烂的，没过多久，从夏茭白的床底下散发出一阵阵酸馊味，在夏妈的眼皮底下清理那些烂掉的水果又让我们颇费了一番周章。

出发前三天晚上，我们彩排了一次“夏茭白出门记”。夏茭白早早地就跟爸妈吹了风，说程家买了一台彩色电视机。那时彩电是稀缺物资，须凭票购买。拥有一台令人垂涎的彩电得具备两个必要条件，一是有钱，二是有人脉。第二个条件决定了能在什么时候获得一张彩电票以及能够购买什么牌子和型号的彩电。

在这件事上，程国庆妈妈遥遥领先。她通过一个有亲戚在长虹彩电厂工作的学生家长，拿到了购买资格。夏家是不缺钱的，但夏爸是在好几年以后公派出国，才从日本带回来一台索尼彩电。

夏茭白要去程家看电视，这是一个合理诉求。当时夏家已经有电视，是一台黑白的。那是1983年，《霍元甲》刚刚播出，四处都飘散着那首《万里长城永不倒》。黑白电视也能看到霍元甲，可是夏茭白坚持要去体验彩电，她的理由只有一个，看一眼赵倩男的裙子是什么颜色。这个理由很强大。夏妈答应了，不过她不太放心，亲自陪同夏茇白前往程家。

程国庆妈妈从儿子那里得到消息，高度重视，毕竟夏家在师大是显赫之家。程国庆妈妈洒扫庭除，事先清场，观看电视的闲杂人等一律不得入内，单单迎接这位娇滴滴的夏小姐。

夏妈一见，对程家很是放心，尤其夏茇白非常听话，十分钟之内，看到了赵倩男的蓝衫黑裙，立即跟随夏妈打道回府。这次愉快的彩电邦交，为夏茇白其后的顺利脱身奠定了坚实的基础。

夏茇白连后面两次正式出门的缘由都想好了，一次是赵倩男的口红，一次是赵倩男的鞋子。作为霍元甲青梅竹马的女神，赵倩男与霍元甲之间的种种情愫，一举捕获了电视机前亿万观众朋友们的心，一大拨粉丝奔走在追星的路上。夏家父母能够理解夏茇白对于赵倩男的全方位迷恋。

出发前两天晚上，夏茇白提出去看一眼赵倩男的口红。这一回，夏妈没有陪同，她只是提醒夏茇白加一件外衣，避免受凉。她给了夏茇白二十分钟。夏茇白没有用完余额，她提前五分钟回家，我和程国庆全程护送她。果然，夏妈对她的表现很满意。

那几天，我和程国庆滞留在夏茇白家里，本着对旅途和旅伴负责任的态度，把路途所需物品再次进行了清理。可是清理工作不断被程国庆无边无际的遐想所打断，在夏茇白的香闺里，程国庆不断遭遇着来自武当山的假想敌，拳脚相加，口中嘿嘿有声。那些身手了得的高手们纷纷败在他的脚下，臣服于他，供奉他为新的帮主。程国庆在想象中完成了一场名扬四海的壮举。

我和夏茭白全神贯注地配合着他的演出，在预设的剧情中，我成为了彩蛋的制造者，为他扮演一个威震四海的千年老妖精，披头散发，但是一出手，就被程国庆拿下，哀哀求饶——我的确向他求饶，他有力的双臂险些把我的胳膊给拧断了，他把我当成一床破棉絮似的，轻而易举地扔在沙发上。

这一切响动轻易瞒过了夏爸夏妈，因为夏茭白打开了录音机，播放钢琴曲。在她爸妈听来，这是女儿兴之所至，为小伙伴们演奏优美的乐曲。

出发前一天晚上，我们早早解散，各回各家，早早就寝。我们的远征计划是昼伏夜行，一行人连夜赶到长途汽车站。前一晚的休息就显得尤为重要。

然而，我破天荒地失眠了。在过去的漫漫岁月里，夜晚总是太短暂，我怎么睡都睡不够。但是，那个深夜，我在木箱上辗转反侧，我从未察觉木箱太硬而被褥太薄。我想起在书里读到过的治愈失眠的方法，数星星数小羊，结果被我数过的羊群和星星简直难以计数，尤其是那些羊，如果我有神笔马良的功力，被我数过的羊都能活过来，估计地球上的羊群会泛滥成灾。

那天清晨，我爸我妈丝毫没有意识到，在他们身旁，乖乖吃着剩饭的小女儿内心里有多少的惊涛骇浪。他们没有意识到，其他所有人也都没有意识到我留恋的眼光、彷徨的心情。我就这样作别了我那些愚蠢又平庸的家人们，像是永诀一般。

无论多么忐忑，白天还是顺溜地一晃而过了。吃完晚饭，我颤抖着手，把一封信压在我睡觉用的木头箱子上面，用我的枕头盖住。按照约定，我空着手走出家门，跟以往临时出去玩一玩的状态是一样的。

离开工人宿舍，我就跑了起来，一路跑到校门口，在一棵梧桐树下站定，那是我们的接头地点。校门外是大块的田野，师大就在农田的中央，像一只栖息在海岛上的大鸟。

穿过农田，大约走上二十分钟，有一条土马路，一趟来自高店子的十二路公交车会途经此地。不过这趟车是支线，发车稀少，需要等上很久很久。我们根本没打算乘坐这趟车，省下车费，连夜步行到长途汽车站，从那里正式启程。

我跑得太快，生恐迟到，以至于停下来以后，好半天都喘不匀气儿。没想到团队里头，我来得最早，其余的小伙伴们根本不见踪影。

我在校门口傻傻伫立着，时间过得很缓慢，过了好久，还是没人到来。我简直怀疑自己记错了时辰。终于，我看到程国庆出现在马路尽头。他也空着双手，没有奔跑，不像我那样心急火燎，他闲闲散散地大步走来。我喜欢看他走路的姿势，带着风，我也喜欢看他跑步的样子——事实上，我喜欢他的一切，他什么都是好的。

程国庆跟我站在一起，等待下一个人出现。他从裤兜里掏出一个青蒿馍馍，说是只有一个，准备奖励给最早到达的同伙，由我得到这个荣誉勋章是当之无愧的。我接过来，啃了一小口。我没有胃口，就连家里的晚饭都只吃了一点点，激动与慌张的心情让我的内循环一派混乱，我什么都吃不下。

我把青蒿馍馍放进了衣服口袋里，与程国庆一起藏在树后，张望着马路。我们有一搭没一搭地说着话，打赌下一个出现的会是谁。

可惜这一次，我们遭到了始料未及的打击，我们都输了。那条空荡荡的马路上，再也没有出现熟悉的面孔。校门口的值班室里挂着一个带钟摆的大钟，我们轮流着一趟又一趟地跑去看时间。约定的时刻早就过去了，夏茭白没有出现，程国庆的另外三个意志坚定的男同学也没有出现。

作为召集人，程国庆明显慌了神，他现场做出了决断，我们分头去叫那几个不像话的家伙，我去夏家，他去那三个男生家。我领命跑走——那一晚，我一直在奔跑，我根本停不下来，一离开程国庆，我就六神无主。我使劲跑着，唯有奔跑能让我释放恐惧。

我穿过马路，经过柳树低垂的河堤，跑到夏家，接着，又跑着回到校门口的聚集地。这一回，程国庆的动作也很神速，他几乎跟我前后脚到达。他的眉头紧紧皱着，很明显，他带来的也是坏消息。

我上气不接下气地告诉程国庆，夏茭白来不了了。我敲开了夏家的门，这不是我应该出现的时刻，应门的夏妈有些惊讶。我不安地谎称跟夏茭白约好了要去程家看彩色电视，《霍元甲》就要开始了。

在原先的剧本里，我是不需要出现的，夏茭白会自行向夏妈提出申请，去看一眼赵倩男的鞋子是什么颜色，二十分钟以内保证回来。由于夏茭白没有遵守约定，我猜不透背后发生了什么，最坏的结果就是我们的行踪暴露，夏茭白在严刑拷打之下招供了，那么，我说的话立即就能被夏妈识破。幸而夏妈没有表现出疑惑，她略有担忧地告诉我，夏茭白感冒了，她不能出门，为着避免感染加重，此刻也不便见我。

我并不懂得感冒对于一个心脏病人意味着什么，我只是感到深深的失望，夏茭白太不争气了，素日里都是活蹦乱跳的，关键时刻掉链子。而且所有的盘缠都在她手上，临到出发了，她怎么就感冒了呢！

程国庆同样出师不利，他接连去了三个男生家。男生甲家住一楼，程国庆隔着窗户轻声叫着他的名字，他的脸出现在窗帘后面，他垂头丧气地告诉程国庆，他妈不允许他晚上出门疯玩。他家的窗户有一排铁栅栏，他试过了，连半个脑袋都挤不出去。程国庆去找男生乙，隔了老远就听见男生乙在挨打，此君单元测试的分数把他妈给气疯了，他妈扬着鸡毛掸子追着他打。至于男生丙，那孩子在最后关头弃暗投明，他预见到了出逃的结果，迟早会被他爸打得皮开肉绽，他在皮肉之苦面前退缩了、叛逃了、放弃了。

程国庆抨击着三个叛徒，他气得捶胸顿足，大骂他们是江湖中的人渣。我不知道应该怎么安慰他，我迟疑了一阵子，然后试探着对他说：

“要不，我们还是按原计划出发吧？”

这句话让他的双眼一下子亮了起来，他打了个响指，说，“就是这样！”

于是，我们出发了。从六个人的大部队减员成了两个人的小分队，我拼命克制着恐惧，跟着他上了路。他想去，而我想要成全他，因此，摇摆不定的我，最后反而成了他唯一的跟随者。

我们凑了凑身上的财产，我身上有两块五毛钱，有他给我的青蒿馍馍。程国庆的裤兜里有一些钢镚儿，还有一副橡皮筋做的弹弓。除此以外，我们一无所有。

奇异的是，一旦真正出发，忧虑、惊悸全都不翼而飞，我被出发本身具有的悬念、希冀所诱惑，它们激发起了人类潜在的冒险精神，消解了所有的不安与不确定性。我与程国庆迎着夜晚渐凉的风，朝着更深的黑暗走去。

很久以后，我读到了一首诗，“我们最终都要远行，最终都要跟稚嫩的自己告别。也许路途有点艰辛，有点孤独，但熬过了痛苦，我们才能得以成长。”

在那趟旅程中，并没有痛苦。起码，在一开始的时候，我感到的是一种脱胎换骨般的喜悦。

那个遥远的夜晚，两个离家出走的少男少女，可笑地完成着一场自以为是的壮举，他们以为，理想中的世界触手可及。想到那两个无知无畏的孩子，我的记忆里就会出现一片蒙着白纱的沼泽，尽管我不愿意触及，但偶尔也会掀起面纱瞧一眼。

我看到自己和程国庆精神抖擞地出了校门，沿着黑漆漆的田间小径，深一脚浅一脚地朝前走着。夜色已经兜头盖脸地扑了过来，里面夹杂着若有若无的细雨。附近人家很少，既没有灯光，也没有星光，在这个满月之夜，连月亮都看不见。

我们走得小心翼翼，农田里错落分布着灌溉井，张开大嘴，在黑暗里像一个又一个狰狞的阴谋。曾经有小孩子失足跌落，捞起来已经是一具尸体。我小声提醒程国庆当心，他的回应是拉住了我的手。他的掌心很凉。

田野里有不知名的虫鸣，也有一两声凶狠的犬吠，却没有人声。也许是为了抵抗渐渐萌生出来的恐惧，程国庆开始跟我说话，我们讨论着夏茭白突如其来的感冒，我提出了一种设想，那就是夏茭白改变了主意，她不想去武当山了，所以找出生病作为挡箭牌。这个假设得到了程国庆的附议。在这一刻，每个叛徒都罪该万死，他也提起那三个男生，他贬低他们的武功，认为他们的临阵脱逃是因为身手太差，不敢上武当山。

对背叛者的声讨，突然让我们振奋起来。我们像打了鸡血，陶醉于自己的勇敢和实力。不对，这两者倒没那么重要，更重要的是，我们已经出离愤怒了，这几个叛徒，重重地伤害了我们。

作为反击，我们怀着怒火，不忘初心，砥砺前行——这个夜晚，我们必须要出发，如果原地止步，只能证明我们的懦弱，证明我们原本就跟那几个临阵脱逃者是一伙的，大家都是敌军。

程国庆甚至出卖了夏茭白，他说到那次莫名其妙的摘花和由此引发的罚款。原来，我不愿意拿出那五块钱，在他和夏茭白看来，就是犹豫不决的表现，是给自己留下退路。他们欲擒故纵，先是由程国庆提出留下我，刺激我一下。他们认为要让我做出斩钉截铁的决定，那几块钱是关键。由此，夏茭白想出了这么一个略显卑鄙的伎俩，这主意太高明了，程国庆简直要举双手双脚赞成。那个罚款的花工是程国庆二舅的哥们儿。

程国庆的二舅是磨刀匠，每个星期天的下午，他都会在师大的家属区转悠一大圈，高亢的嗓音呼出一串悠长的广告词：

“磨剪刀——戗菜刀。”

他用一辆哐当作响的旧自行车驮着一条长凳子，凳子一头是一块青灰色的磨刀石，另一头是一个盛水的小铅桶，另外还有别的行头，像水刷、螺丝刀这些。

程国庆的舅舅姨妈们都是手工艺人，他们基于对程国庆爸爸的敬重和对程国庆妈妈的感激，对他们的外甥程国庆是有求必应。程国庆的二舅就这样成为了这出阴谋的同盟者。那五块钱，循环一圈，早就回到了夏茭白那只亮闪闪的手袋里。

事前，程国庆和夏茭白不知道我身无分文，他们不知道，我的那笔钱已经提前变现，成为一套摆在窗台上的书籍。因此，当我归还了其中的一半，程国庆和夏茭白都惊呆了。他们的心里充满了悔恨与自责，更多的，也许是惊奇，他们差一点儿，就让我置身于《项链》里的场景，就像那个倒霉而较真的穷女人，为了一串假项链，白白地赔上了自己的青春岁月。

该死的是，程国庆和夏茭白还就此进行过探讨，他们都读过莫泊桑的那篇小说。夏茭白的评价是，那个女人脑子坏掉了，摊上了这么大的事儿，就该一走了之。纵然信义事大，但好好过完自己的人生更要紧。

程国庆把夏茭白的话转述给我的时候，我们不约而同地认定，夏茭白就是一个叛逃者。她没有感冒，即使是瓷器娃娃，也不会吹一阵风就病倒。依照夏茭白的逻辑，信义是排在第二位的。她做出背信弃义的举止也就不难理解了。

程国庆拉着我的手，我们毫不犹豫地往前走着。我仔细地分辨着他的脚步，力图与他保持一致。有时他走得很快，有时又会放慢速度。这令我无所适从。在一处田坎边，他突然加大了步幅，被他牵着的我禁不住一个踉跄，险些摔倒。

我的脚被狠狠地扭了一下，疼得我低声呻吟了一声。程国庆急忙停住，询问我究竟，我强自镇定，告诉他没事，不想让他担心。

然而，这个意外发生的波澜让我们的征程变得艰难起来。我忍着疼痛，一瘸一拐地拼命走着。

我们终于穿过了黑暗的田野，来到稍显明亮的马路上。我没有用灯火通明来形容，那是因为这条马路僻静而幽暗，两边只有一些矮小的砖房，大多是杂货铺。这些铺子关门都很早，街面上差不多空无一人，只有从平房窗口透出的稀稀拉拉的灯光，以及隔出老远才有的一盏孤零零的路灯。

无论如何，我们是走在有光的所在了。程国庆明显地松弛下来，但他立即发现了我的脚不太对劲，在他的追问下，我说出了实情，并且表达了大义凛然不惜慷慨就义的烈士节操。我告诉他绝不会拉他的后腿，他走多快，我也走多快，他走多久，我也走多久。

程国庆愣了愣，叹了口气，什么都没说，在我前面蹲下身来。我本想拒绝，不过我受伤的脚已经火烧火燎。

我伏在了程国庆的背上，他背着我继续走。我们可谓初战不利，刚一上路，就损兵折将。寂静的马路上，只听见程国庆的脚步声，基于负重，他的步履不那么轻捷了，他走得越来越慢，甚至开始出汗。我能闻到从他头发里、后颈窝里冒出的热汗的气味儿。

在程国庆单薄摇晃的背上，困意渐渐袭来，我睡着了。我做了个梦，梦见自己不是在程国庆的背上，而是在一辆颠簸的牛车上，牛车行进在崇山峻岭间，车外是深不见底的万丈悬崖。那黄牛是从小就会出现在我梦境中的那一头，它不听使唤地跑起来，扬起四蹄，脚不沾地地悬空飞奔。我用尽全力拉住缰绳，无数的山影树木朝我迎面扑来，疾劲的山风吹得我睁不开双眼。前面是一处陡峭的弯道，我拽不动缰绳，我声嘶力竭地大喊着，蓦然间，不要命的黄牛径直冲向悬崖。我惊呼一声，醒了过来。

依旧是漆黑的夜，依旧是程国庆吃力的步伐，先前若有若无的蒙蒙细雨变成了大雨，我浑身已经湿透。我听到程国庆轻声问道，“睡醒了？”我“嗯”了一声。

我们没有再说话，不知道是什么力量支撑着我们继续在雨中行进，但显然，程国庆已经体力不支。不仅如此，我们的内心已经充满了犹疑，只是，不知道该如何终结眼前的困境。

也许又过了很久，也许就在转眼之间，程国庆一个踉跄，摔了下去，他单膝着地，紧紧护着我，没有让我从他背上滑下来。他好半天站不起来，我挣扎着下来，试图扶他一把。我的力气有限，结果是，我们一起摔进了泥水里。

我记不清是他先提出来，还是我先开口，抑或是异口同声的，我们就返程达成了一致的意见。我们决定回家。理由相当充分，雨越下越大，钱可以没有，食物可以没有，雨具和换洗衣服却不能没有。想一想，两个湿漉漉的人，连更换的衣服都没有，要怎么去往武当山——我们虔诚地相信了自己找出的借口。

此言一出，黑夜似乎不那么恐怖了，返回的路径变得那么短暂。程国庆浑身是劲，背着我，健步如飞，我们几乎是一溜烟地就回到了师大。远远地，我们看到洞开的校门，这道门是在晚上十二点关闭，事实证明我们的探险之旅，在午夜之前就宣告结束。

校门口空无一人，保安坐在暖和的值班室内打盹。我们顺溜地进了门，程国庆仍然背着我，一路把我送回了工人宿舍。

我深吸了一口气，推开门，迎接臆想中的皮鞭。下手的多半是我妈，在我家，大人分工明确，女孩子我妈收拾，男孩子我爸负责。

门内的景象出乎我的意料，满满一屋子人，在原本该睡觉的时候，屋里灯火通明，人声鼎沸。这是什么情况？难道就我的失踪问题召开了紧急会议？

奇异的是，没人朝我看，主角已经闪亮登场，他们竟然视若无睹。这些人聊着天，嗑着瓜子儿——满地都是瓜子壳儿。我定定神，看清楚了，除了家里人，还有一些相熟的邻居，我妈穿梭在人群中，手里端着盘子，盘子里是水杯和橘子，还有一些散装的糖果，她招呼大家吃吃喝喝，就像过年一样。我觉得时空错乱，简直就是穿越了。

我想起来了，我妈分发的这些食品是为了我爷爷的寿宴准备的。那天的晚餐，我爸妈张罗了一桌子好菜好酒，邀请了几位邻居来家里，为我爷爷庆贺七十大寿。临出门时，我爷爷正好举起酒杯，一饮而尽。我妈还在公用厨房里热火朝天地炒菜，我爸一盘一盘地往屋里运送。趁乱里，我留下了信，开溜。

前情便是如此。那么我爷爷呢？今晚的寿星呢？我张望着，并没看到他，桌上也没有生日应该出现的寿面，底下还应该卧着一只金灿灿的煎蛋。我吞咽了一口口水，我饿得发慌。

我惦记着留下的那封信，我蹭到木箱边，探手摸了摸，心头狂喜，它居然完好无损地压在枕头下面，根本就没人动过。

这时，我还不知道，正是那场导致我爷爷酗酒醉死的寿宴，遮掩了我的出门远行。在我走后不久，我爷爷被发现死在了里屋的床上。我回到家时，我爷爷的尸体就停放在里屋，外间全是帮忙预备丧事的邻里，他们喝完了喜酒，又接着搭手筹备葬礼。

这个夜里，没人发现家中最乖巧最温顺的小女儿曾经离家出走，当然我也免受了责罚。这场出走留给我的印记，是我高高肿起的脚踝。事后我告诉我妈，我的脚在台阶上扭伤了。我妈找出我爷爷喝剩下的一瓶黄酒，烧热了给我敷上。我一瘸一拐地走了好几天，渐渐地也就好起来了。

同样没有东窗事发的还有程国庆。回到家里，他发现屋里黑灯瞎火，他爸已经早早睡下了，而他妈不知去向，那封压在枕头底下的信同样无人问津。换言之，程家也没人发现这小子失踪了。

程国庆爸爸是个迂腐的文人，家里的琐事一律不擅长，差不多就是生活不能自理。程国庆自个儿有一个单独的房间，看管他吃穿用度、晚上督促他关灯早睡的总是他妈。偏偏这晚，他妈在学校加班。

后来，我很少回忆那场远足，因为，那同时是我爷爷过世的日子。未曾目睹现场的我，下意识地将责任揽在了我的身上。要是我在家，或许我爷爷能被提前发现，能有机会被抢救过来。年节时，家里人一多，我常常躲进我爷爷住的里屋，躲在那里看书。我不在家，人人都凑热闹，没人进去，也就没人发现，谁都不了解，我爷爷是多么痛苦地挣扎着死去。我一直难以想象，当反流物堵塞了气管，氧气无法穿透我爷爷的身体，他孤零零地躺在里屋，该有多么的绝望。

我很难过。虽然我跟我爷爷并不亲昵，在家里，他是一个静默的存在，但他身上有一种颓废而凄绝的气息，这种气息，让他比其他人都要显得高级。当其他人都过得兴兴头头、浅薄无趣的时候，我爷爷仿佛一直是在找寻着什么，他的人生过得很茫然。我觉得我跟我爷爷的气质是一致的，我们是两个悲观主义者。

由于自责，我本能地选择了规避。从此以后，我避免想起这个晚上。于是，一夜之间，那个轰轰烈烈的计划，恍若隔世。我们少年时的这个大事件，就这样消失在了历史中，无人记述。

三十年前

史佑

因为那场感冒，夏茇白在医院里住了很久，我想去看一看她，但她住的是无菌病房，据说每天只能进去一个亲属，还得穿着防护服。放学时，我总会在篱笆外面停留一会儿，要是夏妈在家里，我就请她给夏茇白带去我写的纸条。

那些纸条上，我摘抄了一些励志的名人名言，鼓励夏茇白向张海迪学习，身残志坚，不畏病痛。夏妈有时会带给我夏茇白的回复，她给我的纸条上全是画，有时是穿晚礼服的公主，有时是太阳与花草，有时单纯是一些信手涂鸦的线条。夏妈告诉我，她躺在床上，一动不能动，没有力气写字。

我听得恻然。有一回，说着说着，夏妈突然抱住我，下巴抵在我的头上，哭了起来。她哭得那么伤心，而我的心脏就像是一件漏掉的雨衣，全被淋湿了。我难过得要命。

但是，有一句话，我始终不敢正面问夏妈，那就是，夏茭白是不是快要死去了？我不问，这就不是问题，不必去面对。

至于程国庆，他的那三个男同学，为了远行，拿出了自己全部的零花钱，他们找程国庆索要那笔钱。那些钱还在夏茭白那里，但程国庆什么都没有解释。有一晚，他来找我要酒精。他受了伤，手臂和大腿都流着血。那三个男生揍了他一顿，还逼他写下了欠条。他们认定是程国庆霸占了公款。

我躲在屋前的小花园里帮程国庆处理伤口，酒精用完了，我就学着我妈，把我爷爷留下的黄酒烫热，敷在程国庆的伤处，他痛得大呼小叫，使劲咬着自己的拳头。我问他怎么不好好跟人说清楚，他嗤之以鼻，说没那么娘们儿，钱而已，想法子还给他们就是了。

程国庆还真弄到了钱。他没有跟人借，自然也没有替同学写作业、当枪手，他自个儿的作业都弄不清楚。他不知从哪里搞来一些香烟，转手卖给班里初学会吸烟的男生，赚了差价，还给那三个男生。

在这个过程里，程国庆也学会了抽烟，他身上有了淡淡的烟草味儿，手指有被烟烫过的疤痕。为了掩盖，他随时都嚼着口香糖，手指上套了一个不知从哪里淘来的铜戒指。他长得更高了，眼神里有了云飞雪落，当他漫不经心地朝我走过来，哪怕是一个非常随意的微笑，我都会感到魂飞魄散。

我爱他。

我的生活表面依然如故，在学校里，仍然腻在程国庆妈妈的身边，放学后时常去他家里蹭饭。不同的是，程国庆突然不像以前那样跟我胡乱拌嘴了，也不再捉弄我，他常常揉一揉我的头发，叹息着说：

“史佑，你是一个值得信赖的好兄弟。”

我哭笑不得。我对着镜子左看右看，白皙的瓜子脸、亮晶晶的眼睛，纤细的腰与鼓鼓的胸脯已经初具雏形，怎么看都是一个秀气的小姑娘。更早的时候，我已经收到同班男生的一封情书——如果算是情书的话。那个家伙照抄了好几段琼瑶小说里的句子，向我表示好感。这一切，在程国庆那里，怎么就成了兄弟情谊?

我没法跟任何人探讨，作为唯一的知情者，我的闺蜜夏茭白全天候躺在医院里，她在那里一躺就是大半年。后来，大夫推荐她去上海尝试新推出的人工心脏瓣膜手术。据说该项手术已经拯救了好些濒死的患者。不过，那是一把双刃剑，手术本身有风险，即使成功，也不是一劳永逸的，一次手术只能确保五年的存活期。每隔五年，就要再做一次手术。这意味着，活着的每一天，都在经历手术和等待手术的煎熬中。

无论如何，这是挽救夏茭白唯一的机会，夏妈当即与上海的亲戚联系，将夏茭白送去了上海。在花费了一笔天价的费用以后，夏茭白活了过来，她换了瓣膜，身体状态比先前还要好，甚至可以出门散散步。夏妈请了长假，留在上海陪伴夏茭白休养，这些消息，都是夏爸告诉我的。夏爸从上海回来的时候，特地带来两袋大白兔奶糖，那是夏茭白送给我的。显然，她也在惦念着我。

那一年，我小学毕业了。小升初时，我没有史夏的幸运，我碰到了跟我哥哥姐姐一样的麻烦，即使成绩优异，我也必须回到户籍所在地读书。我进了洪雅的一所中学，跟史佐和史尚在同一所学校，我们都住校。

那个暑假，在我离开师大、返回洪雅读中学的前一天，程国庆骑着自行车，鬼使神差地到家里来找我，说是要请我吃一顿饭，算是为我送行。

“兄弟，到了洪雅，就尝不到地道的成都小吃了。”他像以往一样，满不在乎地把手搭在我的肩膀上。

“谁是你兄弟？”我挣脱开他，突然有点生气，“程国庆，你认真看看，你哪只眼睛觉得我像个男生？”程国庆大吃一惊，当真瞪大双眼看着我。然后，他笑了。

“这是怎么了？莫名其妙就奓毛了？”他的语气变得温和。

我闷着头朝前走，他推着车子追上来，超过我，而后，拦在我跟前。我低着头，不理睬他。不知道为什么，在即将离别的时候，“兄弟”这个称谓让我格外生气。

“喂！”程国庆叫着我，我还是不吭声，他突然伸出手来，托起我的下巴，打量着我。他的脸近在咫尺，一双眼睛熠熠生辉，那里面有我的影子，那影子小小的、怯怯的。他的眼神变得柔和，他的神情有些恍惚起来。

“程国庆，跟你老婆吵架啦？”一个声音突然大叫起来。

程国庆一呆，迅速放开我。定睛一看，是他的同班同学，笑嘻嘻地望着我们。程国庆捡起一块石头就朝他扔过去，那小子边笑边跑。

“他就那德行，一张破嘴！”程国庆跟我解释，他回过头来，我们的视线碰在一起，忽然，我们都有些尴尬。程国庆转过头去，摸了摸自己的鼻子。

“上来，我带你。”他不朝我看，低头轻声说着。

他跨上自行车，我坐在后座。我们都没有说话，但有些什么是不一样了。他载着我去了一趟春熙路，挤在人堆里，吃了钟水饺，然后载着我去天府广场，在毛主席向世人挥手的那尊著名的雕像下，我们坐了好一会儿，直到台阶被太阳晒得发烫。返回的路上，程国庆又买了两根牛奶冰棍，我们一人一根。

程国庆载着我兜了整整一下午的风，他骑得很快，尤其是从402厂到师大的那条陡峭的下坡路，他猛地俯冲下去，我在他的后座，夏日灼热的风吹过来，我们就像在阳光和风里飞了起来。

“要不要再来一次？”冲下陡坡以后，他转过头来问我。

我肯定地回答，“要。”

于是，我们回到高处，再来一遍。我还不过瘾，反复要求，他迁就我，我们不断地冲下来，不断地飞起来。无缘无故地，我闻着他的背心散发出的汗水味儿，还有他头发里的烟草气息，有一种想哭的感觉。

他把我送回我爷爷家，没有下车，一脚点地，微笑着对我说："后会有期。"然后，猛地掉头，头也不回地骑车离去。我站在那里，久久地注视着他的背影。

在洪雅度过的六年中学时光，单调、沉闷。我没命地学习，每次考试都甩出第二名一大截。老师们都喜欢我，虽然我是一个极为内向的女生。每个人都说我不甘于平庸，必然会有一番大作为。我从不辩解，只是静默地读书。没人知道，我没有宏大的理想与抱负，我的愿望不过是考上成都的大学。在我看来，这是回到成都最为稳妥的方式。这与我幼年时对成都的向往已经不同，那时，成都是一个形而上的符号，现在，它具体而微，落实到了一个人的身上，那个人，就是程国庆。

在我初二那年，夏茭白跟随夏妈回到了成都，她到我的家里问明了地址，写信给我。我惊喜万分，立即回复。我们开始了频繁的通信。我们什么都聊，她详细告诉我做手术的那些经历，她告诉我，在她病危的时候，她也不相信自己会死掉，笔仙说了，她是要长命百岁的。

我们在信里约定了假期见面，但那几年，寒假她会回到上海的外婆家过年，暑假也会回上海，去医院做每年的例行检查。我们竟然一再错过，只好在信件里交流，我们时常互相寄照片，照片里的夏茭白，出落得更美了。

我给夏茭白写信，给我爸妈写信，也给程国庆写信。不同的是，给程国庆的信，每每写完一封，我就会撕掉，因为宿舍里没有藏东西的地方，我又不想寄出去，信里的字眼，怎么读，都嫌别扭。

其实我在信中的表述并不直白，我絮絮说起我的功课、我的老师、我的同桌。我对程国庆说，学校里那棵珙桐树开出了鸽子一般大小的白色花，食堂里的师傅新开发了一种豇豆包子，我在体育课上学会了三大步上篮。有时我也向他抱怨，宿舍条件实在太差，没有楼板，连天花板都没有，躺下去就能看见屋脊，没有热水，洗脸洗脚全部用凉水。我有很多很多的话要对他讲。

我从来没有对程国庆说过爱，偏偏每封信写完，再读一遍，我分明看见的全部都是赤裸裸的表白。每一段顾左右而言他的文字里，都述说着“我爱你”这三个字。因此，我撕掉了我的信，写了六年，也撕了六年，一封都没有寄给他。

好些年后，在一次飞行途中，我在航班提供的一本刊物上偶然读到了一首诗，标题叫做《我爱你》：

巴巴地活着，每天打水，煮饭，按时吃药
阳光好的时候就把自己放进去，像放一块陈皮
茶叶轮换着喝：菊花，茉莉，玫瑰，柠檬
这些美好的事物仿佛把我往春天的路上带

所以我一次次按住内心的雪
它们过于洁白过于接近春天

在干净的院子里读你的诗歌。这人间情事
恍惚如突然飞过的麻雀儿
而光阴皎洁。我不适宜肝肠寸断
如果给你寄一本书，我不会寄给你诗歌
我要给你一本关于植物，关于庄稼的
告诉你稻子和稗子的区别

告诉你一棵稗子提心吊胆的
春天

这首诗通篇没有一个字眼提到爱，就像我写过的那些信。我意识到，在洪雅度过的中学时期，正如那首诗中描绘的意境，不言爱，却全部都是爱。我认认真真地活着，每天学习，用心吃饭，把自己像一块陈皮那样，浸泡在光阴里。课间，我数着窗外的花朵，教室的窗外，四季都有花在开放。这些美好的事物通向春天，在春天里，有我深爱的男孩。我不说爱，然而，每个季节，每朵花，每件事，都与爱情有关。

在将近一万米的高空里，那首荡气回肠的诗歌，让我痛彻心扉。那时，距离我的少女时代，已经过去了很久。在飞机上，步入中年的我，惆怅地回想着自己的初恋，卑微而自信，迟疑而坚定。在我八岁那年，第一眼看到程国庆，就从那时开始，他变成了种在我心里的一棵树，生根、发芽，渐渐生长，直至枝繁叶茂。树木的生命比人类更长，换言之，爱情比我的生命更加久远。

在我和夏茭白的信里，聊得最多的就是程国庆，我们一起追忆着武侠小说带给我们的欢乐。不知不觉间，我们的话题只剩下了程国庆。我记得在一封信里，夏茭白突兀地问我：难道你依然喜欢程国庆？

那几个字让我脸红心跳，隔了好几天，我给她写了回信，用的是一本书的题目，爱是不能忘记的。夏茭白的回信比预计的晚了好几天，一开头，她写着，史佑，可怜的孩子。我一怔。但接下来，她告诉我，为了我，她与程国庆联系过，她保证会随时向我通报程国庆的近况。

夏茭白就这样成为我的秘密武器，通过她，我了解到程国庆的一举一动，好像我还留在师大似的。程国庆有颗不开窍的脑袋，他的身边从来没有出现过女生，这一点，夏茭白让我放心。

“放心，你不会变成《鹿鼎记》里的双儿，既不是韦小宝的第一个，也不是他的最后一个。”夏茭白在信里取笑我。

初中毕业，程国庆没有升高中，而是进了一所职业中学，学习汽车修理。他打算自己动手，改装一辆车，像美国西部片里的牛仔，自驾走遍全世界。这个无厘头的梦想让他一贯好脾气的爸爸气得脑出血发作，险些暴毙。程家最终还是没能拧过程国庆，他如愿以偿地选择了喜爱的专业，还跟职高里的一群混混打成了一片。

这些消息，都是夏茭白带给我的。她忠实地记录着程国庆的行迹，她用的是“你的程国庆”这样的说法，这让我仿佛看到了她俏皮而戏谑的模样。

“爱情是盲目的，”她在信里调侃，“像你这样的堂堂大才女，也会爱上考试从来就没及格过的程国庆。”

有时，她会说，作为观众，我们的剧情一直没有推进，她觉得太闷，恨不得立即替我告诉程国庆，在洪雅，有一颗时时眷恋他的心。我当然阻止她，不过，我在校园里捡到的火红的枫叶，或是美得不可方物的小青石，我会随信寄给夏茭白，请求她转交给程国庆。我恳求她不要提到我。

“程国庆用枫叶做书签。”

“程国庆把小青石当作镇纸了。”

……

夏茭白逐一向我反馈，她跟我说，她没有隐瞒程国庆，只是，她告诉程国庆，那是我寄给她的，她觉得适合程国庆，就转手送给他。

“程国庆让我写信的时候，问候你一声。”夏茭白这样写道。看到“程国庆”那几个字，我的心里怦怦跳，像是住着一只不安分的小鹿。

在我上高中时，我失去了夏茭白这个卧底，她再次离开成都，跟随夏妈回到了上海。令人沮丧的是，我们的通信也在那时被她单方面终结，她没有留给我在上海的地址，连一句告别的话都没有，就消失掉了。这让我难受了好长一段时期，我从来不知道，少女时期的友爱，走着走着就散了。我以为我和夏茭白会是一生一世的好朋友，结果我们也未能逃脱命运的窠臼。

放假时，我和哥哥姐姐回到师大，我会去看望程国庆的妈妈。她拉着我的手，向我吐槽儿子的斑斑劣迹。程国庆朝着社会青年的路数一去不复返，他妈妈不无伤感地提到了季老三，人家与程国庆背道而驰，进入高中以后，突然醍醐灌顶，跟过去的自己一刀两断，并且以百米冲刺的速度，一路朝上，成为师大附中第十六个考进北京大学的学生。

程国庆妈妈在讲述时还不知道，季老三精彩的人生还远远没完，北大毕业以后，他考进了哈佛大学，硕博连读，博士毕业，留在了美国。几年后他拿到绿卡，又阴差阳错娶了当年高中时的班长。那个女生明眸皓齿，自带贵气、英气和静气，不仅是班长，还是班花，是好多男生的梦中情人。季老三与美女班长婚后在美国生下了一对龙凤胎。

若干年以后，我在美国见到了他们一家子。

季老三是诞生在师大工人宿舍的奇迹。他是别人家的孩子，他的逆袭，对程国庆妈妈的打击是深刻的。这时的程国庆妈妈已经不是那个梳着大辫子嫁给一个小老头妄图换一种活法的乡村姑娘，她是附小的校长。师大附小在成都市的基础教育界享有盛誉，除了师大的教师子弟，能够入读的孩子，家世非富即贵。作为一个响当当的人物，疏于管教的儿子让她颜面尽失，她打心底里看不起程国庆。

程国庆在职高受过两次处分，两次都是因为打架。他早就不屑于武功，人家拼的是胆量。情节最严重的一次，他用水果刀将别人的手腕刺了一个小洞，差一点点，就割到了动脉。要不是他妈妈全力打点，他转眼就会被关进少管所。程国庆妈妈在我面前哀叹不已，显然她憋得难受，她的身份不允许她放下身段，倾诉家长里短，作为她往日的学生，一个远离师大名利场的中学生，我无疑是最为合格的倾听者。

我追问程国庆伤人的动机，他妈妈哭笑不得，因为程国庆给出的缘由是搭救一个在大街上呼救的女人。事后人家的口供却是，小两口子吵架。程国庆刺伤了别人的男朋友，那被救的女子不依不饶，力气比不过程国庆，当场就下嘴了，把程国庆的胳膊咬得鲜血淋漓。说到这里，程国庆妈妈骂了一句成都话，瓜娃子。她骂的是程国庆。

在程家，我很少见到程国庆，他通常不在家，不知道在忙些什么。间或遇见他，不过向我点点头，不痛不痒地寒暄几句。程国庆妈妈留下我吃饭，在饭桌上，他也不太说话，匆匆地扒拉一碗饭，要么转头出门，要么躺在沙发上，用报纸蒙住脸。他的皮肤晒得很黑，脸上长了好些痘痘，神情看起来很忧郁。

我开玩笑似的取掉他脸上的报纸，发现他戴着那时流行的walkman。他取下一只耳塞，递给我。我放进耳朵里，跟他一起听音乐。他喜欢的是美国乡村流行歌手。那些歌词，我怀疑他并不懂得，他的英文程度，我是有数的。

我们就这样，一人一只耳塞地听着嘈杂的歌曲。他闲散地躺着，我则规规矩矩坐在他身旁。听了一会儿，我取下耳塞，想跟他说说话，但他立即就从沙发上跳起来，说是有事，径直出门去了。

季老三的家仍然在我爷爷家隔壁单元，在他考进北大以前，我时不时会碰到他。季老三近视了，戴上了眼镜，他的身高停滞下来，又成了一个圆墩墩的小胖子。他经常都是一脸乐呵呵的表情，看见我，站定下来，跟我东拉西扯地聊上几句。他在初中阶段有过的匪气荡然无存，变得有些婆婆妈妈的。不过，跟他聊天挺舒服，有那么一两次，他也约我去百货商店喝汽水，靠着柜台，一人一根吸管，喝完就把汽水瓶退掉。

我找季老三借过笔记本和参考书，师大附中的进度在我的学校之上，而我早在为程国庆当枪手的年代，就习惯了超前学习。我参阅季老三的资料，也去书店买回别的参考书。即使是假期，我也不太有闲逛的时间，我总是在学习，有太多的书，争先恐后地在那里等着我临幸。季老三找出他当年的复习资料，他送过来的时候，我是欢迎的，也留下他，胡侃几句。我们的交情，大概就是这么多。

在程国庆妈妈那里，我听到了夏家的变故，也知道了夏茭白一声不响跟着夏妈回到上海的缘故。夏爸夏妈这对神仙眷侣，闹出了婚变的丑闻。这是年度最大的一桩八卦，有了夏妈这样的如花美眷，还要偷腥，等于烂醉的人还要闹酒喝，即使是师大的男人们看来，也是不知好歹的意思。

夏妈没有跟夏爸死缠烂打，夏妈是个矜持的女人。她主动提出离婚，调离师大，回到上海的一所大学工作，顺便带走了唯一的女儿。

夏爸则留在了师大，他的咸湿情节一度闹得惊天动地。夏爸跟自己的女学生上演了浪漫悱恻的师生恋，见过的人都说那女生瘦小干瘪，难看倒是不难看，但绝对不是什么貌美如花，跟夏妈的气质差着一个太平洋。要紧的是，这女孩子来自贫窘的乡下，不出意外，毕业的时候，她会被分配回原籍，一辈子做乡村教师。

那时的大学生就业是国家分配，学校掌握着每个毕业生前途命运的生杀大权。总是要拖到了毕业前夜，才由班主任当众宣读每个人的分配去向，宣读完立刻离校，避免发生一哭二闹三上吊的恶性事件。那是悲喜交集的一夜，在成都度过了四年城市生活的大学生，一夕之间就打回原形。当然，也有优秀的班干部，去往北京、上海或者留在成都，自此就是正正经经的一、二线城市居民。

为了小女友，夏爸充分动用了自己的资源。官方的说法是，他直接向党组织坦白，这女孩是他的未婚妻，一毕业就要结婚的。其时夏爸已经不是师大数学系的系主任，婚变后他引咎辞职，作为给党组织的一个交代。他的仕途已经被断送，在毕业分配这件事上头就不再拥有任何发言权。但是，作为数学家，在学界，他是有分量有地位的，身为他的未婚妻，即便分配到了成都市以外的地区，结婚以后，党组织也会照顾关系，将之调回成都市。

在夏爸的坚持下，这两个步骤合二为一，女生得到了进入成都市一所科研单位的指标。如愿留在成都工作的女生，并没有完成夏爸向党组织提到的第二步，那就是与夏爸组建一个幸福的家庭，反而与之背道而驰。她向夏爸提出了分手，并以迅雷不及掩耳之势，跟同单位的一个年轻男同事闪婚，不给夏爸这只大苍蝇留下丝毫的缝隙。

后面的反转让师大的女性拍手称快，这是对变心男人最大的惩罚。大家一致认定，这女生就是狐狸精转世，是上天派来，专门收拾夏爸这种滥情的人。从此以后，在师大的老公们接受的家庭内部教育中，这个女生就成了教材中的必读篇目，相当于狼外婆之类用来吓人的狠角色。男老师哪怕多看某个女生一眼，家中的黄脸婆都会好心好意地提醒他，千万不要重蹈夏爸的覆辙。

在师大，起码有二十年的时间，没有再出现师生恋这种桃色事件，从这个角度来看，夏爸也算是为学校的师德建设立下了汗马功劳。

事故发生以后，夏爸以肉眼可见的速度萎靡下来，夏妈当初将他打理得精神抖擞，衬衫、皮带与袜子的配色堪称经典。经此一劫，他变得灰头土脸，黑皮鞋配花袜子的搭配成了常态。他这个人，就是行走在师大的负面案例，在他脸上简直清清楚楚写着“自作自受”几个大字。

夏爸形单影只地在师大继续工作了好几年，随着他的父母先后亡故，他在成都别无牵挂，也申请调回了上海，回到他曾经任教的那所大学，也是夏妈工作的地方。夏爸夏妈原本就是同事。

夏爸用日后茕茕孑立的岁月证明了一件事，在那场香艳情事中，他就是一个旷古情痴。因为，自那女生之后，夏爸清心寡欲，没有再跟任何女人纠缠，包括夏妈。不少人揣测他回到上海的意图，是跟夏妈复婚，这揣测也都落了空。有好事者打听到，那女学生生孩子的时候，夏爸还送去了一份不菲的贺礼。以此作为判断，夏爸一定还爱着那个姑娘，哪怕心里的火浇灭了，青烟也余韵缭绕，一直未曾散去。

值得一提的是，师大的风流韵事不少，离婚率却并不高。我们知道，白头偕老有很多种模式，大部分是一忍再忍，忍无可忍，继续再忍。在我身边，真正心甘情愿从一而终的，倒是我的爸妈。任何时刻，即使是家里三个孩子都在洪雅读书，我妈仍旧跟我爸待在一块儿，留守师大。尽管人盯人是下下策，我妈这个最原始最简单的笨办法却是最奏效的，我爸心无旁骛地坐了一辈子老婆监，唯老婆马首是瞻。这里头揭示出一个朴素的真理，在两性关系中，爱不爱是次要的，就算是随身使用的物件，用上了几十年，也会生出感情，不离不弃。

由于我爸妈的缺席，高考志愿由我自己做主。我填写的全部都是成都的高校，最终我被四川大学外语系录取。收到录取通知书那天，我收拾好行囊，返回成都。

在长途客车上，我设想着跟程国庆重逢的种种情境，我会告诉他，再等我四年，等我大学毕业，我们就结婚。到那时，他想去哪里修理汽车，我就去哪里找一份工作，要是他决定周游世界，我就做好当翻译的准备。他那蹩脚的英语，是走不出中国的，一上国际航班就会见光死。想到他的口语，我忍俊不禁，一个人在车上笑出声来。

到了师大，我放下行李，先去公共澡堂沐浴。师大的女生澡堂总是排着长队，一个淋浴头两三个女生共用。除非天寒地冻，我们不会花钱去洗澡。

但我备下了充足的经费。我攒了几个月的早餐钱，买了香气扑鼻的洗发水和香皂，以及一条蓝色海军领的柔姿纱连衣裙。我没有用家里的海鸥牌洗发水，也不考虑那些洗得褪了色的布裙子。这一天，我要去见程国庆，我要让他知道，我回来了，我已经长大，我可以跟他谈情说爱了。

我穿着那条漂亮的新裙子，披散着湿漉漉的头发，从澡堂出来，往程国庆的家里走去。我的心跳加快，我的呼吸急促，我没法让自己镇定下来。毕竟，这将是我青春的纪念日，过了这一天，我不仅是一名在校大学生，也是程国庆的女朋友了。

二十八年前

1　史佑

再次见到夏妈，是在夏茭白的追悼会上。

殡仪馆里，那间陈放着夏茭白遗体的小厅只有寥寥数人。夏茭白躺在白色和黄色的菊花中，看起来很小很小，像是一个没有长大的孩子。我并没有近前告别，其他人也没有。大家漠然地倾听着哀乐，直到她被殡仪馆的工人推走。整个过程中，没有人哭泣，也没有人致悼词。

我没来由地想起一篇张爱玲的小说，里头有一个早逝的女孩子，她的父母为她修筑了大理石墓碑，碑文上刻着一篇文采飞扬、诗意盎然的祭文：川嫦是一个稀有的美丽的女孩子……十九岁毕业于宏济女中，二十一岁死于肺病……爱音乐，爱静，爱父母……无限的爱，无限的依依，无限的惋惜……回忆上的一朵花，永生的玫瑰……安息罢，在爱你的人的心底下。知道你的人没有一个不爱你的。

这个早亡的女孩子是幸福的，起码她得到了这样锦心绣口的哀悼。夏茭白什么都没有。夏妈甚至没有把她带回她的出生地——上海。她被留在了成都。

我们被通知换个地方领取骨灰。我依然没有跟过去，就站在门外平坦的空地上，等着她的亲人们。那是一个阴阴的天，成都有太多这样的天气。广场上没有风，也没有树木花草那些，空荡寂寥。殡仪馆四周没有高大的建筑物，我望出去，什么都没有。这世界怎么可以空旷至此?

夏茭白再出来的时候，已经盛放在一只古朴的盒子里，那只盒子即将埋进墓地。参加追悼会的人相互之间也没有打招呼，纷纷各自朝外走去，这就算是结束了。一个女子的一生，就这样，完结了。

夏妈朝我走了过来，她没有穿黑色丧服，一件米白色的直筒裙，外面很随意地披着深色的风衣，头发剪短了，发尾微微内扣，打理出一个美丽的弧度，浑身上下，除了细细的腕表和细细的腰带，别无装饰。她看起来神色憔悴，有很深的皱纹。陪伴着她的，是一个中等身材的男士，米色衬衫、米色灯芯绒长裤，自有一种雍容的气度。

葬礼上，夏爸也出现了。夏爸是独自一人。跟夏妈身边这位男士相比，夏爸实在是逊色太多，他骨子里透着的不自信，让他显得冷淡而戒备。他与夏妈隔得远远的，各自站在人群两侧，形同陌路。

夏妈将身侧那男士介绍与我，是她现在的先生。我们聊了聊别离后的情形，其实就是夏妈问了问我的学校与专业，她不是八婆，并没有查户口似的盘查。与她交流从来都是舒服的。末了，她问我是否可以再联络，我给了她详细的电话与通信地址，自此，我们建立起了长达数年的联系。

殡仪馆在郊外，公交站距离很远，我是跟程国庆一起回师大的。程国庆有一个朋友负责开车接送，他妈妈也在车上。程国庆爸爸早已卧床不起，不可能出席葬礼。

他们让我坐在副驾座，程国庆和他妈妈坐在后排，一左一右，中间放着那只骨灰盒。每个人的表情都很平静，就像是夏茭白坐在车里，在程国庆和他妈妈之间，那就是她本人，而不是一只冷冰冰的骨灰盒。

车子开进师大，下车时，程国庆妈妈向我道谢。她说："史佑，谢谢你能来。"程国庆抱着那只骨灰盒，他没有看我，径直朝前走去。

这时的程国庆已经在他妈妈的安排下，被师大招工进入，在炙手可热的电话室里工作。师大的分房规则随着修建房屋的增多，也发生了改变。程国庆在师大的筒子楼里分到了一个小套间，他的小家庭就安顿在那里。

我跟了过去，叫住他，我对他说："程国庆，我想去看看那个孩子。"他不置可否，顿了顿，朝前走去。我紧走两步，跟上了他。

孩子躺在婴儿床里，熟睡着，圆鼓鼓的小脸蛋红扑扑的。我情不自禁地俯下身去，轻轻吻他，一股婴儿的奶香扑面而来。突然，他睁开双眼，看了看我，开始咿咿呜呜地跟我说话。我回应了一声，他兴奋坏了，冲着我咧开嘴，肆意地笑。他在床上手舞足蹈，使劲对着我伸开双臂，我着魔一般抱起他来。他靠着我的肩膀，手指放进嘴里，安安静静地吮吸着，软软的头发蹭着我的脸颊，我的心脏猛然间温柔得无力跳动。

这是程国庆的孩子。是程国庆和夏茭白的孩子。他的爸爸，是我深爱的男人；他的妈妈，曾经是我的闺蜜，但后来，她是我的敌人。从一开始，我们之间的关系就是如此繁复。

他的名字叫做程青书。

并不是影视剧里演的那种苦情故事。夏茭白的大夫同意她结婚生子，孩子三个月时，按照时间，夏茭白应该接受第二次心脏瓣膜更换手术。成都的医院已经开展了这项手术，难度和危险程度大大降低。夏茭白选择了在成都手术，她的状态很好，先是停掉了母乳，然后进行了各项术前评估，所有的检查数据都在正常范围以内，这表明她的身体能够承受这样一场手术。

夏茭白亲吻了她的孩子程青书，亲吻了她的丈夫程国庆，袅袅婷婷地走进了医院——当她被推进手术室的时候，没人想到这将是她停留在世上的最后时刻。

两个钟头以后，等在手术室外的程国庆被叫进去，见她最后一面。程国庆亲手签字的术前通知单上，最后一项列着，麻醉意外。小概率风险，被她碰上了。

程国庆不能接受这个现实，他不同意火化。他寸步不离地待在医院，歇斯底里地大闹，不是医闹，他就是在医院里痛哭，扶着墙，号叫、哭泣，不肯离开。于是程国庆妈妈做主，走了医疗事故的鉴定程序，结果出来，医院没有任何责任。这样一番折腾下来，夏茇白的遗体直到去世以后两个多月才得以火化。

此时，程国庆已经筋疲力尽，眼泪流光了，人也就渐渐镇静下来，至少从表面看来，他是完好无损的。但是，我猜，他的心已经碎掉，他用一颗残破的心，行尸走肉一般地活下去，就像我一样。

没人知道，在高三暑假的那个夏日午后，我变成了一个心如死灰的人。从此以后，我的内里千疮百孔。我是一个空心的人。

2　程青书

今天是感恩节。

我去焦老师家里，讨论课题。这段时间，我去得很勤，焦老师倒是满意的，他愿意停下手里的工作，与我交流。书房的门半掩着，我一边听着焦老师指导，一边看见史佑在外面走来走去地做事情。

史佑用扫地机器人清洁地面，又用洗衣机清洗了床品。午餐她做了意大利面，留下我，一起吃饭。意大利面是我熟悉的味道，辣，微微偏甜。史佑喜欢这样的甜辣味。这么多年过去了，她的口味还是没有改变。

有时，我觉得史佑是一个固执的人。她表面看起来很随性的样子，其实她有她的坚持。譬如，她一直把我当成她的孩子，即使我长大成人了，我也还是她的孩子。她爱我，但与之谈恋爱的，永远是别的男人。

我记得，在我上幼儿园大班时，有一个嗓音动听的男人追求她，他唱了很多情歌，录成磁带，送给她。我觉得他挺好的，有一双温和如驯鹿的眼睛。他对待小孩子很有一套，也很耐心。当我不想喝牛奶的时候，我会抗议：

“我已经五岁了，不用喝牛奶了。”

“五十岁的时候，我们也还是要喝牛奶。”他朝我眨眨眼。这是很有说服力的，于是我乖乖喝下去。

家里的磁带播放着他唱的歌，其中一首叫做《请跟我来》。敦厚的男声做着爱的表白：“我踩着不变的步伐，是为了配合你到来，在慌张迟疑的时候，请跟我来。”

那首歌是男女对唱，我不知道跟他对唱的女生是谁。我问史佑，史佑告诉我，那是她自己。他俩在学校的文艺晚会上联袂演出，也是在彩排中熟悉起来的。他是师大化学系的研究生。

他的嗓音略微低哑，史佑则高亢明亮，他在低微的音阶上起步，史佑扬起节奏，将韵律带到更高更远的地方，就像是一处高高的台阶，他们牵着手，史佑在前面一点儿，拉着他的手，回过头，朝着他粲然一笑。我把台阶的比喻说给史佑听，史佑捧起我的脸大大亲了一口，她对我的比喻很是惊喜。

不过，看得出来，史佑是犹豫的。她不确定自己是不是喜欢他，仿佛一道艰深晦涩的数学题，要用很长一段时间去做出计算，到了最后，或者仍旧是无解的。

他经常约史佑看电影，师大附近遍布着录像厅，一块深蓝色的门帘内，就是黑漆漆的放映室，跟黑店似的。史佑总是带着我。我看不懂那些片子，我惧怕那样黑的所在，我央求史佑不要再去。史佑便拒绝他的邀请。史佑的态度让我感到安心，她把我放在最重要的位置，那个男生显然是微不足道的。

他邀约史佑去铁轨附近散步，那里开阔而幽静，春天以外的季节也会有一些缤纷的野花开放着。我们三个人在田野间的小路上慢慢走着，累了就在田埂上坐下来。他试图去拉史佑的手，史佑轻轻闪开。史佑牵起我的手，指给我看地里的作物。史佑认识那些在我看来错综复杂的庄稼，她懂得分辨韭菜和小麦，也知道大米、面粉和菜籽油的原初植株。

“我在乡下出生，”她笑着说，“而你，程青书，你是一个城里的孩子。”那个男生凑过来，递给我一朵花心微蓝的雏菊，讨好地说，“程青书，其实我也不认识这些。”

他是重庆人，他的家在长江边上，他知道很多鱼的品种。放假返校以后，他会给史佑带来一些晒干的鱼片。史佑收进一只玻璃糖罐，每天发给我一点点。史佑知道，鱼吃得太多，我会咳嗽的。

我得先把这个小小伙子伺候好了，过了他这一关才行。我听见他在背地里对史佑说。史佑轻轻一笑，没有否认。这让我觉得，他是对的，他是个聪明人，史佑首先是属于我的。

不知从什么时候开始，史佑告诉我，她接受了这个男生，他是她的男朋友了。他们总是在一起，一起到幼儿园来接我，带我去食堂里吃晚餐。分开时，他送我和史佑到我家楼下，恋恋不舍地拉着史佑的手。

我听见史佑对他说，这孩子会一直跟在我身边。他立即回答，我同意。我对他的态度很是满意。我也觉得自己是要一辈子跟史佑在一起的。

那个好脾气的男生与史佑在一起两年，我几乎已经习惯了他的存在。史佑也经常给他安排差使，例如降温的时候到幼儿园给我送毛衣，或者是陪我玩皮球。

史佑经常跟我讨论人生的大问题，像是要不要跟着那个男生去重庆生活。史佑对我说，那个男生是家里的独生子，身世显赫，他爸是一间大型军工厂的厂长，他妈是妇产科大夫，家里已经为他找了一份工作，是在他爸厂里的工会工作，清闲、体面。男生的父母没见过史佑，但充分尊重儿子的选择，发话让史佑也去重庆，也进那间工厂，到团委工作。这种养尊处优的官二代的人生蓝图，史佑细细说给我听，她问我是否赞成她嫁给这个男生。她告诉我，一旦去了重庆，就会与我分开，我不可能跟着一个没有血缘关系的外人去重庆，即使男生和他的家人同意，我的家人也不会答应。

我立即就紧张了，我抱住史佑，坚定地表态，我不答应她嫁给这个男人。等我长大，我会娶她。史佑摸摸我的脸，笑起来。

史佑的恋爱仍然持续了一段时间，分手是在他们研究生毕业前的一个月。那一个月里，他们各自所在的系里有不少的活动，诸如拍集体照、聚餐，还有给各自的同学写纪念册什么的。他很少露面，就连我爸都察觉到他出现的频率降低了。我爸知道史佑的这个男朋友，他们在楼下遇见过，史佑介绍给我爸，我爸还试着想要请人家喝酒，史佑没有答应。

有一天早晨，我睁开眼睛，看到的不是史佑，而是我爸。我爸连续两个月没有回来了，他住在黑龙江的一间小旅馆里，乘坐绿皮火车往返于俄罗斯，他的工作有一个时髦的词语，叫做倒爷。他把中国的茶叶、皮鞋和大衣卖去俄罗斯，又从俄罗斯带回来羚羊角、毛皮帽子之类的。

我爸给我做了早餐，一碗蒸蛋，他大概不知道蒸蛋里面需要加水，那碗蛋像一个骨瘦如柴的老太太，干枯、冷硬。当然，他也没有加盐和作料。我像是嚼着一些碎纸。

我的书包里有一条琥珀项链，不是用那种质地精美的长盒子盛放起来的，而是一张报纸敷衍地包裹着，我爸让我交给史佑，那是他从俄罗斯带回来的礼物，他让我告诉史佑，这是货真价实的琥珀，每一颗里面都住着不同的爬行动物。

我爸也给我带了礼物，一件深蓝色的大衣，我试穿了一下，比我的身高小了起码两个号。我爸尴尬地挠挠头，说不知道我已经这样高了。

临去幼儿园以前，我爸叫住我，漫不经心地问了一个问题。他说，史佑的男朋友最近怎么没过来呢？我感到奇怪，我不明白他是怎么知道的，毕竟他根本就不在家。我爸看出了我的疑惑，他露出调侃的表情，像一只猎犬一样在空气里嗅了嗅，他说，最近这里没有男人的气味儿。

我爸说得没错，只是，他没有嗅出来，这里其实也没有女人的气味儿。那段时间，我差不多都住在史佑的宿舍里，临到毕业，她的宿舍一下子空了出来，那些舍友们已经各奔东西，我就住在那里。一个幼儿园大班的小男生住在女生宿舍里。走廊上到处是清理出来的垃圾，一些书和旧衣服也被扔掉。

史佑坚守在乱糟糟的女生宿舍，我也跟着她。我爸回来的那个晚上，史佑刚好带着我回到我爸的家里，因此，醒来时，我看到的是我爸的脸。史佑已经赶去拍毕业合影。

我爸的提问很对我的胃口，我笃定地跟他说，史佑现在没有男朋友。

那个与史佑对唱《请跟我来》的男生，在返回重庆以前，见了史佑一面。我依然是在的。在他们不成型的恋爱史中，我一直都在场。

这次见面的地点是在女生宿舍楼前，史佑正要带我去食堂里打饭，她手里拿着两只饭盒。这是晚餐时段，宿舍楼前熙来攘往，都是打饭打水的人群。有一些女生被男朋友伺候着，由男孩子拎着水壶、端着饭盒，一路甜言蜜语、腻腻歪歪地送到宿舍楼下。

显然，这不是一个适宜分手的地方，但史佑就是在这里被他拦下的。他们就在人流中说着话。我靠着史佑，倾听他们的交谈。他一直在说话，说了很多很多的话。大部分，我都听不太懂。史佑间或敷衍地“嗯”一声，看起来心不在焉的样子。

我觉得他很傻。这是不对的，节奏不对、气氛不对、方式不对。他的表情看起来无比伤感，可是，在这个嘈杂的女生宿舍门前，这种伤感是多么滑稽。他说着大量文绉绉的话语，一个理工科男生，试图借用自己的短板——烦冗的文字来诠释自己的情感，这也太缺乏智慧了。他噜里噜苏地一径说下去，完全停不下来。我拉拉史佑的衣裳，我想插嘴说一句，问问他是不是负责讲话的开关失灵了。史佑制止我，她好整以暇地说了几句话，结束了这次漫无边际的谈话。

史佑的言说方式非常美，她尊重他的规则，也借助了文学作品的力量，诗歌、散文，甚至童话的隐喻。我只记得她说的其中一段，大意是，它并不是我的花，我只是途经了它的绽放。

史佑的话，让他的眼眶变得潮湿。他控制不住自己，当众落泪。有路过的男生朝着他吹口哨，他们站定下来，起哄道，快看！他哭了！他真的哭了！

我早就说过，此地不宜抒情。我对他不再抱有残存的同情，我恨不得在史佑身上贴一张标签，表明这个愚蠢的男人跟她没有任何关系。显然史佑与我的感受是相似的，她领着我，匆匆离开了他。

我们去食堂里打回了简单的饭菜，一只饭盒里盛着一个菜包子，另一只饭盒是白米粥，那都是我的晚饭。史佑不吃晚饭，她对身材的管理到了丧心病狂的程度。我曾经用巧克力之类的美食来引诱她，但史佑像个坚定的无产阶级战士。她视长胖为畏途。那几年，她迷恋穿白色衣服，她告诉我，穿白衣服的女人必须纤细。我自作聪明地接上她的话，我说，胖女人穿上白衣服，就像是一只在天空中飞翔的猪。史佑眼前一亮，亲吻我的脸颊，夸奖我有语言天赋。她总是喜欢没完没了地称赞我。不过，我大煞风景地继续说，我不明白，你为什么喜欢穿白色？穿着白衣服，好像是医院里的大夫，我一看见就想起打针。史佑微笑，她答应我，以后不只穿白色，也穿黑色与灰色。

我们端着饭盒往回走，远远地，在女生宿舍楼下，我看到他。他还在那里。还好，没等我们走近，他就走掉了。他像是故意等在那里，要看史佑一眼，然后，决绝地离开。

他就这样离开了成都，离开了师大，离开了史佑。

我把我爸从俄罗斯带回来的琥珀项链交给史佑，史佑把它放进了一个盒子里，盒子里还有一些首饰，都是我爸陆陆续续让我送给她的。她几乎从来没有戴过。我猜她一定是对我爸的眼光嗤之以鼻。我也不认同我爸挑选饰品的能力。他是个很闷的男人。或者是说，他没有给过我足够的时间去了解他。

不过，我还是告诉了我爸，史佑的追求者惨遭出局。我爸没什么表情，他在清理他的行李箱，他又要出门了。好半天，他直起腰身，他说，我觉得他们挺般配。过一会儿，他补充了一句，他俩肯定都喜欢读书。我爸后面这句话是没错的，可是，他们还是分开了。

我爸的态度让我不满，他对史佑的婚姻大事太不在意。我提醒他，史佑结婚以后，就要去重庆，那就是跟我分开了。这是一件想想都觉得可怕的事，而我爸竟漠然以对。

我特别讨厌我爸。他跟史佑在我心目中完全是两个极端，史佑是白月光，我爸是烟锅巴。

3　史佑

好几年过去了，我仍然忘不了，考上大学后的那个夏日，在炎热的梧桐树下，我伤心欲绝，时间就像停止下来，整个世界只剩下烦嚣的蝉鸣。日光刺目，我睁不开眼睛。当时的我，以为这一天永永远远都过不去了，它就像是一道万丈深渊，无论如何，我都跨不过去。

但是，它还是流逝了，连同所有普通的日子，一去不再复返。只是，它就此停留在了我的心间，像一根扎得很深很深的刺，周围的肉腐烂了，结痂了，坏死了，刺还是扎在那里。爱是短暂的，遗忘是漫长的。我必须用尽一生的力气去慢慢忘记。

那天下午，我穿着崭新的连衣裙，怀着对幸福的憧憬，走向程家。我在公共澡堂雾蒙蒙的镜子前仔细打量过自己，深黑的双瞳、乌亮的头发、修长的身材，与程国庆无疑是登对的。我断定程国庆亦是倾心于我的，我们有那么多的过去，有一首歌叫做《堆积情感》，仿佛枯黄的梧桐树叶，一片一片地堆积起来，我们的情意必然也是如此。

我没有想过别的结局。我一直是个循规蹈矩的女子，我相信认真生活，就能找到生活藏起来的糖果；认真去爱，就能得到所爱之人。

那个时辰，也许程国庆不在家，不要紧，我会留下来等着他。六年都等过去了，我不在乎等得更久。我一定要见到他，告诉他我考上川大了，我回到成都了，我们可以正式开始了。

在程家楼下，有人叫住了我。我回过头来，是季老三。季老三喘着气追上来，他已经是北大大三的学生。这个假期，他从我妈那里要到了我在洪雅县的地址，给我写过两封信，告诉我一些大学生活的注意事项，我简要地回信，感谢他传授经验。

在师大的工人宿舍，他、史夏和我，是仅有的三名大学生。尽管史夏在高中毕业时，做出了与众不同的人生选择，考上了佛学院，但他优异的高考分数是有目共睹的。

我姐史佐与我大哥史尚，在初中毕业以后就相继辍学了。史佐嫁给了一个油漆工，两口子组成了超生游击队，在第四胎终于等到男孩子以后，他们拖家带口来到成都，躲避计生罚款。史佐在家带孩子，我的姐夫在建筑工地上干活。史尚迷上了游戏，他成为最早的一批码农，若干年以后，他开了一间公司，在疯狂捞金的时代，他是当之无愧的佼佼者，互联网让他一夜暴富。尽管他只有初中学历，却不妨碍他公司员工的最低学历都是硕士。随即，史佐的老公被他收编，不再刷油漆，去他的公司当专职司机。

史夏就读的佛学院在色达，交通不便的时期，从成都往返学校的路途需要整整一个礼拜。放假他从不回家，连过年都不露面。如今，家里的窗台上摆放着一个木质镜框，里面是史夏的照片。史夏穿着藏红色的服饰，戴着眼镜，身后是静寂的天空，蓝得不可思议。我家别的相片都安稳地躺在照相簿里，就连我爷爷的遗像，也搁在抽屉中。唯有史夏，进门的第一眼，就能看到他，他的眼神空明而澄净，在照片里超然世外地注视着这个油盐柴米、鸡飞狗跳的家。

我不能理解史夏的抉择，那意味着他这一生将远离爱情。我对他充满怜悯。十八岁的我，无法想象，如果没有爱上程国庆，我的人生将会是多么的孤寂。那时我并不知道，正是因为爱情，让我的孤寂变得更加彻底、更加悲伤。

“史佑，听说你今天回来，我去了你家，阿姨说你去澡堂了。”追上我的季老三，注视着我的脸，他的眼中有着莫名的光亮。

“有急事？”我不解。

“今晚有舞会，我买了两张票。”季老三摊开手掌，掌心里躺着两张舞票。

在师大，舞会已经被分成了两种规格，一种是广场舞，仍然是在附小的露天操场中举行，摩肩接踵，人群密集得像下饺子。另一种是在师大一间食堂的二楼，室内，面积不大，灯火幽暗，门票要比露天舞会贵上好几倍，人流相对就要少得多。季老三买的是后一种舞票。

我迟疑了一下，想着如何摆脱季老三，我有要事在身呢。但显然，季老三误会了我的迟疑，他很不识相，他把这迟疑当成了一种心照不宣，他以为，我给了他开口的时机。

他看着我，开始说话。他断断续续地说了好多话，那天很热，蝉子叫得很厉害，他的话搅混在蝉声中，听得我头大如牛。

然后，我迫使自己冷静下来。我终于弄清楚，季老三是在向我表白。他告诉我，许多年以前，就在我爷爷家的公用厨房，他和程国庆出手捉弄我的那一天，那个倔强的、忍泪不哭的小姑娘令他怦然心动。跟着小混混的那几年，也是因为我，他以为那样的他，更有男人气概，能够引起我的好感。回归学习，还是因为我，我的成绩那样出色，季老三相信我的眼光只会停留在优秀的男生身上，他奋发图强便是基于此。

季老三不是一个能言善道的男生，但他一口气说了下去，源源不断，滔滔不绝。我只觉得焦躁，我完全没有被他感动，我未曾料想，我和季老三之间再寻常不过的交往，竟然潜藏着如此深不可测的动机。这不是荒诞，简直就是捣蛋。我一心想要速速脱身，我打断了季老三唐僧式的碎碎念。

“抱歉，我打算一个人过一辈子。”我是这样回复季老三的。我向他宣称自己是独身主义者，这既是坚定地回绝了他，又顾全了他的面子。

季老三愕然。估计他预先揣测了无数种答案，唯独没有想到，会是这样的结果。在他发怔时，我告诉他，我有事，我要去见程国庆妈妈。

我对季老三撒了谎，我说的是程国庆妈妈，而不是程国庆，起码此刻，我要做的事，还是一个秘密，不到大白于天下的时刻。待到官宣时，我会牵着程国庆的手，告诉季老三，喏，就是这个男孩子，破坏了我孤独终老的计划。

那么，接下来，我要怎么跟我爸妈说呢？爸，你养的花被这个小瘪三连花带盆都端走了。妈，我被这头猪拱走了。我觉得俏皮一点的风格比较好。我爸妈不会反对，他们一向认为女孩子应该早婚，史佐便是例证，当她拿着一大堆不及格的考卷回家，宣称自己谈恋爱了，我爸妈的反应不是去查看那些试卷，而是问对方的家境如何，何时来提亲。尽管我姐夫出身草莽，我爸妈对此略有微词，但他们还是兴致勃勃地筹备起嫁妆来。

“养女儿就像是卖菜，不管多水灵，趁着早市就得脱手，拖下去，再好的成色，那价格都是要大打折扣的。”这话时常被我妈挂在嘴边。

至于程国庆妈妈，她对我们的恋爱会是怎样的反应呢？我是否应该对程国庆妈妈说，程国庆是一个特别好的男孩子，值得一个最好的姑娘去爱，很凑巧，我就是那个姑娘。或者是，恭喜我吧，我喜提了一个大傻瓜，这大傻瓜就是您的儿子。

对了，这不是我一个人的事，那么，程国庆这小子，喜欢的是文艺体还是自带喜感的语式？说不定，他喜欢的是地下恋情，根本就不想让所有人都知道。这些问题很烧脑，足够让我失眠一个礼拜。

我的思绪已经跳脱出季老三的表白，控制不住地畅想着唾手可得的幸福。季老三没有放过我，他听见我要去见程国庆妈妈，好整以暇地说："你先去吧，我在这里等着你。"

我被他搞得很烦，他就像一块贴错了地方的黏胶。我跟他说，程国庆妈妈多半会留下我吃晚饭，跳舞的事情，以后再说。我不知道季老三有没有明白我的意思，他扶了扶镜框，看着我，慢条斯理地说了一句让我终生难忘的话。

"程家这几天应该很忙的，史佑，你知道的吧，程国庆就要结婚了。"

我一直记得那个头晕目眩的刹那，我像被人连抽了好几个大耳光，眼前金光乱闪，接着就是一片模糊。季老三的脸仿佛在水中荡漾，他的声音变得遥远起来，像是有成千上万只夏蝉，不在树上嗡嗡作响，而是一齐钻进了我的耳朵，有人指挥着它们，一二三，叫！它们万马奔腾、节拍一致，在我的脑子里一齐叫起来。我用残缺的力气，虚弱地对季老三说，我快要中暑了，我得先去程家坐一会儿。

季老三想要搀扶我，被我拒绝了。他大概是被我惨白的脸色给吓坏了，只好依言注视着我朝程家走去。程家住的是二楼，然而每一步楼梯都有如最为险峻的山坡，我一步一步往上攀爬，那楼梯没有尽头似的。我心里渐渐涌起一种前所未有的悲壮，就在这短短的几分钟里，我做出了一个重大的决定，我要退学，现在、立刻、马上就嫁给程国庆。

从季老三那里，我得到的消息是，程国庆要结婚了，我自动过滤了其他所有的因素，只剩下核心要义，那就是程国庆想要结婚。没关系，既然他眼下就想结婚，而那时在校大学生是不允许结婚的，那么我就舍掉上大学的机会，先嫁给他好了。我的年龄没到法定婚龄，这也无所谓，我们可以学习洪雅乡村里的年轻人，直接摆上喜宴，就算事实婚姻成立。

我对自己说，但凡程国庆所要，我都可以不顾一切地满足他，牺牲我的学业也在所不惜。考上大学，原本就是为了回到成都，回到他的身边。只要跟他在一起，全世界我都可以放弃。

从一楼到二楼的十几级台阶上，我重新规划了自己的未来，任何妥协与让步我都可以承受，只要能够跟程国庆厮守。当我站在程家门口，那颗纷乱震惊的心，已经暂时安稳下来。

门开了，程国庆不在家，他妈妈在，程家的七大姑八大姨也都在。一大群女人正在布置新房。我的眼睛被晃花了，因为屋里有数不清的气球、彩带，每件家具都贴着大红的囍字，看起来像是新年晚会的现场。

程国庆妈妈为我端来果盘，还抓了满满一把喜糖。我在沙发里坐下来，这是程国庆的卧室，这张沙发是崭新的，室内的家具都是新换的，双人床上铺陈着喜气洋洋的锦缎被面。床头挂着一幅巨大的婚纱照，遵循当时流行的浮夸风，以华丽宫殿作为背景。程国庆穿着照相馆里统一格式的西装，拘谨得像个被抓住的扒手，他僵硬地搂着一个女子，后者穿着千篇一律的影楼婚纱，大裙摆飞起来，脸上化了浓妆，怀中有一束五彩缤纷的新娘捧花。我确定我不认得这个该死的女人。

程国庆结婚的事，他妈妈亲口告诉了我一遍。他妈妈并不快乐，面容略带忧戚。她说程国庆从小到大，没有一次听过她的话，这一回，更是擅自做主。双方家庭都不同意，但程国庆先斩后奏，拿着户口本跟女方登记了，逼着父母就范。我看着他妈妈，从她口里听到“登记”这两个字，我竟然没有觉得痛，我的状态像做梦一样，即使全身的血液都流光了，我也不会痛。

好吧，在法律上，程国庆已为人夫。我竭力镇定住自己，我对自己说，我要尽快跟程国庆谈一谈，叫他离婚，离婚以后我就嫁给他。他真是很傻，结婚没什么大不了的，他为什么不告诉我他想结婚呢？我可以跟他结婚的，任何时候都没问题。

我的胸口像压着一块大石头，无法呼吸。我的脑子里乱成一锅粥，像一台高速运转的电脑，无数念头纷至沓来，我什么都想到了，就是没有想过这件事里面的第三个人——程国庆的妻子。我一门心思地只想着我与程国庆，我要与他在一起，哪怕不顾一切地私奔。

程国庆妈妈拉着我的手，推心置腹地跟我说着话，偶然有几个字眼进入我的耳朵，那些字眼非常简洁，能够让我判断出她的语义。结论是，她最终被迫答应了这门婚事。因为这个不成器的儿子，在决定结婚以后，靠谱多了，甚至接受了她的安排，进入师大当工人，获得一份旱涝保收的固定收入，做出了自力更生、养家糊口的样子。看来，是夏茭白改变了程国庆——我从乱七八糟的思绪里惊醒过来，我听到了夏茭白的名字。

“茭白是个不幸的孩子，我是疼惜她的。但是，作为媳妇，那又是另外一码事了——不过，现在的年轻人，父母的意见是不作数的。”程国庆妈妈无可奈何地继续说着。

我难以置信地再次看向那张结婚照，没错，仔细辨认，那个戴着珍珠耳环的新娘，其实我是认识的，我故意要忽略她的眼睛，但她炯炯有神的双眼，就那样一动不动地看着我。

这就是夏茭白。

拙劣的拍摄技术完完整整地隐去了她的仙气，她就是一个市井中的烟火女子，被装进租来的婚纱里，捧着一把假花，配合摄影师做出僵硬的动作。至于照片外的这个房间，这些五花八门的婚庆用品，与她的格调是多么不搭。但是，不管隐藏在多么凡俗的尘世，她还是她，是程国庆所爱的女人。

爱这个意向像一颗加速的子弹，瞬间击中了我的心脏。我的眼前一阵发黑。就在这一刻，我意识到一个无力面对的真相，程国庆不是天然的雄性基因发作起来，异想天开渴望结婚，他只是，想要跟夏茭白在一起。他爱的人，是夏茭白。

我心如刀割。

程国庆妈妈还在说话，她邀请我参加婚宴，时间定在两天以后，地点是春熙路的一间酒楼。我听见自己回答的声音，我强笑着向她道喜，解释不能出席婚宴，因为明天我就要去参加口语集训，我报了一个培训班。我请她转告程国庆，我祝福他与夏茭白。

我表现得那么自然，我笑得那么虚假，我的贺词那么得体。这个世界，什么都是假的。我跟夏茭白的闺中情谊，我与程国庆妈妈的师生情谊，在这一刻，灰飞烟灭。从此以后，我不想再看见她们，她们中的任何一个，我都不想见，包括，程国庆。

永不相见。

永不。

我恢复了神志，站起身来，向她告辞，她塞给我一大包喜糖。我呆呆地拿着喜糖，走出程家。我看到季老三，他还等在那里，在太阳底下，挥汗如雨。我的单身宣言没有吓退他，他还在徒劳地努力。我觉得异常悲凉，不被程国庆在意的我，在季老三的心里，却是一个梦寐以求的人。

然而，我不能欺骗季老三，他是无辜的。喜欢一个人，是没有错的。我走到他面前，冷静地对他说："我有一个喜欢了很久的人，那个人，你也认识，他叫程国庆。"季老三如遭雷击，他面如死灰，默默地转身走开。这一天，他是第二个被伤透了心的人。

滑稽的是，那一晚，我和季老三不约而同地采用了相同的方式来排遣忧愁，我们在不同的地方喝到烂醉。店铺打烊以后，我们提着好几只啤酒瓶，从不同的方向回到家里。

于是，深夜里，在工人宿舍门前，我们相遇了。季老三比我醉得更厉害，他已经摇摇晃晃，我不知道他有没有认出是我，他朝着一块石凳子砸了一瓶啤酒，清脆的碎裂声让他开心地大笑起来。有人打开窗户，骂了一句神经病。我没来由地觉得很好，我也砸了一只瓶子，啤酒四散，玻璃乱溅。季老三使劲地笑。更多被吵醒的邻居探出头来，一通国骂。季爸认出了季老三，从屋里匆匆出来，把他给拉了回去。

我们是两个落魄的人。不同的是，季老三有机会表白，而我连表白的机会都没有。那时，季老三也还不知道，他未来的人生将会有多么圆满。他原本不必介意这细小的落败。

那夜，我坐在小花园里，我爸妈未曾察觉我的晚归，我一向是个独立的孩子。我喝完了所有的啤酒，站立不稳，不知什么时候，我趔趔趄趄地走到了程家楼下。

抬头望去，婆娑的树影里，程国庆的房间漆黑一片。程国庆妈妈告诉过我，他和夏茭白去了上海。此前夏茭白是一直住在上海的，他们不知怎么好上了，因为程国庆，她不顾夏妈的坚决反对，执意来到成都。这一次，他们分别去正式拜见夏爸和夏妈。他们的婚姻，遭到了程家与夏家的一致反对。夏茭白是个有病的姑娘，还比程国庆大两岁，在程国庆妈妈眼里，她是配不上程国庆的。夏家的评判大抵如此，在他们看来，程国庆一无是处，还不肯去上海定居，非要把自己的闺女骗到成都来。

什么都阻拦不了这两个决定结婚的人，他们不管不顾地相守在了一起。程国庆不知道，这段爱情的附属品，是一个几乎伤重不治的女孩。然而夏茭白是了解的。她知道，我爱程国庆，她什么都知道。可是，她还是跟他在一起了。她是一个狠心的人。我诅咒她。

思考和行走让我累到极点，我在草地上随随便便地躺了下来，闭上双眼。迷蒙中，有人在我身边坐了下来。我睁开双眼，看到季老三，他咻咻地喘着气，像一头兽。我笑了，我说，怎么又是你？他含糊地说，我从家里出来了，我一直跟着你，我不放心你。

“你看到了吧，季老三，我喜欢的人，是住在楼上的那个新郎，他没有娶我，他娶了别人！别人！”我用力拍打着草地，草里有些坑坑洼洼的泥块，掌心敲打上去，我浑然无知。我简直失去了痛觉。再也没有什么能让我疼痛了。

“忘了他吧，史佑，”季老三突然疯疯癫癫地哭起来，他说，“我一直都喜欢你，史佑，为什么你看不见我？他有什么好？他学习那么差……”

“爱是不讲理的，”我笑起来，我拍拍他，说道，“季老三，如果我爱的人是你，说不定，你爱的又会是别人。”

季老三默默饮泣。

“不要紧，史佑，在跟你说出来以前，我就告诉过自己，就算你拒绝了我，也没关系，我不埋怨你，”季老三口齿不清地慢慢说着，“但我不会再靠近你了，如果你有求于我，我依然会鞠躬尽瘁。从今往后，我会把这份喜欢藏起来，不再招摇过市。我会努力过得好，希望你也是。”他说得真诚而伤感。

那一刻，我被他打动了，他是个福泽深厚的男人，他值得拥有更好的生活。在我三十五岁那年，他确实践行了这个诺言，他帮助我去了美国，他努力隐藏起过去的事，虽然失败了，但是我不怪他。他只是一个人，有七情六欲，他不是一个神。

有什么东西落在我的脸上，我摸了摸，是水滴，我仰起头来，看到季老三的脸，他仍然在哭泣。我试着伸手替他擦去泪水，他猛地抓住我的手。

然后，不知怎么的，他就抱住了我。我没有推开他，我感到无法言说的孤独，被人拥抱自然是好的。我们紧紧抱着，在盛夏的夜里，却像是两个冻坏了的人，相互取暖。

我们的身体越来越热，仿佛爆发前的火山。忽然间，他拼命撩开我的裙子，他摸索着我。我试图阻止，可是我的阻止是轻飘飘的。他的手越来越烫，他扯下了我的内衣，他依旧哭泣着，然后，不知怎么的，他一下子就冲进了我的身体。刹那间的不适以后，我在酒精的作用下，感到的是一种莫名其妙的释然。

那是我的初夜，我像一只密封的信件，被完全地撕开了。我承受着他的体重，也承受着理应是撕裂般的疼痛。奇怪的是，我并不觉得难受，我使劲抱住他，希望他的刀刃能够更深地扎向我的内里，我需要无与伦比的伤害，唯有伤害，能够拯救我。

可惜，一切很快就结束了。自始至终，我都没有问过，在我以前，季老三是否有经验。但显然，他生涩得难以自持，根本不懂得技巧与分寸这些。他像一团烟花，火一点燃，就在我体内的黑夜里绽放出瞬间的璀璨。他脱离了我，我立即被巨大的空虚所笼罩，我居然伸出手去，抱住了他的后背，不肯让他离去。我乞求被他刺伤，我需要用一种痛苦，去掩盖另一种更深的痛苦。

“你不爱我，史佑，”季老三试图挣脱我，他哽咽着，“我不是程国庆，你看清楚了，我不是他。”

“你是个笨蛋。”这是我的回答。

我抓住他，我的指甲划过他的皮肤，他像个无助的小孩，在酒精的作用下，一直低泣着。当他再一次进入我的身体，我的痛感复苏了。我意识到自己在轻微地流血，血液好像不是从我的双腿之间流出来，而是从我的心里流出来。

我在一阵一阵的抽痛中平静下来，抬起头来，望向黑色的树，透过树梢，可以看到清透的夜空，那里有满天繁星。我无聊地辨认着猎户座、射手座，数着北斗七星。星星让我暂时忘记了程国庆，忘记他爱上了夏菱白这件让我痛彻心扉的事情，也忘记了在我身体里咆哮与流泪的季老三。

4 程青书

今天是冬至。

焦老师一早就给我发微信，说师母叫我去家里吃羊肉。

我去的时候，焦老师照例在书房里，史佑把家里收拾得整整齐齐，花草都浇过水了，滴答着透亮的水珠。她拿了一些水果给我，我不太想吃，她就那样笑吟吟地递给我，看着我吃下去。

“还是不喜欢吃水果，”她笑着叹口气，“也不是懒，我削好了，你都不爱吃。”

我有点汗颜，幼年时，为了哄我吃水果，她使出了十八般武艺。

“再来一点柚子，冬天吃这个最好，散寒的。”她剥开厚厚的皮，递给我一瓣。

“我不是小孩子了，史佑，你不要这样，”我直言不讳地说，

“我们不是大人和小孩子的关系，你知道的，这也不是吃了一颗糖，就会心满意足，什么都忘记掉。”我指的是，我爱她这件事，看得出来，她是在尽力淡化，她时刻提醒我，我们是隔着辈分的。可是，这并没有什么用，我什么都知道，却不妨碍我爱着她。

“程青书，事实上，当我见到你的时候，你还是一个肉乎乎的小婴儿，在我眼里，纵然到了八十岁，你依然是一个孩子，”史佑放下盘子，她的口气像是一个絮叨的母亲，“你只需要记得，我是你的师母，有一个随时叫你来改善伙食的师母，难道不是一件值得庆幸的事？”

“从前的师母也经常叫我来吃饭。”为了证明我们的关系是不一样的，我口不择言。

“你这样，无非是让我难堪，最终逼着我再一次离开，你想一想，可是这样？”她看着我。我低下头去，不，当然不，我不能再让她走，这些年，我是多么惦记她，我对自己发过誓，只要她回来，叫我怎样都可以。

“我听你的话，我不再任性，我不说那些话了。”我抬头望着她。

她莞尔，起身去厨房收拾。

她一早去了一趟简阳，打包了羊肉汤。从前我们在一起的时候，每到冬至，她也会去简阳买羊肉。她不让我吃太多干辣椒面，单独为我切一碟子碧绿的新鲜辣椒。那时，在饮食方面，她管我管得很严，不太赞成我吃上火的调料，我到了六岁左右，才头一回吃到有辣椒酱的肯德基。那还是叨一个追求者的光。

当重庆男生彻底消失在了史佑的生命里，接踵而至的，是一个诗人。

史佑就职的翻译公司在美领馆附近，业务之一是帮助那些想去美国的人写申请、办手续。我想她的收入是很好的，因为她常常给我买昂贵的礼物，她甚至凑起钱来，为我买了一架钢琴。这真是一件让人为难的馈赠，因为我爸住的是师大的筒子楼。在师大，那样寒酸的住房基本都拆掉了，就剩下这一栋。我爸的人事档案还在师大，但他在外游荡，多年没有回到自己的岗位，分配新房这种事情是轮不到他的。至于买商品房，他恐怕没那么多钱，他租了两间屋子，养着一大堆小动物，又高价聘请了一个胆子够大的工人，替他照看。这些开销都是很大的。

锃亮闪光的钢琴放进了狭小的房间里，像是一道刺眼的光芒，照亮了屋里的狭窄与昏暗。我爸看到那架钢琴，什么都没问，甚至没问我是谁送来的。吃饭的时候，他端着碗，对着那架钢琴，突然失了神，怔怔地露出笑容，那是一个苍凉的笑容。我不明所以。

就在这个时期，诗人出现了。一开始，他的身份是史佑的客户，他写了一些历史诗，得到了美国一位华裔诗人的高度赞许，对方给他寄来邀请函，邀他前往美国，担任一份华语报纸的编辑。诗人愿意去美国。障碍在于，他的英语很差劲，大学期间，他攻读的是俄语，他可以把舌头弹得像手风琴一样麻溜，但英文单词他所知有限。他来到史佑供职的公司，希望获得公司的帮助，为他填写数不胜数的表格。

就这样，他见到了史佑。事后，他用了不少诗篇回忆那一次的见面，他像制作蒙太奇那样，一格一格地再现史佑从街道对面走过来的景象。当时，他坐在新开张的肯德基餐厅里，隔着巨大的落地玻璃窗，看到她从马路对面走过来，怀里抱着一摞资料，素颜，简单的白色衬衫，仿佛把全世界的阳光都带了进来，而诗人置身的餐厅角落，是那样幽暗。

诗人在诗篇里记录着与史佑相识的全过程，不过这些诗，都是在诗人失恋以后创作的，据说诗人摆脱失恋的最好方式就是写诗。在恋爱进行时，他们的智商暂时下降，反倒难以成句。

史佑为诗人的出国事宜提供了全方位的协助，除此以外，她还答应了诗人的请求，担任他的英文家庭教师，这是额外付酬的。每次上课，史佑都会带上我，因为他们的授课时间是在史佑的工作时段以外，周末或是晚上。史佑不得不带上我，事实上，除了我上学以外的时间，我就是史佑的跟屁虫。我宣称不愿意独自待在家里，我害怕独处，哪怕是白天，我都会感觉背后吹来阴冷的风，风里有一只神秘的手，推开我的家门。我的形容栩栩如生，史佑笑着把我搂进怀中，告诉我，她从未有过这样的体验，她在幼年时，家里永远是人满为患的。

补课的地点是在肯德基餐厅，那是我提出来的。我喜欢肯德基，它刚来中国不久，还是一间有格调的餐厅，没人将它定义为垃圾食品。我愉快地吃着鸡腿与薯片，史佑则督促诗人听说读写。在我看来，诗人绝对不是一个好学生，他老是在打岔，他老想给史佑讲讲别的事情，比如他的诗歌，比如他即将前往的美国。他一再追问史佑是否对美国有兴趣，史佑没有去过美国，她对那个国家也没有太大的好奇心，此时，她并不知道此后有十几年，她都将在那里度过。

诗人锲而不舍的盘问让我感到不耐烦，我对史佑有礼有节的回应也不太满意，我插入进来，对诗人说，你应该好好背单词。诗人的脸红了，他说对，提醒得极是。他站起身来，去点了一杯新出品的冰激凌。他想用冰激凌来贿赂我。我吃掉了冰激凌，还是没有给他好脸色。好歹我是见过世面的，我没那么容易放弃原则。

见面进行到了第三次，诗人打来电话。史佑接完电话，露出惊疑的表情。她告诉我，这人恐怕要找她借钱。我不明所以。史佑说，诗人跟她絮絮叨叨地讲了一大堆，主题是他已经从他爸那里筹集到了一笔钱，同时他家人帮他在人民公园附近的某单位宿舍看好了一套二手房，六楼，两室一厅，房价六万多。他准备买下来。跟一个不太熟悉的女人讲这些，难道不是即将开口借钱的征兆吗？

我觉得史佑的判断没错，这人请吃了几顿肯德基，就要开口借钱，太不像话了。我和史佑惴惴不安地等待着诗人正式开口，我们已经商量好了几种回绝的方案。其中有一种，是我提出来的，骗他说史佑打算买辆车，时髦的夏利，她没有多余的钱外借。史佑不会开车，但诗人不可能查看她的驾照。这种事情，我经常给史佑支着儿，她对我的高见照搬全抄。我觉得在这些方面，她好像不是特别在行，这让我有种保护她的欲望。

等了好几天，诗人都没有开口，没有说到借钱。就差临门一脚了，我们蹲守在那里，就等着他说出来，然后痛痛快快地拒绝他。下一次补课前的那个晚上，诗人的电话终于来了。我兴奋地守在电话机旁边，那部电话没有免提按钮，我听不到诗人说了些什么，但是，史佑没有说出我们预先彩排的那些话语，她几乎没怎么说话。

通话时间不长，史佑很快就挂断了电话。史佑简单地告诉我，诗人向她求婚。他已经规划了他们未来的生活，他说起了那套二手房，不是要借钱，而是具体描绘了他们婚后的住处。同时，既然史佑对美国不感冒，他决定放弃去美国工作的机会，留在成都。他已经拜托他在《华西都市报》工作的朋友，介绍他去报社担任副刊编辑，这份薪水足以养家糊口。

毫无疑问，这是一个有诚意的男人，他所表现出来的真诚与担当，弥足珍贵。不过，对于女人来说，男人只有两种，一种是所爱的，一种是不爱的。因此，当我嘲笑诗人是多么老土，史佑似乎很赞同我的观点。我告诉史佑，这样的求婚是不能答允的，房子算什么，工作算什么，玫瑰、香槟、单膝下跪这些要件，一样都不能少。

诗人比重庆男生死得更惨，他连我们的生活都没资格进入，直接就被史佑拒之门外。史佑甚至把这个业务转交给了同事。诗人是个坚韧的男人，他求婚被拒，便继续他的美国之路。半年以后，他办妥了签证，飞向美国。他的诗歌开始阴魂不散地飞回来，他寄来一些美国的中文刊物，上面刊登着献给史佑的诗，那些诗歌艰深晦涩，丝毫不像情诗。

无耻的是，诗人虚构了他们之间的细节，情境变成了一次无奈的辞别，诗人为了美国梦，抛下了他的白衣女郎，他在诗歌中抒发着内疚、惭愧与想念。这个意淫的男人，遭到了我和史佑最为彻底的鄙视。刊载着他的诗歌的杂志，被直接扔进垃圾桶。有一回，杂志被我爸给捡了回来，我爸居然耐着性子读完了那些诗。

“他跟史佑挺配的，”我爸说，“一看就是学识渊博的人。”

我冷哼了一声，我都不想跟我爸多说。现在，我回想起我爸的表情，我不知道他到底有没有读懂那些句子，我想说给史佑听一听。但是，当我看到她轻盈地往餐桌上摆放着碗碟，她的表情是那么的安稳，我竭力克制自己，什么都没有提起。

5　史佑

季老三是我的第一个男人。

我的第一个男人不是我深爱着的程国庆，而是兄弟姐妹一般的季老三，这真是莫大的讽刺。

那个夏天，我和季老三充分发掘了身体的意义，像是寻到了宝藏，须臾不离。我们时常留恋在无人的地方，楼梯转角的阴影处、深暗的树林里，甚至是午后无人的教室，仿佛两头精力充沛的兽，在一切了无人迹之处，用身躯来祭奠青春。

我没有觉得快乐或是不快乐，我只笼统地觉得很好。因为跟季老三做爱的时候，全身的血液都涌向我们连接的地方，我的大脑是空白的，我的心也不会那么疼痛，我会暂时忘掉程国庆，忘掉他已经结婚这个事实。然而同时，我也明白，即使我的身体完完全全属于季老三，但我爱的人，仍然是程国庆。

“史佑，我求求你，我要你记得我一点点，哪怕少少的一点点就好。”季老三一边汗流浃背地冲击着我的内里，一边发出绝望的恳求。他没有提到爱，他没有奢望那个，他知道我爱的人是程国庆。

周围的人知道了我和季老三是一对，单位二代两情相悦，同事变成亲家，不是什么大新闻。我和季老三都没有解释，我们已经肌肤相亲，再说什么，都没人相信，索性就顺其自然了。有一天，我和季老三从荷花池边的竹林里钻出来，整理好衣衫，刚走到马路上，迎头就碰见了程国庆和夏茭白。他们手挽着手，程国庆晒黑了，更好看了，而我不得不承认，夏茭白也美得令人侧目。

“嗨！”夏茭白率先跟我们打招呼，“好久不见！”

季老三做的第一件事，就是牵住我的手。这一刻，我觉得他很有男子气概。程国庆则轮流打量着我们，然后笑着说：

“季老三，还是你有办法，这么高傲冷淡的史佑，都被你给追到手了，恭喜恭喜。”

“彼此彼此。”季老三含糊地说着。

“天太热，我们要去吃冰，一起吧。”程国庆发出邀请。

我本能地要回绝，但季老三一口就答应下来，他说，好。他紧紧握着我的手，捏得我差点叫出声来。

我们去了校门口的冷饮店，点了一些果汁冰沙之类的，边吃边聊——其实都是程国庆与季老三在瞎聊。程国庆说着自驾游的系列计划，而季老三说起一些在北京的胡同里见到过的改装车，聊得头头是道。

我和夏茭白静静地坐在一旁，我一句话都说不出来。我和夏茭白有好几年没有见面了，从少女到成年女子的这段经历，对于我们而言，都是陌生的。这就像是一首曲子，跳过了一些音节，就再也接不上，无论多悦耳的旋律，都是支离破碎的。夏茭白也不作声，显然，她同样不知道在什么地方开口。我们沉默地吃着冰沙。说实话，那些冰沙，味同嚼蜡。

夏茭白比以前更瘦了，穿着碎花长裙，头发在脑后绑起来，看起来像是一个楚楚动人的小妇人。如果她不是程国庆的妻子，毫无疑问，我会很喜欢她，就像曾经那样，毕竟她又坚强又可爱。

但是，一看到她，我就想起我写给她的那些书信，我在信里尽情地倾诉着对于程国庆的爱。我什么都告诉她了，毫无保留。她对我的心思洞若观火，这让我狼狈得要死。

两个男人吃完了冰，还不过瘾，程国庆提出来请我们吃火锅。我们朝着最近的一间火锅店走去。程国庆与季老三一路都在兴致勃勃地探讨着车型，我和夏茭白稍微落后两步。

“其实，爱一个人，不会像想象中那么长久，你说对吗？”夏茭白突然问道。

我看了她一眼，我明白，她在试探我。我不知道该说什么，满不在乎地告诉她，程国庆的那一页，已经翻过去了？呵不，我说不出来。

“看得出来，你不爱季老三，你看着他的时候，眼睛里没有火花，”她步步紧逼，“季老三只是一个替补而已。”

我挑挑眉头，不置可否，我不知道长大以后的夏茭白是这样刻薄。

“程国庆是个值得托付终身的男人，我爱他。”她继续说着。我不作声。这种赞美，留到家里互诉衷肠就好，我无意做他们爱情的观众。

“我想，没有哪个男人会像他那样，不嫌弃我有一颗残破的心脏，不在乎娶的是一个随时可能死掉的老婆。”她停下来，盯着我的脸，等待我开口。

我不可能装聋作哑，我不得不说些什么。于是我说，希望你们白头偕老。这句话是多么的言不由衷，我不是一个没有感情的木头人，我嫉妒夏茭白——我恨她。

“史佑，当初，我是决定帮你的，我替你传达程国庆的消息，我试着从你的角度去看待他，去发现他身上的闪光点，渐渐地，我发现，他真的是一个很迷人的家伙，他的难得之处在于，他是一个真正的人，他的秉性是那么的纯粹，我的意思是，大部分的人，依靠演技来生活，而他，始终都是本色出演，”夏茭白的唇边露出一个苍白的笑容，“我没有重蹈你的覆辙，史佑，当我爱上他的时候，他也恰好是爱我的，我们在对的时间里，遇到了对的人。”

我呆呆地望着白茫茫的马路。夏茭白固然残忍，但她说得都很对，包括程国庆这个人，我一直是靠着感性去爱他，没有分析过他的优点。我承认，夏茭白比我更加了解他，她是他的知音。

我抚住额头，浑身直冒冷汗。我叫住季老三，告诉他我不太舒服，我不去吃火锅了。不等他们回应，我转头就跑走了。

那晚季老三很早就回来了，他甚至没有喝酒。他站在我家窗外叫我的名字，我躺在床上，翻了个身，不想应答。我妈进来推了推我，叫我出去。我妈就是这样，一是一,二是二，她不屑于懂得我的感受。女儿养大了，要紧的是嫁人。一般丈母娘眼里，季老三也就是未来的青年才俊了。

我站在季老三面前，他的汗衫散发着难闻的火锅底料的气味儿。他的脸色很难看，一把拉住我的手，不容分说地往前走。我想要摆脱他，但他的力气大得惊人。

他把我带到一栋空荡荡的教学楼里。那是暑假，又是晚餐时段，走廊里空无一人。我们没有进教室，他把我拖进了男厕所，在一个隔间里，掰住我的身体，狠狠地撞进了我的体内。

跟以往不同，他不再是一个柔情蜜意的情人，他的态势是那么的嚣张与粗野，然而我立即就感受到了他的无助。他的心里一定攒着无比沉重的情绪。他一边没命地悸动，一边大口喘着气。他受了很深的打击。

“史佑，你连跟他吃顿饭，都受不了，对不对？你爱的人，始终都是程国庆……”他突然放开了我，伏在污渍斑斑的墙边，无声地哽咽。

我伸出手去，想要抚摸他的头发，他轻轻地拂开了我的手，低声说了一句，史佑，我终究是等着你的，等你仔细想清楚，我会一直等下去。说完，他收拾好自己，踉跄着朝外走去，将我独自扔在逐渐昏暗下来的男厕中。

那是我们的最后一次。

我曾经以为，我和季老三会这样稀里糊涂地过下去，在我们之间，还会有无数的日日夜夜。没想到，每回做爱，对于我们的意义都是一致的，我们都在一次又一次地告别。我在向程国庆告别，而季老三，他是在跟我做着一场漫长而痛苦的告别——以短暂占有的方式，来完成最终的诀别。

季老三当然没有兑现诺言，一直等下去。回到北京以后，他给我写过几封信，也没有别的，淡淡地聊些不相干的话题。我不知道怎么回复他，他也就没有再写信来。

一年以后，他大学毕业，去了美国。

6　程青书

今天是元旦。

今天的网络直播节目里面第一句一定是，新的一年开始了。

是的，新的一年开始了。我躺在床上，想着这一年的规划。这是我的习惯，元旦这一天，一定是要抽象地想一想这一年的重心。

我想到的是史佑。我的想法很零散，她已经结婚，得到她是不可能的了。但是，我爱她。我要许下一个愿望，让她一直在我身边。哪怕看见她，也是好的。

我在幼年时，一度反复向她确认这个问题，尤其是在她试图离开我的时候，我特别没有安全感。我追问她会不会一生一世跟我在一起，她的回答是：

“小家伙，等你长大了，我就变成老太婆了，你巴不得快点离开我。”

她说得不对，我已经成年，但我还是想要时常看见她。我想，在感情上，我是一个穷困潦倒的人，从来没有被满足过。

名义上，我有父亲。可是，他很少在家。他总是在路上。每次回来，他都要带回一些小动物。我觉得他对那些玩意儿的感情，远远胜过对我。

陪伴我的，始终是史佑，从川大本科毕业以后，她可以投考本校的研究生，但是，为了离我近一点，她考上了师大的研究生。

很小的时候，我喜欢问史佑是否爱我，她似乎没有正面回应过。她说的是，你在你的玫瑰花身上耗费的时间，使得你的玫瑰花变得如此重要。

这句子本身便美得如同玫瑰花。后来，史佑买给我一本英文版的《小王子》，又找到一本台湾版的，是繁体字，史佑陪着我慢慢阅读。那时大陆还没有翻译这本温暖伤感的书。

听完那个故事，我明白过来，我是史佑的那朵玫瑰花。《小王子》里面说过，那是对一朵玫瑰花的感情，甚至睡着了，那朵玫瑰花的影子仍像灯光一样，照亮我们的生命。

能够成为被史佑豢养的那朵玫瑰花，无疑我是幸福的。

别的男孩子最初的结婚对象都是自己的母亲，我的，则是史佑。我对史佑说，长大以后，我要与你结婚。史佑笑眯眯地说，好。她让我觉得安心。

史佑用心地抚养着我，她照看我的身体，也关注我的精神世界。十一岁那年，我经历了男孩子的第一次。我面对着黏糊糊的床单与内裤，不知所措。史佑不知怎么发觉了，她没有提到这件事，但是，她买回来一本漂亮的挂历，里面全是外国名画，各式各样的女子，抱着花束、顶着陶罐，美丽的脸、纱罗半掩的身体。她们是那么美，美得毫无邪念。她把挂历挂在墙上，每个月翻开下一张。当我看见这些风姿绰约的形象，我感受到的，只是山河湖泊一般的景色，不带肉欲。

史佑的性教育是成功的。我没有像一般的男孩子，在梦遗以后，对性产生特别的兴趣，想方设法去找一些猥亵的图画。我正大光明地欣赏着挂历中的女体。她们是美丽的，不是淫邪的。她们是玫瑰花一般芬芳动人的意象。

当我识字以后，我自己读完了《小王子》，当我读到许许多多别的书以后，我最喜爱的一本，还是《小王子》。我爸回家时，我把这本书推荐给他，期待书里的内容能够改变他一些。我期待他的素质能够有所提升。

我爸翻了一下书，放到一边。他不太爱读文艺类的书籍。他根本不怎么读书。他的抽屉里有几本很破的金庸小说。我多么希望拥有一个学识渊博的父亲，但我爸只会在俄罗斯倒卖中国小商品。在稀有的留在家里的日子，我们也会聊聊天，他问我班级里的事情，也听我讲一讲史佑。他问过我一个问题：

“史佑为什么不结婚？”

这道题我会。我得意地告诉我爸，在这世上，配得上史佑的男人，还没有出现。我爸皱了皱眉头，他掐指计算着史佑的年龄，他说，史佑不年轻了。

“凡事将就一下，也就过去了。”我爸说。

我不赞同我爸消极的观点，我搬出史佑说过的话反驳他。我说，史佑讲过，千疮百孔的事情够多了，唯有感情，须得完美。我爸淡淡一笑，他问我，完美的男人是什么样的？骑着白马？还是穿着黄金盔甲？我说都不是，对于史佑来说，完美的男人就是肚子里有很多很多本书，像师大图书馆里那么多的书。

“是史佑说的？”我爸认真地看着我。

“不是，是我自己想到的。”我如实回答。史佑是一个酷爱读书的人，只有比她读更多的书，才能得到她的另眼相看。至少我认为是这样。

“我的看法也是如此。”我爸点点头。随即，他掏出手机，开始接洽发货。他有一个砖头大小的手机，他还有一辆摩托车。他舍得花钱，给自己，也给我。他经常给我零花钱，其实外婆也给我，我奶奶也会寄给我，他们给我钱，还给史佑钱。

我爸买了摩托车以后，会带我兜兜风，戴上头盔，一踩油门，摩托车轰响着冲出去。他也邀请史佑一道。史佑并不拒绝。我和史佑在后座，我抱着我爸的腰，史佑抱着我。摩托车飞驰在马路上，我有些害怕。史佑倒是不怕，她好像天生对速度充满向往。

“风里有青草的香味儿。”史佑说。但我什么都没有闻到。

我爸用摩托车载着我们，进入市区。我们到大慈寺里坐一会儿，我爸和史佑坐下来喝茶，我去看开在大水缸里的睡莲。我走来走去，每次回到他们身边，我爸都在抽烟，而史佑在看书。史佑的包里总是有书。他们是静默的，一句话都不说。

我爸抽烟的样子看起来十分颓废，好像他只会做这一件事。我不喜欢香烟，我也不喜欢我爸。当他再次邀我们乘摩托车兜风，我不干了。我不想跟他出去，我觉得丢脸。因为史佑在场，我觉得我爸让我丢尽了脸。我认为史佑也根本不想跟我爸一起去大慈寺喝茶，她不过是看在我的分上，没有推辞。

我们不坐我爸的摩托车，他就独自外出，戴着头盔，身子前倾，轰的一声冲出老远。我和史佑望着他的身影，我觉得必须说点儿什么，因为我爸让我很难堪。我对史佑说，你有没有觉得，我爸像个孩子？史佑惊讶地看了我一眼，她说，是。

我爸需要被照顾、被管束，他和他的摩托车都像脱缰的野马。我听见我奶奶跟史佑说，让史佑去劝劝我爸，摩托车是一种危险的交通工具，用来飙车就更是险象环生了。史佑答应我奶奶，史佑说，我试试。

我不知道史佑有没有劝说我爸，即使有，显然也是无效的。我爸还是骑着他那辆笨重的摩托车，呼啸而来，呼啸而去。我们住在师大的筒子楼里，没有足够的空间放置那辆庞然大物，我爸把摩托车停在楼下，用一根粗大的铁链子拴在一棵树上，就像拴住一匹马。

过后的几年，我爸已经不再去俄罗斯，他留在成都的时间多了起来。但他不怎么在家过夜，白天他会出现，用一只饭盒，带给我一些家常菜。我爸不是一个细腻的人，他不太会做饭，那些菜，不知道是谁做的。我跟史佑一道分享。我告诉我爸，我喜欢蒸饺。饭盒里出现蒸饺的频率就高了起来。

史佑吃得不多，她比以往沉默了许多，她本来就很瘦，现在她的衣服显得更加空空荡荡。她的眼睛更大了，下巴更尖了。她一如既往地穿着黑白灰。我觉得她是世界上最适合这些颜色的女人。

有一天，我爸用摩托车带来那只饭盒，还带来了饭盒的主人，一个走路轻微扭着腰肢的女人。我爸让我叫她阿姨。我爸说，阿姨为我烤制了一只蛋糕。果然，他们从车上搬下来一个大盒子，里面是流淌着巧克力与奶油的蛋糕。那个女人殷勤地问我，喜欢奶油吗?

我不置可否。史佑曾经带我到食堂的操作间里观察过，她的父亲退休以前在食堂工作，她认识食堂里的一些师傅，他们放我们进去看一眼。因此，那种奶油，我是知道的，厨师将鸡蛋清没命地打发，白色的泥子出现了，浓稠凝固，就是蛋糕上的奶油。

那个女人跟我说话的时候，老是略微弯下腰来，仿佛我是个小小孩，其实我的个子跟她差不多了。我没有指出这一点，我并不讨厌她。当然，也说不上喜欢。我甚至看不出她究竟是不是一个美丽的女人，因为她的眉毛是文上去的，很深很粗，她的睫毛膏在眼睑下方落了一些黑色的影子，她的口红是浓艳的焰火色，而她的头发，我不知道该怎么形容，那就是一团爆开的稻草。

我对她没什么感觉。当她坐上我爸的摩托车后座，紧紧抱住他的腰，用戴着头盔的脑袋靠着他的后背，我觉得他们是天造地设的一对。

我从来没有留意过史佑对那个阿姨的感受。今天，想起来这些，我突然对史佑当日的绝望感同身受。那些年，她就在我爸身边，在我爸触手可及的地方，但是，他从来没有靠近过她，他一直都是别人的男人。

世上再没有比这更为惆怅的事。

7 史佑

我不怪季老三，他只是凑巧路过了我的青春。人生是一场潦草的演出，我们来不及深思熟虑，总会发生一些莫名其妙的事，总会遇见一些擦肩而过的人。这些人与事，就像朝花夕拾、朝升夕落，在我们的生活里，转瞬即逝。

师大不是乡村，但在工人宿舍，流言如同柳絮，轻飘飘地漫天飞舞。所有人都认定我被季老三给甩了，我突然收到了一大拨怜悯的目光，那里充满了廉价的同情。

我不知道程国庆和夏茭白是怎么想的，到了周末，这两口子手挽着手，一次又一次到我家来，约我去喝茶。夏茭白温柔地微笑着，她说：

“史佑，跟我们去散散心吧。”她那种眼神，好像我反倒成了那个病入膏肓的人。

我不想去。但是，我是个不懂得拒绝的人。我呆呆地跟着他们走。

从师大的后校门出去，通往铁轨的一条土路两旁，有两三家茶馆。一律都是极其简陋的红砖房，简易的篷布底下就是露天茶馆。清一色的竹制桌椅，只有茉莉花茶与绿茶两种。到了中午，茶馆提供面食，也是两种，素面和炸酱面。

成都人喜欢坐在茶馆里，盖碗茶、报纸、闲谈，人在暖烘烘的太阳底下慵懒地伸展开来，宛如被阳光浸透了的棉被，抑或是在沸水中重新开放的茉莉花，是连骨节深处都透着一股子舒服劲儿。这样松散着、恣意着，一天也就无影无踪地过去了。

程国庆和夏茭白并不逼着我说话，程国庆是满脸的哀悼，当他一不小心提到季老三的名字，立即抬手给自己一个大嘴巴。

我简直忍俊不禁。

夏茭白是怎么想的，我不知道。她不再说到那些不堪回首的过去，她似乎试图挽回与我的友情。这是诡异的，犹如想要让一具木乃伊复活——当真复活了，也不是什么大团圆的结局，反而是一部惊悚片。

有一次，程国庆中途走开了一会儿，夏茭白突然语焉不详地说起他们相爱的经历。我不想听，但是，我不得不听下去。

“史佑，其实我没有那么卑鄙。”一开头，她是这么说的。

“你知道，我没有别的朋友，除了你，就只有跟他熟悉一些。”她说。我意识到，这里头有故事，果然，她接着说的是：

“一方面，是为了给你传递他的讯息，另一方面，也是因为，我很寂寞，我需要朋友。”

我作声不得。

“我去找他，跟他说起你在洪雅的情形，也问问他的状况，那时，我什么都没有想过，在我心里，他迟早是属于你的，”她断断续续地说下去，“过后，我爸闹出了那样的事，我觉得很自卑，不仅是身体不健全，连我的家，也成了那个样子。”她停下来，过了好一阵子，才又缓缓说下去，“我跟我妈回到上海，我更孤单了，我想要恢复与你们之间的联系，我试着给程国庆写了一封信——我不想解释，为什么写信给他，而不是你，但是，我可以肯定的是，那就是一封普通的信件。”

我有些发怔。

“程国庆不喜欢写信，他接到我的那封信，就去找我爸要了电话，打给我，”夏茭白接着说下去，“我们不再通信，变成了打电话，电话费很贵，我们约定了每个月的最后一天通一次话。”

我明白了，电话是具象的，一个美丽的声音在耳边，就像一根撩拨的手指，年少的程国庆，怎么禁得起这样的诱惑？

“一开始，我能够感觉得到，程国庆是在等待一个人，那个人，也许是史佑你，也许是别的什么人，”夏茭白说着，“当我们的交流逐渐变得深入，那个模糊的影子一点一点清晰起来，无论最初的轮廓是怎样的，但最终，它变成了我的模样——我和程国庆都相信，他等待的人，就是我。”

我感到了真真正正的悲凉。其实，我不止一次地想过，如果我没有将夏茭白介绍给程国庆，如果他们从来没有认识过，程国庆爱上的人，会不会是我？现在，这疑问已经不重要，重要的是，夏茭白那种伤感的神情，她已经让我相信了，这就是一场突然发生的爱情。

我相信了，这又如何？事情的结局并不会有任何的改变。我不是一个圆滑的人，我做不到在他们面前应对自如、谈笑风生。我面对着他们两口子，要多尴尬有多尴尬。

我学了乖，他们再来找我的时候，我索性带上我的课本，到了茶馆，坐下来看自己的书，一旦看书，外面天塌地陷都跟我无关。

"史佑从小就是书虫。"程国庆这样评价。这个人，他什么都不知道，他不知道我为他流过的泪、受过的伤。

铁轨外有一片延绵数里的油菜花，春天来临的时候，那里住着几位流浪的养蜂人，一边酿造蜂蜜，一边在路边出售。有一个来自甘肃的老人，跟程国庆聊得来，我们坐下来喝茶时，程国庆抬脚去把那老人叫过来，一通漫无边际的瞎侃。老人带来一只小小的玻璃瓶，里面是当年的新蜜，送给夏茭白。

夏茭白对养蜂人的生活很有兴致，问了一大堆幼稚得要命的问题，好像对方不是养蜂人，而是一个见多识广、浪迹天涯的侠客。老人被问得不断地挠头皮，看得出来，他被夏茭白那些奇思妙想给难住了。

不过，夏茭白天马行空的遐思，倒是让我想起了当年的武当山之行。世事如此艰难，夏茭白依然有一个浪漫不羁的灵魂。程国庆把她保护得太好。

那时程国庆已经被动地走在成为富二代的路上。他妈妈的事业顺风顺水，成为威名赫赫的幼教专家。十多年以后，有一档著名的网络直播节目，每周一期，她是里面的嘉宾，侃侃而谈关于早教的话题。她讲的是一口搞笑的川普，但从来没有人嘲笑她，节目后面的留言里是满满的崇敬，她说过的每句话都被奉为圣旨，她推荐的每本书都反复再版，她被新手爸妈们称为早教圣母，被教育产业称为带货女王。

这是一个悖论。程国庆妈妈是一个教育家，但她的儿子在世俗的价值观里，算是烂泥扶不上墙。程国庆妈妈对自己的独生子爱恨交织。程国庆与夏茭白结婚以后，他妈妈一度以为凭借夏茭白对他的影响力，能够让他承担起匹夫之责。

然而，他妈妈被现实狠狠地打了脸。夏茭白竟然跟程国庆一样奇葩，这个姑娘没有功利心，没有望夫成龙的欲望，她比程国庆还要不像话，甚至怂恿程国庆重新捡起了周游列国的理想。

两口子当真弄了一辆改装车，开车上路，去往交通不便的深山老林。他们居然登顶了当时还没有完全开发的四姑娘山，这对于一个心脏病患者来说，完全就是找死。夏茭白能够活着回来，纯属运气。

更为离谱的是，师大充裕的寒假暑假竟然不够他们造的，程国庆想方设法找借口请假，就为了在恰如其分的天气里去拍摄一张丹顶鹤的照片，或是追赶迁徙的沙丁鱼群。

更为不可思议的是，在旅途中，夏茭白发展了一项新的爱好，她迷上了小动物。她什么都养过，包括一条真正的毒蛇！

被夏茭白带回家的小动物越来越多，程国庆好脾气地帮着照看。在夏茭白死了以后，他仍然照顾着它们，并且源源不断地带回新的成员，他有一个庞大的动物王国。他用这种方式纪念着夏茭白。

在旁人看来，这两人纯属魔怔了。他们布衣素食，却拥有同时期最昂贵的摄影设备。夏茭白早就不穿夏妈给她挑选的那些仙气飘飘的白衣服了，因为白色不经脏，不适合远足。有时她穿宽宽的麻布大衣、球鞋，有时是彩色的背心与牛仔短裤，长长的头发用一条五彩斑斓的带子绑起来。在她与程国庆的大量合照中，每一张，她都笑容灿烂。

那些照片，在铁轨附近的茶园里，他们逐一向我展示，夏茭白津津有味地介绍着沿途的奇遇。夏茭白的口才很好，她夸张地描述着奇山异水，她告诉我，他们看见了野人的脚印，追踪了一天一夜，直到她被累坏了，才遗憾作罢。

“大学生，来，看看我们流浪的成果。”夏茭白总是这么说，她已经不叫我的名字，她称我为大学生。那些照片和她的讲述具有不可抗拒的魔力，我不得不承认，我是好奇的，他们就像是师大版的国家地理杂志。

“你瞧，这天空，这湖泊，美得真是要人命啊！”夏茭白虚眯着双眼，陶醉般地欣赏着他们拍下的照片，照片里还有他们从四海八荒带回来的稀奇古怪的小动物们。

“世间万物，都是那么好，那么美。”夏茭白感叹一句，朝着程国庆，莞尔一笑。程国庆情不自禁地凑过来，轻轻吻她。

我低下头，佯装看照片，心跳得厉害。我是如此悲哀，看着自己最爱的男人，爱着别的女人。我自嘲地想着，我一定是一个自虐狂，我坐在这里观看他们，一个深情款款，一个媚眼如丝，这痛苦让我甘之如饴。

我决定疏远他们。

其后的两三年，直到夏茭白去世，周末我都不再回师大。我留在自己的学校里，看书、做功课。除此之外，我也没有别的事可做。修完了本专业的课程，我还有大把多余的时光，我又学习了西班牙语和法语，没什么目的，只是为了打发掉时间。

闲暇时我去川大对面的望江公园里走一走，在竹林中坐下来看书，买一包叫做薛涛干的零食给自己，那其实就是豆腐干，取了一个诗意的名字。

我假装功课很忙碌的样子。

只是，我在不知不觉间开始穿白色，就像夏妈曾经为夏茭白选择的那些服饰，夏天和春天我穿白色，天冷时我穿黑色与灰色。说不上来是为什么，这些清冷的色调让我感觉自在。我是个单调的女子。

相反，夏茭白在结婚以后，变成了颜色女郎。她的衣裳脱离了夏妈的品位，不再精致考究，她穿着一些廉价的大路货。这个自甘堕落于凡尘的精灵一般的女儿，恐怕是让超凡脱俗的夏妈伤透了心。据说夏茭白结婚并定居成都以后，夏妈拒绝跟这个女儿联络，就连外孙出世，她也没有来看过一眼。

然而，无论如何，夏妈是爱着她的孩子的。夏茭白的葬礼结束以后，夏妈单独与我通过电话，请求我照拂程青书，理由是看在夏茭白的面上。在她的眼里，我仍然是夏茭白的好朋友。她根本不知道这里头千回百转的故事。

“史佑，你是茭茭唯一的朋友。”夏妈在长途电话里说。

我握着话筒，哭笑不得。

我答应了夏妈，原因很复杂，其中有一条，非常庸俗，我需要钱。每学期的学费、日常生活开支，这些，都等着我用双手赚出来。

在我家里，女孩子成绩的优劣，是最最次要的，识文断字，不过是为着算账与记账方便罢了。纵然我爸在师大工作，但他与我妈仍然持留着洪雅乡村的观念，虔诚地信奉着结婚教，这种教义里，女儿最大的前途就是嫁人。倒不是说，嫁出去的女儿泼出去的水，女儿始终是自家的亲骨肉，可是嫁不嫁得掉，这是顶顶要紧的。因此，女孩子过了十八岁，唯一的事业就是把自己当成诱饵，活捉一个上佳的姑爷。

跟季老三分开以后，我妈对我的捕猎水准产生了质疑。她一再叮嘱我拥饬好自己，置几件亮色的衣衫，多去参加社交活动，扩大狩猎面。她原本是不反对我考研的，但当她发觉学习成为了我结婚的障碍，她就不同意我继续精进学业了，她要求我停下手头的功课，把生活的重心放在结婚这件事上头。因此，她老人家一见着我伏案读书，就会头疼。骂也骂了，教也教了，眼见着我冥顽不化，金龟婿连影子都没有，她气得吹胡子瞪眼，决定来个眼不见心不烦。那会儿我大哥史尚在北京大展宏图，正是用人之际，我爸恰好也退了休，遂领着我妈，以及我姐史佐一家子，开拔到京城，在史尚的公司里做一些看门、打杂的闲事。

我妈将师大的住房给租了出去，停止支付我的学费和生活费，算是彻底将我撵出家门。在她的设想里，我一个女孩子家，走投无路了，除了结婚，简直想不出第二条路来。

这样的情形之下，给程青书做家庭教师，挣一点钱，对于我来说，就显得举足轻重。这也是一个说服我自己的正当理由，我告诉自己，不是因为爱情，而是因为学费，我必须要进入程国庆的家庭。这并不损伤我的自尊心。

8　程青书

今天是腊八节。

史佑熬了一锅腊八粥，她出面给我打电话，叫我去吃饭。史佑回来以后，我经常在焦老师家里蹭饭。我吃到了熟悉的饭菜，史佑的厨艺更好了，我觉得自己胖了起来。

在我小的时候，史佑的手艺偏向文艺范儿，她对西餐更有兴趣，没有烤箱，她也能做出松软喷香的蛋挞。她跟我爸的女友是不同的，后者做得一手炉火纯青的川菜。

我爸的女友是师大附近402厂的女工，已经下岗若干年。她的前夫死于一场车祸。当她坐在我爸的摩托车上，她的手心里全是汗水。她其实怕得要命。她的前夫就是被一辆摩托车给撞死的。

可笑的是，我倒是经常与她聊天。这些事，都是她自己跟我说的。她有一个儿子，跟我差不多的年纪，在沙河堡小学读书，她把他的作业带给我看，作业簿上的字迹潦草难辨，但我还是礼貌地夸奖了里面那为数不多的几道正确的题目。

他们没有住在我家。我爸用摩托车带她来，又用摩托车送她回去。我觉得这很多余，他们大可以在任何地方谈恋爱，不必到家里来现眼。至于她做的那些美味的菜肴，更是不需要她和我爸两个人兴师动众地送到我眼前来。

我爸没有问我的态度，但我基于一个家庭成员的基本责任，主动向我爸做了表达。

我老气横秋地对我爸说，你们可以结婚了。史佑见过那个阿姨，也吃过她做的菜。我觉得她对此的判断跟我是一致的，我爸单身了这么多年，这个阿姨恰好跟他登对，他们是值得被祝福的一对。

我跟阿姨已经很熟悉，她每天都来我家，坐在摩托车的后座，给我送满满一饭盒好吃的。他们稍作逗留，就乘着摩托车离开。史佑下班以后仍旧来我家，跟我一起吃那些地道的川菜。

如果史佑下班早一些，就会碰见我爸和阿姨，史佑淡淡地跟他们打个招呼，偏偏阿姨是个健谈的女人，她拉着史佑就不撒手，百般称赞史佑，作为我爸我妈从前的朋友，多年来无微不至地照顾我这个没妈的孩子，堪称教科书式的友谊，值得上新闻联播，值得参评感动中国十大人物。

我听得毛骨悚然，浑身不自在。她把我的身世描绘得那么凄惨，讲述得声泪俱下，要不是她的睫毛膏被泪水冲得一塌糊涂，脸上的脂粉也全面失守，面对那张又是红色又是黑色的脸，搞不好我都会心酸落泪。史佑倒是斯文沉着地应对，间或说一句“哪里哪里”。谁都看得出史佑是在敷衍她。

我爸适时拉走了她。我和史佑坐下来，饭盒里装的是蒸饺。自打知道我喜欢这玩意儿，它出现的频率就高得不近人情。再喜爱，也架不住这么轰炸。我放下筷子，史佑默然起身，为我熬了一碗白米粥，配上一小袋榨菜。她打开一瓶葡萄酒，斟了一杯，就着白粥喝下去。她在我家放了几瓶葡萄酒，她是个审慎的人，从不会在我家搁置任何私人物品，酒是例外。她租了一间小小的屋子，我爸回家住的时候，她就回到她租住的地方，那是一个异常整洁的房间。

史佑喝着她的葡萄酒，突然，她笑了起来。她说，你看到她的睫毛膏了吗？我想一想，也笑起来。我们笑得簌簌发抖。我想着阿姨的睫毛膏，没有散开来，一小坨一小坨地被冲刷下来，肆意粘贴在脸上，呈固体状。我一想起来，就会笑一阵子。

“我看到我爸给她买了口红，很贵的。”当我们终于停下来，我对史佑说。

“你爸不喜欢浓妆艳抹的女人，他能接受的极限就是口红。”史佑说。我不知道史佑怎么会清楚我爸的癖好。

“史佑，你觉得我爸真喜欢她吗？”我问。

这问题难倒了史佑，她想了好久，她说，我不知道。我自言自语道，不喜欢的话，我爸怎么会跟她在一起这么久？这一次，史佑倒是迅速回答了我。

史佑说，因为寂寞。

9　史佑

当然，未如我妈所愿，我没有结婚。我开始打工，做了好几份家教。夏妈给的报酬是不错的，对我来说，这是一份难得的优差。我说服自己，不要跟钱过不去。因此，不管夏妈是如何理解我们三个人的关系，只要她出钱，我就答应了下来。

起初，工作量不大，我要做的是每个月给夏妈寄一张程青书的照片。那小小的婴孩虎头虎脑的，有着藕节似的雪白的小胳膊，见到我，便蹒跚走过来，张开双臂，求抱抱。

我推开他一些，那双小黑手一上来，我的白裙子就是洗不掉的黑印。我对婴儿这种小生物全然无感。我姐史佐生下好几个，老往我妈这里塞。那些小家伙一个个都不是省油的灯，大部分时间，要么使劲号哭，要么咯咯傻笑，看上去又脏又蠢。能走路的，系着围裙，裹着尿布，挂着鼻涕和口水，摇摇晃晃地爬桌子、爬椅子、爬门槛，见什么爬什么。我妈整日忙着换尿布，忙着喂牛奶、喂蒸蛋，忙着用洪雅方言斥责那些一无所知的捣蛋鬼，她一个人忙不过来，我就是现成的助手。随时随地都会有一个婴儿在我怀里，抓着我的衣领，啃得全是口水。

我不喜欢婴儿。

程青书渐渐长大，会说话会跑步了。他是个伶牙俐齿的孩子，天然会看脸色，不知为何，对我特别黏腻。夏妈与我联系，希望正式聘请我担任他的家庭教师，教他英文，薪水自然看涨。程国庆妈妈并不反对，她对这个外婆很有意见，当夏妈出资聘我时，程国庆妈妈不是不欢喜的。

“人家都说，妈妈生，外婆养。我家这个，是既没了妈妈，外婆也不闻不问的。”程国庆妈妈时常这样说着，当夏妈过问程青书时，程国庆妈妈觉得秩序和规则总算回归了正常。

第一次用英文给程青书上课的时候，这小孩子瞪着一双圆而黑的眼睛，瞪着我的嘴巴，那些英文单词让他惊掉了下巴。

“史佑，你是外国人吗？”好半天，他怯生生地问。

“你觉得呢？”我忍着笑。

小家伙迷惑了，他伸出泥乎乎的小手，触摸着我的头发，嘴里叽里咕噜地说着，“你的头发不是黄颜色的，眼睛也不是蓝颜色的，你到底是不是外国人？”

我笑得要死。我对这孩子心情复杂，他是程国庆的孩子，也是夏茭白的孩子。有时，我会非常好奇，我想看看我心爱的男人，他的子嗣会是什么样的。程青书的眼睛和鼻子像极了程国庆，但他的皮肤与微微卷曲的头发完完全全是夏茭白的翻版。

程青书很淘气，坐不住，小身子在小板凳上扭来扭去，跟拧麻花似的。我缺乏对付小孩子的经验，先是哄着他，他嬉皮笑脸地看着我，对我的恫吓无动于衷，我试着大声呵斥，他盯着我，突然间号啕大哭，眼泪鼻涕糊了一脸，我伸手去抱他，他的鼻涕蹭在我的衣服上。平生最怕这个。

再大一些，他变身小恶魔。我去上课时，他躲在门口，用水枪喷射我，或是在我坐的椅子上涂满胶水，我一坐下去，他就哈哈大笑。

他一点都不怕我。

我一次又一次下决心离开，我告诉他，这是最后一节课，上完我就不再来。这种威胁极其有效，他立即闭嘴，整节课安安静静跟我学习。到了下课时，他扑过来，抱住我的腿。

“史佑，下节课再来，好吗？”他可怜兮兮地望着我。

他哀求的小眼神一次又一次地瓦解我的意志。于是，下一节课，我又来了。我对自己说，我是冲着夏妈给的报酬，我要赚这一份钱，用来缴学费。

事实上，无论多丰厚，这也只是家庭教师的薪水而已。我到别的地方，做两份差使，可以赚到同样的数目。但是，我不断地给自己洗脑，我让自己相信，我就是为了钱，不为别的。我尽量不去想小家伙圆溜溜的眼睛和身上淡淡的奶香味儿，似乎已经让我难以割舍。我避免去想这些，因为这是荒谬的，程青书再可爱，也是夏茭白的孩子，而夏茭白，她抢走了我爱的男人。

当我进入程青书的生活，我以为这是暂时的，赚了夏妈支付的费用，应付了学业，我就会离开。而且，我的工作范围，仅限于教这孩子学习英文。

不过，我很快就发觉照看他的老保姆荒疏而惫懒，我身不由己地卷了进去。课程结束后，我多花一些时间留下来，帮他洗澡洗头。我带过史佐的孩子，料理孩子，我倒是熟悉的。我在程青书身上发现了癣。他又常常叫肚子痛，一痛，老保姆就给他胡乱揉揉，她不知道这是蛔虫作乱。

没过多久，那老保姆摔了一跤，没法再做下去。程国庆妈妈心急火燎地找到我，她正要去出差，她提出来给我加一笔钱，让我接送程青书上幼儿园。我迟疑了一下，也还是应允了。我就是这样一个不爽利的人，心里再多的纠结矛盾不情愿，面上是不会拒绝人家的。

这样一来，这孩子几乎每天都跟我待在一起，我太熟悉他，他就像是我种下的一株植物，从破土发芽到抽穗扬花，再到开花结果，每个步骤，我都了如指掌。我知道它所需的水分，知道如何清除害虫，知道它每一天所发生的变化，乃至轻微散发的芬芳、朝向太阳的角度等等。程青书就像是我的孩子，唯一不同的是，我没有为他骨开十指或是腹剖七层。他长得很像程国庆，一模一样的身形与眉眼。然而，父子俩的性情迥然不同。小小的程青书懦弱内向，动辄就哭泣，不是号啕大哭，而是默默地、凄恻地流泪，大颗大颗的眼泪无声地掉下来。

去幼儿园接他的时候，我亲眼见到别的小朋友欺负他，一个又黑又壮、虎头虎脑的孩子抢走他的玩具，顺带将他推倒，他竟不懂得还手，怯怯地看人家一眼，转身走开。我走过去，蹲下来，看着他的眼睛，告诉他，去把玩具拿回来，他避开我的双眼，不吭声。我再说，他仍是无动于衷。我捧起他的脸，让他看着我，心里说不出来的失望，这怎么是程国庆的孩子呢？幼时的程国庆是靠拳脚打天下的。

然而，他突然笑了，一个灿烂的笑容。他伸手挠我的痒痒，毛茸茸的小脑袋直钻进我的怀里。我一下子心软，抱起他，轻轻吻他的脸。

小学是程青书的噩梦时代，男孩子不是区分为学霸和学渣，而是分为打人的和挨打的。不幸的是，程青书属于后者。他的身上不断出现抓痕，衣裳时常被扯破，书本和文具总是丢失。每天清晨，我送进学校的是一个干净清香的小男孩，到了下午，我去接他的时候，就成了一个灰头土脸的泥猴子。

“史佑！”一见到我，他多半会一头扑进我的怀里，脸埋进我的腰间，无声地哭泣，我感到他的战栗。这个柔弱的少年，在我的怀里瑟瑟发抖。

这件事，我与他的班主任多次交流，我告诉程国庆妈妈，也就是程青书的奶奶，她老人家也亲自去见校长，动静很大。欺负程青书的那些孩子们被老师批评，写检讨、罚站、向程青书道歉，但是，一转头，那些孩子们又忘乎所以了，在程青书身上故技重施。有两年，程青书甚至出现了厌学，上学的路上，他拉着我的胳膊，一路磨叽。

“史佑，我可不可以不上学？”他可怜兮兮地望着我。大部分时间，我抚慰他那颗脆弱的小心灵，但是，偶尔我会忍不住爆发。

“程青书，你别忘了，你是个男子汉，你这样胆小如鼠的，像什么话！”我冲着他大声嚷嚷，这是毫无效果的，因为他立即就哭了。

我一发火，他就哭，路人纷纷侧目，搞得我像个晚娘——然而我并不是，我只是一个提供全方位服务的家庭教师。

我与程国庆谈过这件事，程国庆是个不靠谱的爹，他浪迹天涯，完全不顾及家中的儿子。我好不容易逮住他在家时，搬出一大套教育理论与他交流，他做的不过是拎过程青书，命令他打起精神来。

“程青书，我告诉你，谁要是再敢打你，原样给我揍回来！”程国庆冲着程青书挥了挥拳头，程青书怕倒是不怕他，但满眼都是疏离，一眨不眨地盯着他。

“行了，他会自己解决的。”程国庆回过头来，稀松平常地对我说。

我简直无语。

程青书是个落寞的孩子，但他爹是从不寂寞的，他身上时不时出现不同的香水味儿，有树木气息的，有花香，也有水果香。为了辨别那些品牌，我悄悄研究香水，渐渐地，我熟知每一种牌子的气息，从香水味中，我可以区分出那些似有似无的影子，她们的品位与喜好。

我像是一个暗中的窥视者，观看着程国庆的风流韵事。他是一个单身汉，他有享乐的权利。可是我的心——我对自己说，得不到程国庆不要紧，我可以亲手抚养一个小小的程国庆。

便是如此，我沉溺于陪伴程青书的成长。潜意识里，我把他当成了一个缩小版的程国庆，在他身上，我仿佛重新回到了八岁那年，在微淡的天光中，见到神气活现的程国庆。

可是，无论我怎么努力，程青书只是一个幻觉罢了，他不是程国庆的影子，他有着独立的气质，譬如，他的成绩很好；譬如，他热爱阅读，这些，与程国庆截然相反。然而，我并不死心，我一直下意识地等待着他的长大，我想，长大一些，或许他会变化，变得像程国庆那样勇敢。

在他十一岁那年，就是我最初见到程国庆的年纪，我把他送去一个军事夏令营。一个月的军事训练加丛林穿越下来，我去车站接他，他长高了，晒得黧黑黧黑的，朝着我奔过来。我以为一切会向着我所期望的方向发展。但是，他的内心依旧住着一个胆怯的灵魂。

在车站出口，他的一位同伴掠过他，顺手抢走了我买给他的饮料，回头冲着他得意地一笑。程青书毫无反应，好像什么都没有发生过。

“去，追上他，拿回属于你的东西！”我对程青书说。

他只是尴尬地笑笑。不知怎么的，那笑容激怒了我。我推了他一把，提高嗓门，命令他去拿回来。他很狼狈，却并没有打算有所行动。

“你必须去！”我跟他较上了劲。

他耷拉着脑袋，站在我面前。我突然失去了控制，抬手就是一耳光。他大吃一惊，这是我平生第一次动手打他。连我都被自己给镇住了。

这一回，他没有哭。动不动就哭鼻子的程青书，莫名其妙地挨了我一巴掌，不仅没有哭，反而慢慢靠近我，试着小声对我说：

“史佑，我知道错了，你不要难过好不好？”他的脸上有一道清晰的手指印，由红转为青色。

这一瞬间，我意识到，我是一个多么自私的人。养育他，不是因为他，而是因为我自己，我按照自己的想象，要把他变成第二个程国庆，这是多么可怕的念头。

我伸出手去，轻轻抚摸着他的脸颊。他已经比我高出一点点，那双眸子，依然是清澈的，里面是对我毫无保留的信任与依恋。就在那一刻，我真正爱上了他，爱上了这个叫做程青书的孩子。我爱他，他是我一手养大的孩子，是一个独立有趣的个体，而不是程国庆的替代品。

十三年前

1 史佑

最终离开程青书的那一年，他不过十四岁，不谙世事。他的个子很高，瘦瘦的，眼神清澈，他没有程国庆少年时的那种云淡风轻，也没有夏茭白的病弱孤僻，他综合了父母的气质，略略有些桀骜不驯，整个人仿佛一根干净精致的白蜡烛。

跟大多数师大子女一样，他读完了师大附小，又进入了师大附中。程青书是个聪明的孩子，他从来不像当日的我那样熬更守夜地苦读，他的状态很轻松，稀松平常地就能名列前茅。在程青书身上，程国庆的基因明显不够强大，他像夏茭白一样精怪聪慧。

变故发生在程青书初二那一年。他爱上了他的生物老师。程青书的形容是，她像是我买的那本挂历中的一幅画，是一切最美好的意境叠加起来，是一只云雀发出的清脆婉转的鸣叫，是一阵风吹过寂静的白杨林，是碧蓝的湖面微微泛起的涟漪。

“她是我的那朵玫瑰花。”他笃定地说。

生物是在初二开始的课程，一门辅科。在每一所重点中学，主科老师往往都是神气活现的，而副科老师相对低调，这不是什么潜规则，毕竟副科的分数在中考发挥的功能有限。程青书没有爱上语文老师，也没有爱上数学老师、英语老师，他爱的是生物老师。

程青书对生物老师的重视程度让我如临大敌。这是他的初恋，相比别的男生，可能来得晚了一些，而生物又是这样的一门课程，它牵引着年少的程青书觉知环境、开悟世界。爱上这只牵着他慢慢行走的手，似乎是在情理之中。但其铺天盖地之势，不是爱情应有的模样，完全像是一种肆虐的病毒。

在这件事上，我做出了误判。我一直误以为程青书是个冷淡而理智的少年，念小学的时候，有同班女生追他，小女生给他写情书，写在落叶上，抄录的是《再别康桥》，里面有好几个错别字。程青书交给我，他那圆溜溜的脑袋像足了可爱的熊猫，我揉着他的小脑袋，笑不可抑。

那小女生在楼下等着程青书一起去上学，手里拿着棒棒糖之类贿赂之物。程青书对这些雕虫小技嗤之以鼻，这帮矫揉造作、挤眉弄眼的小姑娘根本不入他的法眼。我高估了程青书对女人的鉴赏力，我以为他一定会青睐一个有格调有个性、独一无二的人，就像我眼中的程国庆。程国庆的存在，让我无法爱上别的男人，他是提高恋爱阈值的大杀器。我以为程青书也会这样，第一次，就是精雕细刻的，也是延续一生的。

荒唐的是，在见到生物老师以前，我最先见到的，是她的先生。生物老师嫁给了一个大叔，男方要比她大十来岁，也在师大附中教书，是政治老师，兼任高一年级的班主任。他打电话给我，自报家门，我顿时冒了一身的冷汗，好像程青书做了什么有愧于人家的事情。

这个男人让我大跌眼镜，我想不出他会有一个让程青书神魂颠倒的妻子。这是一个标准的油腻中年男，青蛙肚子，微微谢顶，手里一只保温杯，不用打开盖子我也知道里头泡的是枸杞。一双杂牌黑皮鞋，大约从买回家就没有护理过，鞋尖已经磨破。对了，这人走路是脚后跟先着地，发出噌噌噌的声响。最糟糕的是，此君还戴着一副防水袖套，多半是从菜市场买来的，深色，有花纹，仿佛是连粉笔灰都要防范，但是，他的衣服前襟出卖了他，那里残留着白腻的米粒儿、炒菜溅出的油星儿。

搁在寻常情境里，这就是一个有温度有态度有力度的居家男人，是一个会做饭的丈夫，一个会过日子的父亲。问题是，他是程青书的情敌，是程青书心心念念的意中人的丈夫，这副形象，算是惨不忍睹，我的心里比爆炸现场还要混乱。我想不出是什么迷惑了程青书，竟至于到了走火入魔的程度。程青书已经魔怔了，要从这样一个男人的手里去抢东西。

政治老师向我自曝家事，他和妻子都不是成都人，他的老家在达州，他妻子是汉源人，就是出产花椒的那个地方。他从师大政教系毕业就在附中工作，他老婆也是师大毕业的。他们双方在此地都没什么亲戚。他的妻子在附中实习的时候，认识了他，接着就是校服到婚纱，婚后第二年就生下了女儿。他们的女儿刚好六个月。

他告诉我，他们的女儿是他们夫妻一把屎一把尿地带着。他每周有十五节课，分布在三个不同的班级。他在锦江区的赛课比赛中得到过三等奖。他几乎把祖宗十八代都交代了一遍，我明白他的意思，他是想要证明，他不是一个离经叛道的坏叔叔，他就是一个普普通通的中学老师，他的性取向、他的婚姻观都很正点，他只想与他年轻的妻子风平浪静地生活下去，他不是那种命里犯桃花的淫棍，他也不要他的妻子制造什么风流韵事。

我突然有点可怜这个男人，教了十几年书，工作与生活都是四平八稳的，没什么出息，也没什么麻烦。一家子在昏黄的电灯光下，吃着暖暖的晚饭，女儿单独有一碗嫩嫩的蒸鸡蛋，他们两口子有盐煎肉、番茄汤，吃完打个心满意足的饱嗝，坐下来看连续剧，一口气看到午夜，洗洗睡觉。第二天醒来，又是周而复始的一天。他已经习惯了日复一日，年复一年，一派的现世安好。猛然之间，冒出来一个一片痴心的男学生，向他发起挑战，举着一面爱情的大旗，围追堵截，旗帜在风中猎猎作响，搞得他胆战心惊、无路可逃。

说到最后，他的态度变得很激烈，他用了一些很过分的字眼，让我好好管教程青书。程青书对他老婆的追求，已经给他们的生活带来困扰。当他满身油烟味儿耗在厨房里做晚餐的时候，程青书就在楼下，背着书包，站在树荫底下，等着他老婆。等他老婆一下楼，就冲着她欢欣地挥手，送给她一件小礼物，像是一罐糖果，或是一条围巾什么的。

“我实话实说，那些东西，我全都烧掉了。”政治老师狠狠地对我说。

他是从程青书的档案里，在联系人那一栏查到我的电话，打给我。他想要我来制止这件事。但是，我宁愿花费一些时间，细细跟他讲一讲一个男孩子的初恋，那既是幼稚的，也是盲目的，不必视作洪水猛兽，说不定哪天一觉醒来，一切就烟消云散了。

“我等不及你说的哪天一觉醒来！”政治老师火冒八丈，“你只要管住自家的孩子就好！”

很明显，他只教他的政治，不关心教育与心理。我冷冷地笑了一下，我非常反感。是有这样的男人，他的眼里只有他的妻子，全世界都与他无关。

“我的孩子，我会教育，也请你的妻子施以学校教育的职责。”说完，我拔脚就走。其实，对于政治老师这种坐井观天的男人，我应该有所警觉，但是我忽略了，我以为这是一个男人面对从天而降的绿帽子的正常反应。

我与程青书正式谈了一次。这份感情，他一直未曾回避我，他什么都跟我讲。每天我们坐在一起吃晚餐，他的话题就会围绕生物老师展开。

与程青书谈话之前，我去师大图书馆借了几本青少年心理学的书。研读完以后，我一脸茫然。说实话，书里面的理论和案例在阅读的时候让我热血沸腾，我把自己假想成一个引经据典、口若悬河的知心姐姐，我要用理论指导实践。然而，面对程青书，我字斟句酌，我发现语言的力量如此苍白，它们似乎不能精准地表达我的中心思想，包括，初恋不是用来经历的，而是用来回忆的，暗恋比表白更有美感等等。我说了不少的话，它们纷乱纠缠，彼此消解。程青书乖乖地坐在我面前，一言不发地倾听着，像一只温驯的小猫。但到了最后，他颠覆了局面，掌控了谈话的主动权，他说的要点只有一个，那就是，爱上一个人，就是要让她知道。

“如果给别人带来了困扰，你依然坚持？”我试着问道，我没有说到与政治老师的见面，我不想伤害程青书的自尊心。

“爱情不是洪水猛兽，它是和风细雨，不会造成困扰。”程青书说。

“男追女，隔座山，”我泄气地说，“你还是孩子，没有翻山越岭的功夫。”

“我有的，我有盖世神功，”程青书调皮地冲我比画一下，“瞧着吧，我一定会把她追到手的。”我盯着他，有些出神，面对爱情的时候，他倒是有其父的气魄，勇往直前。

初二那年，程青书的精力都放在追求生物老师身上。他无师自通地用尽了恋爱的伎俩，表面看起来，它们属于小儿科的手法，但是，世间万物，都禁不住一遍又一遍的重复，这跟铁棒磨成针是一个道理。比如，程青书每天给她写一张便笺，夹在她办公桌的教案中，上面是一些小清新的句子，突然有一天，停下来，不送了。比如，在他上课的时候，目不转睛地凝视着她，突然有一节课，全程伏在桌上，看也不看她。

程青书吊足了生物老师的胃口，起初，她不理睬，态度冷硬地面对这个青春期的少年，她以为事情很快就会结束，毕竟，他只是个孩子。一个月过去了，两个月过去了，程青书锲而不舍。这时，她开始关注他的下一步行动是什么，好奇心害死猫，一旦她的注意力放在他身上，她的心里就有了一小块空地，住进了这个执拗的男学生。

程青书像个天才的指挥家，掌控着乐曲的节奏。他写完作业，就跟我讨论这一天的成果，他歪打正着地用上了数学曲线，横轴与纵轴分别代表他的措施与收效。两条线从平行的状态，出现了诡异的波纹，当它们渐次朝向一个交叉点运行时，我想，完了，生物老师的防线失守了。

的确如此，生物老师从阵脚大乱，到败下阵来，进展神速。当她向程青书所在班级的班长了解程青书是否生病时，程青书露出了狡黠的笑容。他的身体好着呢，他只是在经过生物老师的办公室时，故意捂住肚子，露出痛楚的神情。大概生物老师做梦都没想到，此前掉以轻心的男学生，竟然有这么大的魔力，悄无声息地就把自己放进了她的生命里，就像在水里浸泡了一小块古树普洱，浓郁的滋味蔓延开来，那水，再也回不到白开水的状态。

我见到当事人，是在大约一个月以后。生物老师与她先生的思路如出一辙。她主动约我，也是从档案里查到了我的电话。在程青书的档案里，我的身份填写的是姑妈。生物老师和她的先生都这样称呼我，程青书姑妈。程青书姓程，我姓史，他们没有追问我们的姓氏问题。生物老师约我在师大的中心花园里见一面，我不知道她是怎么想的，那里人来人往，不知道怎么来谈这种事。

当然，接到她的电话时，我略略有些好奇。程青书在我耳边说得太多，程青书说她很瘦，个子很高，从来不穿高跟鞋。从不化妆，但是肤色很好。也不太打扮，四季都穿深色的裙子，冬天是长裙，夏天是短裙。她的丝袜从来不走丝。头发干净透亮，不会油腻腻的，一定是每天都洗头。她做事情有点笨手笨脚的，比如手里拿着一摞本子，又想去抓粉笔，结果是本子撒了一地。程青书的形容如此自相矛盾，我实在是难以想象她的模样。

我如约到达我们约定的地点，那正是下课的时段，数不清的大学生从教室里走过来。我站在花坛旁边，这样会比较醒目。花坛里有几株梅花树，一场雨过后，花已经开了，从干枯的枝叶间探出细小的黄色花瓣。一个女人朝我走过来，背着光，穿着一件半新不旧的大衣。

当她来到我面前，我惊讶于她的相貌。她很年轻，约莫二十三四岁，极其美丽，比我想象中的还要好看，秀气的眉眼，挺直的鼻梁。她有一种人淡如菊的气质，令我似曾相识——我想起来，在夏茭白身上，也有这样的感觉。我顿时明白过来，程青书被她吸引的缘由，是她有那么一丢丢像夏茭白。纵然他没有母亲的记忆，但遗传因子发作起来，是坚不可摧的，他终归是要本能地寻找缺失的母爱。那一刻，我说不上来是高兴，还是悲伤。

生物老师与她的先生南辕北辙，她看起来干净而精致，眼里都是温柔与笑意，是那种积极向上的状态，理应愉悦地生活，见阳光的人，做明净的事。我完全猜不到她是怎样嫁给了面色阴鸷的政治老师。

那天，她看上去有些疲倦。她告诉我，头一夜，女儿发烧，她通宵没有合眼。我理解。程青书生病的时候，我也会熬更守夜。

紧接着，她对我说，她搬出去住了，她到她的老乡家里去挤一挤，已经有一个礼拜。昨晚，她的先生打电话给她，说了女儿生病的事，她回到家，守护着孩子，在家和衣待了一夜。

这件事，让我震惊了。但我礼貌地表示，我不想听这些鸡毛蒜皮。直觉里我认为这与程青书无关，一对身心健全的夫妻，他们的婚姻，是他们自己的事情，最好不要跟其他人扯上边。我委婉地表达了这一层意思，我告诉她，程青书还是孩子，男学生爱上女老师，是很蠢的事，也是没有未来的，当然，他们连现在都没有。

“也不一定，他是个不一样的男生。”她低低地说。

我脑子里轰的一声，就在那一刻，我明白过来，尽管程青书做的每一件小事都微不足道，但是，它们聚沙成塔，生物老师在不经意间就置身于天罗地网之中了。

静下心来，她蓦然发觉，这个倔强的少年美好得难以想象。这是她对我说的原话。她来见我，不是要我管束程青书，格局已经发生了转变，她一脸的苦恼，用残缺的理性告诉我，面对程青书飞蛾扑火般的追求，她很难受，期待我能够帮助她做些什么。

我明确告诉她，他们两个人必须要分开，她调走，或是程青书转学。她点点头，说自己已经在联系别的中学，但工作调动往往需要比较久的程序。

她被爱情困扰的模样，令我感到隐隐的不安。我想不到身为一个成年人，她会陷进一个男学生的狂轰滥炸。我曾经希望她能够怀着与我相同的心意，安之若素，静待程青书缓缓长大，陪伴他度过成长的煎熬。看来，是我错了，当我聆听着程青书对她采取的那些层出不穷的招数，我就不该任其蔓延到今日的地步，我应当杜绝这种事情的发生。当然，这也不怪她，她不是定力不足，而是她被命运所摆布，毫无保留地将自己放置到了难以自拔的处境中。

在提到程青书的时候，我情不自禁地露出一点骄矜的神情。程青书是星河与月色，在未来的时空里，他们是不会有交集的。生物老师是个聪明的女人，她领会到了我的语义，露出一丝愧色，这倒让我不忍心了。追求她，是程青书的错，不该由她来受辱。

我改变了语气，和缓地跟她说，程青书是正经人家的孩子，成绩出类拔萃，他不过是一时的迷惑罢了，每个人都会有残酷痛苦的青春期，过了，就是过了。她不动声色地听我说着，仿佛很绝望的样子。

我没来由地想起一本叫做《书剑恩仇录》的武侠小说，那是程国庆当年拿给我读的，里面有一句话叫做，慧极必伤，情深不寿，强极则辱。我记住了情深不寿这个说法。

见过生物老师以后，我与程国庆妈妈谈了一次。她也很重视孙儿的这件事。我提出来为程青书转学，他在幼儿园的时候就擅长表演，我可以带他去北京，想法子进入一所艺术类大学的附中，便于他投考中央戏剧学院。程国庆妈妈立即就答应了。这件事我有些把握，我联系我的大哥史尚，他的公司就在京城。这是我第一次向他求助，我的大哥一口就答应下来。

这是一个有分量的诱惑，中央戏剧学院。程青书很是纠结，他一度无比向往那里，他想创作舞台剧，又想要表演。不过，最后他还是告诉我，他不想去了，他要学的专业是生物。

这个答案让我吃惊，我知道，我已经没法阻止——我没法阻止程青书，更加没法阻止生物老师。程青书的暗恋，已经变成了一场失控的火灾。

程青书什么都还没做，他没有要求什么，生物老师已经不顾一切地向政治老师摊了牌。她等不及调动工作，等不及我给程青书转学，她提出了离婚，理由是爱上了十四岁的男学生程青书。

程国庆妈妈用她的人脉，调查了这对夫妻。原来，政治老师追求生物老师，颇费了些手段，一度上演跳楼这种苦情戏，好不容易才把她娶回了家。但是，生物老师在生完孩子以后，与婆婆交恶，患上了产后抑郁症，一直服用抗抑郁的药物。

在程国庆妈妈家里，我们两个人仔细商议对策。我们都决定，把事情的真相告诉程青书。他眼里那轻舞飞扬的蝴蝶，不过是在凡俗人间千疮百孔的一只蛾子。幻灭是重要的，那几乎是阻断爱情最为有力的武器。

我跟程青书谈了以后，这孩子果然被吓住了。“产后抑郁症”这几个字，携带着一些不那么让人愉快的意象。我在程青书脸上已经看到了退缩之意。他告诉我，当天的生物课下课以后，生物老师把他叫到教室外面，对他说，她会离婚，等他长大。她要他认真地想一想，他的心意是不是长久的。

这样严肃的表白超越了程青书的预期，他并没有想得那么远，他不知道怎么答复生物老师。他恋恋不舍地告诉我，他只想跟生物老师一起去看一场电影，看电影的时候，一块儿吃一份大桶的爆米花，如果她允许，他还想跟她去一趟野外，一起辨认生物书上那些可爱的动植物。这就是十四岁的爱情，与生物老师的想法有如云泥之别。

我明确表达了我的意见，建议这件事到此为止。生物老师的表现太过激进，跟她的职业和年龄都是不相符合的，这是很危险的。程青书突然变得很听话，他答应我，第二天上午第二节生物课，下课以后立刻去操场做操，不给生物老师留下与他独处或是继续表白的机会。

我以为一切就这样结束了，生物老师害一阵子失心疯以后，自然会搬回家去住，如若顺利地调动了单位，这一段，就算完全烟消云散了。我甚至觉得，这是她的婚姻危机，只不过她用程青书来做导火线，让自己放肆一回。至于程青书，得到了一个成年女子如此情深义重的爱情，对于他，未必是什么不得了的事，小孩子心性，得到便是得到，无论是多么渴求的玩具，但凡握在了掌心里，摆弄腻味了，不一会儿，便是任意一扔，相忘于江湖。

我反馈给程国庆妈妈，我们一致认为，让程青书逐渐淡忘这件事，逐渐远离生物老师，便是最温和最没有伤害的处理方式。我们不需要再做别的什么努力与防备。

那一阵子，程国庆时常不在家，他跟着一群狐朋狗友到黑龙江去贩卖木材。他的职业生涯随意而松散，他妈妈已经彻底放弃了对他的冀望，或许在她眼里，这个儿子，活着就好。家里发生的这些，程国庆一无所知。我并没打算打电话给他，就像这些年里，程青书感冒、发烧，或是在学校闯了祸，都是我一一处理。

事实证明，我缺乏对事物的准确判断，我以为程青书在心里放下了生物老师，这件事就算结束了。然而，当天晚上，程青书就再次见到了生物老师，不只是程青书，我也见到了这个陷入情网的女人。

那年的梅花开得特别早，寒潮过后，师大校园里四处弥漫着梅花的清香。这时我才发觉，原来师大种植了这么多的梅花树，它们毫不起眼地穿插在那些张扬的花卉与高大的树木中，干枯焦黄的枝干间残留着几片脆薄的树叶，零星小巧的花朵渐成燎原之势，那香气无孔不入。

程国庆家的筒子楼前面就有几棵梅花树，有一棵很瘦弱，偏被程国庆用来拴住他的摩托车。他总是不按常理出牌。那晚他没在家，很多个夜晚，他不是在黑龙江，就是留宿在他的女友家里。我不知该如何评判那个女人，她什么都跟夏茭白反着来，相貌、气质、才学，全是反的。

程青书貌似对这个准继母并不反感，他根本就对程国庆不太关注。即使程国庆带回来一个妖怪，我猜他也不会反对。

研究生毕业以后，因为程青书，我没有去往其他城市工作，我就在成都的一家翻译公司里上班。我有了一份稳定的收入，不缺钱了。然而，我仍然照顾着程青书，夏妈与程国庆妈妈依旧发一份薪水给我。我的岗位是家庭教师，可是，我为程青书所做的，差不多就是父母的职责了。说不上来是为什么，我已经离不开这个孤零零的孩子。

对于我的长期单身，我爸我妈是恨铁不成钢，他们先是嘱托各路亲友，张罗着让我相亲，无数次的失败以后，他们放弃了。

我想，他们已经把我划入到了史夏那一拨，这一儿一女都是单身。他们并不知道，我没有结婚，然而我也并没有单着，我断断续续有一些男伴，像季老三那样的。只是，没有一段关系能够长久维持下去，我们总是在彼此厌倦以前，及时止损。没有婚姻，我也就没有孩子，对这两件事，我都没有渴望过。从二十岁开始，我就与程青书缠在一起，我完完整整地观看了一遍小孩子的成长，这方面，我是没有缺憾的。

就在发生那件事的那天清晨，是圣诞节的前一天，我去上班，朝着公交车站走去。师大的公交站距离校门口还有一里地左右的距离。一辆摩托车从后面追上来，骑手取下头盔，是程国庆。他刚从黑龙江回来，住在女友的家里。

“上来吧，我送你。”他侧侧头。

我谢绝了，我的时间很充裕，愿意安步当车。程国庆左脚点地，不肯离开，似乎有话要说。周遭是匆忙赶着上班的人群，不断地从我们身边经过。这并不是说话的地方。况且，我也看不出来我们有什么可说的。突然，程国庆笑了，他说，你记不记得，从前你喜欢我用自行车载着你，从402厂那道陡坡冲下来?

我不作声，朝他礼貌地笑一笑，慢慢随着人流往前走去。我当然记得的，我记得我们之间发生过的每一个细节。我听见程国庆在我身后失望地自言自语：

“你这小丫头，长大以后，反倒变成了一个没嘴的葫芦。”

好一会儿，我听见摩托车的轰鸣声，程国庆轰动油门，掠过我，绝尘而去。我下意识停住脚步，望着他的背影消失在马路尽头。

他是不知道的，我常常无话可说，那是因为，我怕我一开口，就会不恰当地泄露自己的感情，这会让我们都觉得尴尬。其实，在我的心里，有十万个为什么，每一天，每一刻，我都想要问一问他。为什么是那个女人？就像当年，我想要问他，为什么是夏茇白？梅花会开放，星星会出现，汹涌的海水会爬上月亮的脸，晨曦终将刺破暗夜，可不爱我的这个男人，终究不会爱我。这样的道理，我是懂得的。我就是不甘心，我是个再平凡不过的女子，我克制不住自己，我很想知道，他究竟有没有非常短暂地，爱过我一下？

在他与夏茇白结婚的时候，我没有机会问出口。在他和别的女子谈恋爱的时候，我也没有机会问出口。后来，就不再有机会。

那个冬天，梅花绽放以后，夜晚我时常将窗户紧紧地关闭起来。程青书遗传了程国庆爸爸，也就是他爷爷的体质，对花粉过敏。每年进入 12 月，他就会咳嗽。那慢性咳嗽从出生开始，就如影随形。我领他去看过中医，我买了一只小小的药罐，放在房间里，给他熬药。药罐里发出咕噜咕噜的轻微沸腾的声响，清苦的气息弥散开来，我和程青书就在这浓稠的药味儿里学习和阅读，整个冬天，我们的衣衫都有中药的味道。

那一晚，有一些年轻人聚集在人民南路附近的酒吧里，喝酒庆祝即将到来的圣诞节。公司的同事约我一起去狂欢，我婉拒了，我对节日没什么兴趣。

我和程青书很早就睡下了，程国庆不在家里，他留宿女友处。程青书在里间，我在外间。这孩子咳得有点儿厉害，我让他喝了中药，又用药草让他泡了脚，打发他早早上床歇息。我看了一会儿书，不知什么时候也睡着了。

急促的敲门声惊醒了我，我披上外衣，懵里懵懂地打开门。站在门口的是隔壁邻居，说是楼下有人叫程青书，已经叫了好久，把一栋楼都给吵醒了。我一边道歉一边赶紧下楼，查看究竟。

月光下，政治老师平静地伫立着，仰起头，一声一声地叫着程青书。一刹那，我本能地以为他是疯掉了。他看到我，停住口。他脸上有一层清冷的光，看起来并没有癫狂。

“抱歉，打扰到你了。”这是他开口说的第一句话。他目如寒星，神情有一种奇特的肃穆。他只穿着一件薄薄的毛衣，周身上下似乎都在冒着冷气。他紧接着告诉我，他是来找程青书的，请程青书务必去家里一趟，跟他的妻子见上一面。

我不知道在此之前发生了什么，也许是他们夫妻经过彻夜长谈，生物老师痛哭流涕，决心结束这堂吉诃德式的爱情，回到丈夫和女儿身边。她一定是发誓不再受到程青书的困扰。无疑他们夫妻的谈心谈话是成功的，这个男人要趁热打铁，让程青书面对面地跟妻子对质，让妻子当着自己的面，跟小家伙说清楚，从此他们井水不犯河水。

按照常情，我对政治老师的深夜造访，做了如上的揣测。我必须自行脑补这些画面，因为我怎么问，政治老师都不肯吐露半个字，只是坚持要叫程青书去他家里，跟生物老师见面。我反复解释，程青书咳嗽，天寒地冻的，禁不住风寒，天大的事情，明早再说。我甚至保证，第二天一早，我就带着程青书去他家里一趟。

我怎么说，他都不同意。他说他要见到程青书本人，他要听到程青书的意见，如果程青书一定不去见生物老师，他马上就走。我都给他绕晕了。他说他继续在楼下叫程青书，或者上楼去见程青书。胶着了一阵子，我知道他赢了，这大半夜的，看样子他不见到程青书是不肯善罢甘休的。为了避免他扰邻，我带着他上楼，让他在门口等着，我去叫醒程青书。

这个过程里，我仔细观察着政治老师，他的灰色毛衣袖口领口都磨破了，除了薄，没什么毛病。生物老师花容月貌的，但她的老公是这样一个松垮垮的男人。

我叫醒了程青书。政治老师等在门口，他是安静的，不像有攻击性，他薄薄的衣衫藏不下刀具或是硫酸。我是很警惕的，我不能让他伤害到程青书。

“你愿意去见我妻子吗？”他这样问程青书。程青书不明所以地看了我一眼，我立即对程青书说，我们可以明早再去。

“不，就是今晚。”政治老师看着程青书，坚持道。

“好吧，我去。”程青书说。我想，程青书并不知道自己在做什么，他只是不堪其扰。这么深的夜，这样冷的天，他们两口子尽可以关起门来谈情说爱，何苦牵扯上别人？不过这样也好，这是最后一次，说开来，就算彻彻底底地结束了。

我给程青书裹上厚厚的大衣，他的个子已经比我高出一个头，替他戴围巾的时候，我要踮起脚尖。我们三个人朝着师大附中走去。我在中间，程青书和政治老师分别在我两侧，我审慎地保护着程青书。

这对夫妻真是活宝，我猜待会儿生物老师会开口告诉程青书，她不爱他，她只是迷乱了一刹那，这种划清界限的表述，等于是她先放弃了程青书，保住了颜面。当然，我是不允许这种情况发生的，我已经想好了，到了她的家里，我先来讲，我说，小孩子闹着玩的，大人不必作真。这是一场关于自尊的博弈。

师大附中在师大旁边，一墙之隔，附中的家属区也在学校里头。生物老师的家在顶楼，我们沿着黑而迂回的楼梯盘旋向上，楼道里了无人迹。这个时间点，想必大家都睡下了。

政治老师用钥匙开了门，门里并没有谁来迎接我们，我正在奇怪他的妻子难道听不见我们的脚步声吗？在我前面的政治老师忽然回过头来，朝我笑了一笑，或者说，那压根儿不是一个笑容，而是一种凛冽阴森的表情。他问了一句让我终生难忘的话：

“你确定，你也要进来？”

我正丈二和尚摸不着头脑，他伸手把门大大地敞开了，室内的电灯亮着。就在他推开门的一瞬间，我一眼就看到躺在地上的生物老师，她的脸朝上，双眼瞪得大大的，全身都是血。

我有晕血的毛病，我的腿一下子就软掉了，但我还是使出残存的力气，转身遮挡住程青书的视线。已经来不及了，程青书凑过来，他看到了血泊中的女人。我听见程青书的喉咙中发出一丝尖细的叫声，微弱得简直可以忽略不计。然后，他拼命呕吐起来。

在如此惨烈的死亡现场，我和程青书溃不成军。如果这时候，政治老师举起一把刀朝我们砍下来，我们一定毫无招架之力。我颤抖着，头晕目眩地搂住程青书，他不断地呕吐，我挡在他身前，望着那个男人，像被施了定身术，动弹不得。

这个刽子手看都不看我们一眼，径直走到隔壁，抬手敲门。隔了一会儿，有个男人来应门，那大约也是附中的老师，是他们夫妻的同事。人家睡眼蒙眬地问是怎么了，我听见他清清楚楚地说：

“拜托你，帮我报警，我杀人了。”

那人愣了一下，睡意顿消，迅速走过来，轻轻推开我和程青书，朝里看去，就这一眼，顿时石化了，泥雕木塑一般呆在那里，好半天才反应过来。我看到他逃也似的往外跑，一边跑一边敲着整条走道的门。这样，陆陆续续来了好些人。有人带走了我和程青书，政治老师也被带走了。

当我和程青书坐在派出所的走廊里瑟瑟发抖时，我猛然想起政治老师的那件灰毛衣。在夜色中，那上面的暗纹显得不太均匀，我一度以为那是精心编织的图案，只是形状不太规则，看起来像是某种抽象画。如今我恍然大悟，那是血迹。一条一条、一道一道毫无规律的纹路，是飞溅上去的鲜血，干涸以后，变成了深色的污渍。

这个男人若无其事地穿着带血的毛衣来找程青书，让程青书去见死去的女人。他自己则冷静地敲响邻居家的门，请求帮忙报警。一切都有条不紊，充满了预谋。

事后的庭审也证明了这一点，凶手敲门求助邻居报警的情节，被视同为自首，由此免除死刑，被判处无期徒刑，他的小命算是保住了。回放一下整个过程，不难发现，从头到尾，他就没打算寻死，否则他完全可以在妻子的尸首旁自尽。他的目的就是让她去死。

虽然案件极其凶残，但案情很简单。被绿了的丈夫佯装成全妻子，提出婚姻中的最后一个恳求，让妻子回家吃顿饭，在家里过一夜，翌日便去办理离婚手续。女人中计，如约而至，吃下丈夫准备的晚餐，菜里有安眠药，女人不久便呼呼大睡。此时，男人手握菜刀，砍了下去，刀刀见血，刀刀致命。女人在剧痛中一度清醒，挣扎中掉下床，又朝外爬行了几步，终究失血过多，气绝身亡。

最为恶劣的是，当我和程青书站在门口，吓得魂飞魄散之时，生物老师的女儿，那个不到一岁的婴孩，就在里间的床上熟睡着。她的父亲在她的晚餐里也放了一点点安眠药，确保她在事件发生的过程中保持沉睡的状态。

婴儿一觉睡到天明，母亲的尸体已经被清理，父亲被警察带走了，空气里只留下很淡的血腥味，仿佛什么都没有发生过。然而，事实是，这孩子的世界已经一夜崩塌。听说事发以后，孩子被乡下的外婆接走，不知所终。

后来，我们才知道，这个冷血杀手，原本就不是寻常男子。他性情内向，有严重的洁癖和强迫症，家里常年用酒精消毒，不能忍受哪怕是一丁点可疑的灰尘。表面看起来，这是个循规蹈矩的男人，对谁都赔着畏畏缩缩的笑容，安心教书、会做家事，制造着，也安享着生活里的小确幸。但那只是幻象。他在家里是个说一不二的暴君。

在庭审中，生物老师的家人说出了真相，这个可怜的女人不止一次向家人抱怨，她其实是很害怕回家的。一到家，她就必须更换睡衣，要是换衣服的动作稍微迟慢，她的先生就会以细菌进入了房间为由，狠狠地惩罚她，将她关进衣柜里，不许吃饭，不许睡觉。她受到的处罚千奇百怪，像是大半夜光着脚被赶到阳台上过夜这种，简直不胜枚举。

雪上加霜的是，在生物老师生下女儿以后，她的婆婆来了。政治老师是一个遗腹子，他们母子像是一根藤蔓上的倭瓜，共生共荣。婆婆更变态，生物老师的行踪，必须上报，细致到分秒，否则就是出去偷人养汉子了，就该挨揍。产假中，生物老师两次偷跑回娘家，她的娘家在农村，父母劝慰她安守妇道，既然生下的是女娃，理该抬不起头，凡事忍忍，息事宁人的，一生也就过去了。

很不幸，青春年少的程青书蹚了这浑水，他爱上了一个想象中的女人，而这个女人正在水深火热之中，她要脱离泥潭，程青书的鱼钩哪怕连诱饵都没有，也能够轻易地将其钓上来。

据说第一个被凶手叫起来的男邻居，陷入了长达半年之久的失眠，一闭上眼睛就听见敲门声。生物老师的那套住宅，被附中收回，但新来的老师，即使住在办公室里，也不愿意搬进那套凶宅。

我把听来的细节都讲给程青书，我要他知道，生物老师的死去，是必然的，他只不过是恰巧出现在那个病态的婚姻里。然而，伤害是不可避免的。不足十五岁的程青书惊吓过度，也开始整夜整夜地睡不着。不只如此，天一黑，他就惊恐不已，不允许关灯，不允许我离开，必须要靠在我的怀里，才能小憩片刻。

我不得不辞职，因为有整整一个学期，程青书都不肯去学校，他在家里画画，画的是人体，没有模特，他就画自己，对着镜子，一遍又一遍地画下去。

程青书与生物老师的这段情事被捕风捉影地无限放大，坊间的传闻里，生物老师甚至为程青书堕了胎。程青书在师大附中的知名度，大概类似于今日的网红。甚至有人专门跑到师大的筒子楼下，想看一眼这个搞得老师家破人亡的男生长什么样。

程青书闭门不出，他把自己关在房间里。有一天，他在浴室里待了很久很久，我不放心，敲敲门，里面没有回应。我破门而入，程青书一只手扶着镜子，虚弱地站着，细细的血从他的手腕处蜿蜒而下。我一见血就发晕，站立不稳，就在我倒下去的前一秒，程青书冲过来扶住了我。

“史佑，我不想活下去了，”程青书在我耳边悲伤地说，“但是，我又害怕吓着你……”他割腕了。用水果刀，还好，他下手的时候偏离了，没有伤到动脉，捡回了一条命。

我却真是被他给吓死了，急火攻心，一下子就病倒了，晕眩、无力，粒米未进。我躺在床上，多年来的疲倦一下子全部爆发出来，我累得连话都不想说。

换作程青书守护在我床边。三天以后，当我喝下了他熬的小米粥，他一下子就哭起来。他抱着我的手臂，哭得哽咽不止：

“史佑，你千万不要有事……”

“我不会有事的，只要你好好的，我也会好起来的。”我抚摸着他的头发，他抬头注视着我，突然之间，泪水从他的眼里源源不断地涌出来。突然，他低下头，亲吻我的手背。

“史佑，他们都不重要，真的，没人比你更重要，”他喃喃说着，“在这世上，所有的人都抛弃了我，我只有你，我也只要你。”

他的嘴唇停留在我的手背上，那一块皮肤痒痒的，像被一只蝴蝶所侵扰。我并没有意识到，这竟然是一个少年爱的告白。

这一回，程国庆妈妈出面，联系妥当川大附中，让程青书直接转学进入初三的实验班。出了这样的事，程国庆收了心思，整日待在家里，张罗着搬了家。他在川大教工住宅区找到了一套房子，那是一位川大老师的宿舍，房主跟程国庆的状况差不多，也是川大的教工子弟，两人一块儿去俄罗斯当倒爷，结为莫逆之交。那位主儿回国后，在成都西边的中央花园小区买了一套独栋别墅，那是成都较早的高档商品房。他在川大分配的宿舍空着，家什齐全，拾掇拾掇，我们就搬了进去。

川大是我本科时的母校，在这里度过的寂寥的四年时光中，我竟然从未意识到，原来这所大学跟师大一样，也有这么多的梅花。即使是它近旁的望江公园，除了茂密的竹林，同样有太多的梅花树。

借住川大的教工宿舍以后，程青书仍然咳嗽，窗前仍然是一树一树让他过敏的梅花。天气渐渐暖和起来，他的咳嗽慢慢好转，暑假过去，他背着书包，由我每日送去川大附中，那时，他已经完全不咳嗽了。他的个子长高了，清秀的脸上开始恢复了笑容。

是的，清晨会再次到来，从不爽约，无论是怎样的黑暗、怎样的惨伤，都不会是永远。其实，不用等太久，当柳树转绿时，这个异常寒冷的冬日也就结束了。

2 程青书

今天是小寒。

果然冷下来，穿着厚厚的大衣，依然瑟缩。史佑在屋子里烤着火，她不开空调，用一只电油汀取暖。我知道那种取暖器，放一点水，温暖而湿润，不像空调那样干燥，又不似地暖，需要大兴土木。史佑一向是个懂得生活的人。

我在焦老师家里略微待了一会儿，他让我跑一趟腿，去学院里帮他送一份资料。我取了资料以后，坐下来喝一杯茶。史佑为我泡了一杯小青柑，她新近喜欢上这种口味。

我在喝茶的时候，她不住地走来走去，查看午餐需要的食材。她穿着一件长及足踝的袍子，下摆微微拂动，一双软底鞋子，看起来非常贤惠，好像天生就是一个贤妻良母。我忍不住告诉她这一点，史佑微微一笑，想一想，她说：

“成日惦记着三餐四季，人仿佛也会变得安宁。”

我知道，史佑从来就不是一个恨嫁的女子，她淡然地活在这世间，一切都随遇而安的样子，她跟我爸在402厂的那个女友太不一样。那时，那位阿姨屡屡向我说起结婚的事，她总是在做菜，总是搭乘我爸的摩托车给我送来，然后，总是通过我来向我爸催婚。

我本着客观公正的态度，负责任地告诉我爸，阿姨想要嫁给他。我爸不置可否。我很老练地告诉我爸，阿姨会做菜，娶老婆，这是一个重要的考察点，一个女人，有厨师的手艺，夫复何求。我爸听到“夫复何求”这几个字，笑不可遏，他问我这么文绉绉的词语是从哪里学来的，又自语道，史佑是个好学生，史佑带出来的孩子当然成绩不会差。

我不觉得有什么稀奇，我知道我爸是学渣，我奶奶看不上他。我从不觉得自己是他的孩子，我是属于史佑的。我是史佑一手捏制出来的，就像是女娲造人。史佑就是造就我的神。

我不明白是为什么，我爸一直没有娶阿姨。中间有两年，阿姨在师大的商业街租了一间商铺，在里面摆了一台缝纫机，业务范围包括定制衣服、缝制窗帘床单被套等等，生意很火爆。我爸有空时就去帮她打打下手。那几年我爸用了去俄罗斯赚的钱，买了十来间商铺，他的主要收入就是收租。我爸能赚钱，但我奶奶还是看不上他，在我奶奶眼里，我爸做的是不务正业的事情。

我爸阔气起来以后，买了一辆越野车，动手改装成一辆房车，椅子翻转下来，就是一张舒适的床，车里还有淋浴房和卫生间，整套的厨具。不过，说走就走的旅行是一次都没有成行过。我爸不断地改造那辆车，拆了装，装了拆，仿佛买车的目的就是折腾它。这些，在我奶奶看来，统统都是玩物丧志的行为。

我奶奶也看不起402厂的那个阿姨，她一次面都不给见。尽管我爸也给我奶奶送去阿姨做的拿手菜，我奶奶却是一口都不尝，原封不动地退回来。这倒无所谓，我爸从来没有重视过我奶奶的意见。既然不见，那就不见好了，我爸心安理得地继续跟阿姨谈恋爱。

他俩就这么名不正言不顺地过了下去，大多数时候，我爸都待在她家，我爸那辆稀奇古怪的车子，就停在她家门口。她住的是一楼，车子搁在窗前，再没有比这更安全的了。我爸跟他的车子就安安稳稳地寄宿在了那里，直到我十四岁的那年冬天。

生物老师那件事发生以后，我爸回到了家里，开着他炫酷的改装车。当时我受到了很大的刺激，我不知道，爱上一个人，是要付出如此巨大的代价。尤其是，当我意识到自己已经不是那么爱她了，结果，她要用这样惊悚的方式，在我的生命里划下如此深重的痕迹。

我爸的车子实在太拉风，停在筒子楼下，经常引发围观。当他在川大借到一套房子以后，他跟我一起搬了过去，同行的当然还有史佑。我离不开史佑。在我人生所有重要的时刻，陪伴着我的，都是史佑。我说过，她是我最重要的人。

我们三个人住在一起，我恢复了每天去学校念书。他们就在家里做饭，我爸和史佑配合默契，一个切菜，一个下锅。

我爸的厨艺一天天地逐渐精进，居然达到了出神入化的境地。下午放学以后，史佑到学校接我，我们步行回家，一进房门，就能闻到饭菜香。我爸系着围裙，在灶台前忙活，白色的蒸汽在温暖的灯光下氤氲着，我爸就在那缭绕的烟雾中回头冲我们笑，他招呼我和史佑去洗手，饭菜马上就上桌。那样的时刻，这个借来的屋舍恍惚是一个无比圆满的家。

那些日子，史佑经常与我爸一起喝她的葡萄酒，我爸嫌这酒酒精太温柔，喝完了嚷嚷着不过瘾，史佑微笑地看着他，朝他举杯，我爸只得顺从地再喝一大口。我爸好像很听史佑的话，不管他怎么挑剔这甜滋滋的葡萄酒，还是每次都陪着史佑喝一杯。

史佑的口味很清淡，我爸的看家菜居然就是几样粤菜。史佑的饭量很小，一旦她的筷子停留的次数多一点，第二天，那道菜一定会再次闪亮登场。我喜欢他们这样融洽地相处。我爸告诉过我，他和史佑从前是难兄难弟一般的关系，我妈与史佑是闺蜜。我觉得我爸和史佑看起来并不亲近。我猜想，史佑与我妈更为密切。

那是我爸陪伴我最长久的一段岁月，他的种种行止就像是一个大男孩，我逐渐喜欢上他。然而，每到夜里，我还是需要史佑。我像一个没有断奶的婴儿，一到晚上就认人。睡觉的时候，史佑坐在我的床头，轻声跟我聊着天，或是什么都不说，光是看着我，我就会觉得安心，渐渐睡着。我睡着以后，史佑才会离开，但半夜我经常会做噩梦，突然惊醒过来。我叫着史佑的名字，她匆匆从隔壁房间里赶过来，坐在我的床头，我慢慢闭上眼睛，重新进入梦乡。

有一天晚上，我迟迟没有睡着，我担心史佑离开，隔一会儿便睁开眼睛看一看她。史佑温柔地抚摸着我的头发，对我说：

“放心睡吧，我一直在这里。”

我闭上眼睛，心里感到前所未有的宁静。我还是没有睡着，我在想心事，我想到生物老师，又想到史佑，某一刻，她俩的影像竟然重叠起来，她们变成了一个人。

我猛地睁开眼，史佑仍旧坐在原来的位置，在小夜灯的照射下，静静地出神，灯光在她脸上留下了一团光晕。那一刹那，我的心间清明得不可思议，我突然意识到，我所深爱的人，不是生物老师，也不是别的什么人，我爱的，是史佑。

一直都是。

这个发现，意味着生物老师那一篇，是真正地翻过了。我整个人都澄净下来。我爱史佑，而她就在我身边，还有比这更加幸福的事情吗？我是满足的。

我开始努力读书，就快要中考了，我得有一个好成绩，史佑对我付出了那么多，我不能叫她失望。有一天傍晚，语文老师临时加课，我放学比平时要迟一些。一出校门，我就看见来接我的史佑。她站在人行道上，冷得缩着脖子，一个人在原地跺着脚。她坚持每天接送我，一路上与我聊聊学校里的事。

我朝她走去，拉起她凉凉的手，我们一路飞奔回家。这时候，我的个子早就远远超过了史佑，跑步的速度也比她要快，史佑跟不上我，气喘吁吁地一直笑。跑进楼道，她已经上气不接下气。

这是第一回，我发觉自己已经比她要强壮得多，我已经长大了，如此瘦小怯弱的史佑，原来我也可以好好地呵护着她。我牵着史佑的手，慢慢上楼，一边猜测着我爸会献宝似的捧出哪些菜式，我爸已经很有几样看家本领。史佑告诉我，临出门时，我爸正在剖鱼，他要做红松鳜鱼，那是一道江苏菜。

意外的是，楼道里并没有飘出油香味儿。我们住处的大门敞开着，我一眼就看到那位阿姨，哭得满脸是泪。我爸背对她站着，系着围裙，手里还拿着一把锅铲，有点不知所措。厨房的案台上有切好的葱花蒜粒儿之类的，但煤气灶没有点火。显然这不是一场愉快的会面。

我爸听见声响，回过头来，看到了我和史佑，他脸上有些尴尬。他突然反应过来似的，解掉围裙，放下锅铲，草草地跟史佑说了一句，你先随便弄点儿吃的。不等史佑回答，我爸走过去，拉了阿姨一把，他说，有什么话，我们出去再说。

不，我不跟你出去。阿姨挣脱了我爸的手，她化了妆，像刚到我家时的那一次，技术笨拙，睫毛膏和胭脂被眼泪搞得一塌糊涂，变成了一片颜料的汪洋大海。我爸看着她，叹口气，别过脸去，不知道是不是不忍心看到她那张五颜六色的面孔。

程国庆，我只要一个公道，我要你一句话。阿姨看了看我和史佑，忽然间就不哭了。

我爸打断了她，神情很是温和。我爸从自己的裤袋里摸出一张银行存单，那是一张纸质的存单。我爸似乎早有准备。他递了过去。

是你的名字，密码是你儿子的生日。我爸说。

阿姨接了过来，她看了看上面的数字，我想，这数字超过了她的预期，因为她立即就放弃了纠缠。不过，说实话，直到此时，我都不太明白他们交流的是什么内容，是用一笔钱来结婚购房，还是支付分手费？

没错，我爸最近的心思都放在我身上，但这只是暂时的，假如阿姨为此而不满，我愿意替我爸做出承诺。我爸尽可以立即跟着她回到 402 厂的宿舍去住，开着他那辆改装车。他还像过去那样，偶然出现在我与史佑的生活中，那都是可以的。

我刚想张口，史佑拽了我一把。史佑说，来，我给你做番茄鸡蛋面。阿姨听见这句话，三两下将那张存单折叠起来，放进自己的包里，她转过身来，对史佑一口气地说道，我不知道会是你，我没什么好说的，不过，我就想问一句，既然你和程国庆是要结婚的，为何让他去耽搁我这么些年？外头追我的男人也是有的，要不是程国庆耗着，我早两年就嫁人了，人家有房子，有商铺，我嫁过去有现成的生意做着，我干吗在程国庆这一棵树上吊死？

这番话，我听得愕然。我想，这阿姨的误会大了。我责备地看了一眼我爸，这时候他就应当挺身而出，解释清楚。可他居然一声不吭。我觉得我有义务维护史佑的清誉，我对阿姨说，您误会了，没这回事，您跟我爸的事，请不要把史佑扯进去。

阿姨露出吃惊的表情，她轮流打量着我爸和史佑，然后，她笑了。她冷哼了一声，说，怎么，你们还瞒着这孩子？他不知道你们已经在一起了？

3 史佑

是的，我和程国庆，我们终于决定结婚。

这桩婚事，得到了双方父母的祝福，程国庆妈妈尤其欣喜，她拉着我的手，又将程国庆的手拉过来，放在一起，险些说出佳儿佳妇之类的溢美之词。他妈妈提出为我们举行一个盛大的典礼，遭到程国庆的反对，他拒绝任何仪式，我也不喜欢，我们决定去西藏走一趟，算作度蜜月。

他妈妈没有勉强我们，兴兴头头地在成都最高档的银杏酒家订了一个包间，邀请我的父母共进晚餐，就算是为我们订婚了。那一阵，我的父母正好从北京回来，取道成都，前往洪雅老家参加亲戚的婚礼。他们听见我要结婚的消息，悲喜交集。老姑娘总算有了人家，哪怕是一个丧偶的男人，也无所谓，嫁出去就好。

不过，那顿亲家欢聚的晚餐，我和程国庆都没有参加。我们都是散淡的人，不知道怎么面对这些繁文缛节，尤其是，几个老人一定会问，你们是什么时候开始的？这问题，我想，我们都没有办法回答，起码程国庆是无法作答的。假如他追问自己，得到的答案多半是，因为感激。甚至是，如果“开始”这个词语，特指爱情，那么，我们有开始过吗？

据说在晚餐时，程国庆妈妈提出了好些措施，比如，由她出资为我们购买一套别墅做婚房。我妈老怀大慰，连连说是自己一辈子行善积德，如今福报都应在了我的身上。

我看不出这有什么值得兴奋的。程国庆更不在乎这些。他是个率性的人，他妈妈那么富有，他是从来不会伸手向她要钱的，他自己赚的那些，除了买商铺，就是耗费在养小动物上头，吃穿住这些事，他是不讲究的。当然，也正是他的这份豁达从容，多年来深深地吸引着我。他身上有一种难得的秉性，就像是藏在淤泥底下的莲子，有一颗清净的素心。如果他是个油头粉面、利欲熏心的男人，我怎么可能一直默然地爱着他？

双方父母商讨婚事的那天，刚好是在程青书十五岁的生日。我订了一个尺寸硕大的生日蛋糕，这还不够，因为程青书是转学生，班里的同学都不太熟悉他，我跟他的班主任商量过了，买了几十只小小的蛋糕，送到教室里，在课后自习时，由班主任为程青书举行一个别开生面的生日派对。

那个生日，程青书很开心。我和程国庆一起去接他放学，程国庆开着他那辆稀奇古怪的改装车，车尾有一行歪歪扭扭的字，熊出没。车子的后备厢里有一只大蛋糕，还有我给程青书挑的一套他喜欢的光碟。程国庆订了一间西餐厅，生日晚餐我们就在西餐厅里度过。

我和程青书在车子的后座，一路上，他一直在说话，他既要假装不屑一顾，又按捺不住万般喜悦，那种心情，我是懂得的。他说他的同桌是个大胃王，吃完了一只蛋糕，还想要，把他的那只也吃掉了。还有一个女生，平时挺要强的，蛋糕刚吃一小半，不知怎么的，失手落在地上，当场就哭了。一个初三的大姑娘，为了一口蛋糕，竟然——哭了！

程青书说个不停，程国庆从后视镜里看了我一眼，我明白他的眼神，这大半年来，生物老师和她老公的暗影，在这孩子的心里，已经缓慢地消散了。

那顿饭，我和程国庆都默契地只字未提我们的事，我们不想打断程青书在学校得到的欢愉，就让他陶醉在班级的温情中好了。

那晚，程青书睡着以后，我敲了敲程国庆的房门。他还没有睡，窗户大开着，他站在窗前吸烟。看到我进来，他掐灭了烟蒂。一时之间，我们都不知道该如何开口。

老人家们的饭局不知散了没有？我们竟然同时问出了一模一样的话。我和程国庆都笑了，气氛顿时松弛下来。

“那就算是我们的订婚宴，我俩居然没有参加。”我没话找话。程国庆笑笑。

又待了一会儿，似乎还是无话可说。我讪讪地跟他道了晚安，转身朝外走。我希望他说点儿什么，挽留一下就好，哪怕只想跟我多聊几句。但是，他没有，他什么都没说。我的手放在旧旧的门把手上，忽然有些没来由的委屈。就在这时，程国庆说话了，他静静地说，等一下。

我还没来得及回头，他就走了过来，从背后紧紧地抱住了我。他把下巴放在我的肩膀上，他的呼吸就在我的耳边。我怔怔地流下泪来。

在程国庆面前从来不哭的我，第一次泪如雨下。

但是，也就是一个拥抱，仅此而已。

他很快就放开了我，让我回到自己的房间。无论从哪个角度来看，我们都不像是一对即将结婚的男女。我的心情是复杂的。这一路陪着程青书长大，早就超越了夏妈托孤式的聘请，那份微薄的薪水也不值一提。经过生物老师的惨烈事件，程青书险些精神崩溃，我寸步不离，一点一点地帮他疗愈。这一切，程国庆都看在眼里，他一定是感激我的。

感激的结果就是，以身相许。

当我们住进借来的宿舍，当辍学半年之久的程青书，在我的安慰下，纵然犹豫不决，终究还是在我与程国庆的陪同下，一步一回头地走进川大附中。当程青书的身影消失在绿树浓荫的校园里，伫立在校门外的我们，百感交集地对视了一眼。就是那个早晨，那个程青书复学的早晨，程国庆向我求婚了——假如那也算是求婚的话。

“看样子，这孩子是彻底离不开你了，他这么需要你，要不，干脆咱俩结婚得了。”程国庆的原话是这样说的，他看都没有看我一眼，既随意又毫无章法。用脚指头想一想都知道，那就是心血来潮的一句感叹。

“好的。”当时的我镇定自如地回答。

程国庆大吃一惊，他把目光从校园里收回来，定定地看着我，困惑地追问了一句，你说什么？我再次回答，好的。程国庆不可置信似的再问了一遍，什么好的？我抬头看着他，认真地说，程国庆，刚刚你不是说，干脆咱俩结婚好了，我的答复是，好的。不等程国庆说话，我再补充了一句，我们哪天去登记？7月27日，就在你生日那天吧。

程国庆的生日，我烂熟于心。那是一个了不起的日子，他出生了，来到这个世界，带给我一份至美也至为痛楚的爱情。

“你确定？”程国庆有点傻眼。

“确定。”我说。

我们就是这样确定了结婚以及结婚的日期。我猜，在程国庆的理解里，我对程青书的爱，已经到了爱屋及乌的程度，就像是一只八爪鱼，触须所及之处，都是爱的涟漪。程国庆就是这涟漪中的一部分。他是我对程青书爱的余韵。

我不介意他怎么看待这件事，稀里糊涂也罢，本末倒置也罢，都不要紧，我只知道，程青书复学的那天，是我生命中最幸福的一天，我终于，得到了我所爱的男人。

在那以后，我们并没有同住。每天我们都在一起，除了做饭，就是商讨去西藏旅行的计划。我做了一份详细的旅行规划，我们不打算参加旅行社，我们借鉴了一些驴友的经验，自驾，经过青藏公路，进入藏区。

第一站的目的地是拉萨，住三天，适应了高原稀薄的氧气后，紧接着，前往墨脱。墨脱在藏语里的含义是莲花盛开的地方，那时去往该处并无公路，整个旅程险象环生。那半山腰的原始森林与山巅的冰天雪地却为我们所向往，我说的我们，是指我、程国庆和夏茭白。程国庆告诉我，夏茭白生前也对墨脱心向往之，她有一套明信片，上面印刷的就是墨脱的荒漠、草甸、山丘与湖泊，藏原羚、藏野驴、水鸟、斑头雁、马群、羊群等动物在画面中飞跃。如果夏茭白还在世，一定会跟程国庆去往墨脱。这是程国庆说的。提到夏茭白，我们都很坦然，尽管跟现任讨论亡妻的遗愿，本身就是一件很荒唐的事。但我们是不同的，这么多年过去了，我早就不恨夏茭白，只觉得遗憾，她活得太短暂。不错，她得到了程国庆，可是他们在一起不过几年而已。生命远比爱情漫长。

我在几张 A4 的打印纸上密密麻麻写下出行的方案，程国庆在屋里踱步，不停地用他的手机联络他的熟人，接洽订旅馆、订当地导游之类的琐事。我经常会产生错觉，好像我们回到了多年以前，一心一意地筹备着前去武当山，探访隐居的武林大师。

历史确实惊人的相似。

唯一不同的是，房间里已经没有了活蹦乱跳的夏茭白。

出发的日期定在初夏，那是墨脱一年当中最美的季节。我们打算带上程青书，6月中旬，他参加完中考，就可以随我们一道出发。但是，事先我们不准备告知他，免得他分心。没有告诉程青书西藏之行，连带的，我们似乎也没有说起结婚这件事的契机。

结婚的消息，就这样拖延着，没有告知程青书。

4　程青书

今天是大寒。

一大早，去图书馆以前，我绕道去了焦老师家里。现在，我差不多每天都要去一趟。史佑用破壁机做了豆浆，留我喝一碗。每次去，史佑都会让我吃吃喝喝，一边还问我想吃什么，她为我做。她像个操心的母亲。

在我跟前的时候，她对我是那样的关切，但在离开的十三年里，她一次都没有跟我联络。我曾经无数次地揣测着她对我的心意，当她回来以后，我立即感受到她复杂的心情，她既在努力逃避，又无比迷恋。毫无疑问，她是爱我的，不管这是什么样的爱。她好像耻于承认这一点，她实在是个矛盾的人。不过，这一切，都不妨碍我爱她，她是值得爱的。

正因为这份值得，在我眼里，一般的男人根本配不上她，包括我爸。我记得，当我从402厂的那个阿姨口中得知他们要结婚的讯息，我的第一反应是，史佑一定是昏了头。

那天，那个阿姨带着我爸给的存单离开了，她再也没有纠缠过，可想而知，我爸是个出手大方的人。留下我们三个面面相觑，不知道从什么地方开始。我爸清了清嗓子，率先开口，他说：

“这是真的，我和史佑，我们决定结婚。你会祝福我们的吧？”

我摇摇头。

你们是什么时候开始的？

你们谁先爱上对方？

这样的傻瓜问题，我一个都不会问，那显得太弱智了。我只需要表达我的态度就好。

我清清楚楚地说，我反对！

我觉得我被欺骗了，史佑骗了我，她在我毫无察觉的情形下，决定嫁给我爸。其实，她跟我的母亲没有分别。这个身份，让我们必然一辈子在一起。我是要跟史佑在一起的，我爱她，在我眼里，她是我的母亲，也是一个美好的女人。我像爱妈妈那样爱她，也像爱一个女人那样爱她。她满足了我对女性的所有情感需求。

但是，无论如何，她就是史佑，她不需要从法律上成为我的母亲，她根本不必为拥有这个身份而嫁给我爸——我认为这就是她嫁给他的理由。她不用这么做，完全不用，她不应该为我做出这么大的牺牲。

我毫不讳言地指出了这一点。他们交换了一个目光。然后，我爸跟我谈，史佑也跟我谈，他们一起跟我谈。谈来谈去，他们的核心观点归纳起来就是，这是大人的计划，我不必想得太多，没有人牺牲什么，即使是为了我而结婚，他们也是心甘情愿的。史佑甚至幽幽地说，程青书，我不是一个高尚的女人，我不会因为爱情以外的原因嫁给一个男人。

我不相信。史佑没有说真话，是不想让我难过，不想让我终身背负着沉重的罪责——就是罪责，而不是感恩什么的。我爱史佑，即使她等不及我长大，即使她想要嫁给别人，我也不会怪她，但是，她值得一个最好的男人，我爸配不上她，就连先前的重庆男人、美国诗人，我都嫌他们不够好，何况我爸。我爸能跟史佑谈什么？风花雪月吗？他连一首完整的情诗都不会背。抽烟、骑摩托、捣鼓改装车，他有哪一样嗜好是入流的？他凭什么来般配不食人间烟火的史佑？

这些日子，随着我爸的复归，我对他的印象原本已经改观了很多，这件事，却彻底颠覆了我的认知。我觉得他卑鄙，他是有预谋的，他乘虚而入，就是想要得到史佑。

生物老师那件事以后，我严重失眠，史佑教我数星星，她轻笑着对我说，你猜一猜，星星睡不着的时候，也会数人类吗？而我爸，我爸只会说，我去给你买安眠药，吃了一定能睡着。

这就是我爸和史佑，他们是两个频道。我爸是方言散打节目，史佑则是喜马拉雅的读书频道。

这桩婚事，说什么我都是不会答应的。我怒火中烧。我指责我爸，他利用史佑对我的爱护，向她伸出了咸猪手，这是不道德的。我爸听着我的奚落，他垂着头，间或抬起双眼，无可奈何地看着我。他被我打败了。

他们换了一个策略，回避掉结婚这回事，跟我说起了去墨脱的规划。距离中考不到一个月了，他们告诉我，中考一结束，我们就上路。别的事，等我们旅行回来再说。他们低估了我的年龄，我不是小孩子，没那么容易被声东击西。墨脱，我不去。哪里我都不要去。无论如何，我反对他们的婚事，我不能眼睁睁让史佑跳进我爸这个火坑。

我开始用我的方式来做一些努力。我把一本叫做《半生缘》的小说放在史佑的桌上。那本书，史佑看过以后，还给了我。她什么都没说。

书里的女人，与史佑的抉择有异曲同工之妙，女主人公为了贴身照顾自己的儿子，嫁给了一个卑劣的男人。过后，他们还是离婚了。

史佑和我爸小心翼翼地看着我的脸色行事，其实根本不用这样。我心疼史佑。我在她的桌上压了一张纸条，我告诉她，我希望她能够去做自己喜欢的事情，譬如读书，再去多修几门外语。她最擅长的就是学习。那就持之以恒地学习好了，不用为了我，跟我爸混在一块儿。史佑也给我留言，只有寥寥数语，她说，不仅仅是为了你。

我们用纸条来交流，这样的情形，持续到了中考。考完最后一科，出了校门，我看到我爸的改装车，史佑在副驾座。他们朝我挥手。我上了车，坐在后座。座位排序是一件微妙的事，从前史佑是陪我坐在后座的。也许他们想用既成事实来逼我就范。我在心里说，幼稚！

史佑给我看旅行的路线图，他们确定了第二天一早出发。我明确地告诉他们，我是不会去的。这个答案似乎并没有让他们感到意外，他们好像早就预见到了我的决定，甚至做好了准备。冰箱里塞满了足够一个月的食品，充足的零花钱在抽屉里，浴室里就连沐浴露和洗发水都新添了好几罐。当然，书橱里有几十本新书。那是史佑买给我的。史佑最大的嗜好就是买书给我。

他们往车上搬运方便面和瓶装水之类的东西，我冷眼旁观。我明白，他们所做的一切，就是让我接受他们的关系。随着时日流逝，我终将会适应史佑作为母亲的身份。她可以名正言顺地陪我一辈子。显然，她愿意这么做。她有一颗悲悯的心。她深爱着我。

但是，我怎能允许这种牺牲发生呢？我也深爱着史佑，我不要她忍受，我要她快乐。

5　史佑

决定结婚以后的那两三个月，除了那一晚的拥抱，我和程国庆没有任何的暧昧。时间一久，就连那个拥抱，都变得可疑，我怀疑那就是我的想象。随着出发日期的临近，我们变得很忙碌，有时整个白天都在商谈路线，去墨脱会经过塌方、大裂谷之类的死亡地带，做足功课是必须的。通常是，我们拟定了一条路线，又很快地否定掉它。

有天午后，我们一直讨论着，在一张张纸上画着路线图，画完又扔掉，因为每条路线都有无法规避的险境。终于，我疲惫地扔掉手中的笔，靠近椅子，打个呵欠，说道：

“这可不成了登天之路？”

是渐渐炎热起来的暮春，我起身脱掉薄薄的外衣，程国庆接过来，想要帮我挂起来。他的手触到我的外衣，事情就在这一瞬间发生了。

当他触摸到我的皮肤时，我闭上了眼睛。过程甚是寻常，我们与别的成千上万的恋人并无二致。当我们安静地躺下来，程国庆伸出胳膊，我很自然地将头枕在他的手臂上，慢慢睡着了。我睡得很沉，程国庆在我身边，我觉得安心，就像前去武当山的那晚，我伏在他的背上，也能香甜地睡过去。

其实这些年，我一直都在他的生活里，他一直让我感到莫名的安稳。马尔克斯的书里有一句话，“安全感、和谐和幸福，这些东西一旦相加，或许看似爱情，也几乎等于爱情，但它们终究不是爱情”。我并不赞同马先生的结论，这些元素，就是爱情的本质。

从这一天开始，程青书上学以后，我们就待在房间里，一起做三件事，画路线图、做饭、做爱。对这一切，程青书一无所知。

在我们决定结婚的时候，程国庆跟他的女友正式分手了。他们不在一起已经有些时日，我们搬家以后，程国庆很少去见她，逐渐地，好像就没有去见她的愿望了。

但是，那个女人想要讹一点钱。她不肯明说，找了种种的理由向程国庆借钱，像是家里有人重病，或者是看中了一套房子。程国庆不是一个吝啬的人，他想用钱来解决这个麻烦，他告诉了我一个数字，我没有意见。现在，他凡事都会征求我的看法。

没想到，她等不及，直接找到我们住的地方，来了这么一出。我觉得这样也好，反正钱是要给她的，而我们结婚的事，迟早也是要告诉程青书的。唯一可气的是，我们都不想让程青书知道，打发前女友，有时需要用到肮脏的钞票。

我试图让程青书明白，结婚，不是由于他的缘故，而是因为爱情本身。但这很困难。在程青书成长的过程中，我从未提过这些事。那是我的隐痛，也是我的悲哀。暗恋了程国庆这么多年，我还没有沦落到向他的儿子倾诉始末的境地。我不会卖惨。我有我的原则。

我时常用《小王子》里面的玫瑰花来做比喻，程青书一直以为，我说的玫瑰花，是他。其实不是的，我指的是我对程国庆的感情。小王子说过，“也许世界上有五千朵和你一模一样的花，但只有你，是我独一无二的玫瑰”。这是多么肉麻。我怎么可能告诉程青书？由此，他误以为，我是因着他的缘故，嫁给了他的父亲。我没办法一下子向他解释清楚。

我和程国庆按照既定的方案，出发去了西藏。程青书没能改变我们的决定，我们一致认为，程青书只是太惊讶了，假以时日，接受这件事是没有问题的。我们忽略了他的感受。

对于上路，我很期待。那将是一次意义非凡的旅程。我与我爱的男人，我们将要行进在艰苦卓绝的旅途中。程青书不知道，我是快乐的。我的快乐有双重的意义，得到只是其一，我隐隐渴望着的，其实是一种释然与放下，这些年，我太累了，我背着感情的大包袱，举步维艰。

我曾经想过与我的二哥史夏探讨我的心结，他已经是一座寺庙的住持。但是，面对史夏的时候，我开不了口。他那种彻底的解悟，让我感到自己的困惑是多么的微渺。于是，我自行读了很多宗教和神学方面的书，我尝试着从不同的角度去审视我的爱情。深邃的理论并没有让我得到救赎，反而是最为寻常的理念带给我豁然开朗的感觉。我意识到，我最需要的，就是极其平庸的两个字——得到。唯有相爱，方可治愈爱。远远看去，所爱之人，永远金光加持，直到唾手可得，甚至终日厮缠，近在咫尺的神光自然会消减、衰退，有那么一刻，突然就黯淡下去，成为宇宙中的一颗尘埃。再要努力回忆那人全身是光的样子，却怎么都想不起来了，因为，那人本来就不是发光体，那光亮，来自内心阑珊的灯火，来自自己的双眼。潜意识里，我在等待程国庆光芒变暗的时刻，那时，我将真正放下感情的负担。

在这趟两个人的旅程中，我会跟程国庆聊聊往事，聊聊爱情。这几个月，他从来没有问过我为何愿意嫁给他，或许他的理解跟程青书如出一辙。这没关系，我们有充裕的时光，我要从师大工人宿舍的那个公用厨房讲起。我不怕他笑话我，也不怕他看不起我，我卑微地爱了他这么多年，这份爱，已经是我身体的一部分。当然，我也会听他说一说夏茭白，他是从什么时候对她产生好感的呢？是在第一次见面的那个黄昏，我们一起走出夏茭白的家，站在梧桐树下，那时，是否他已经预感到，这个女孩将会与他的一生不可分割？除此以外，我们还会有很多话题，史夏，季老三，师大纷繁的人与事。

事实也确如我所料，在前往拉萨的数天车程中，我们聊了许许多多。程国庆终于知道，在他身边，有一个多年来，一直静默无望地爱着他的女子。

我的讲述是平静的，就连语速都很平稳，就像讲着不相干的别人的事。也是，这么多年了，我早就习惯了爱而不得的痛苦，那份痛，成了隐藏在体内的慢性炎症，它跟我的内循环和谐相处，彼此习以为常，不会再掀起波澜。对于程国庆而言，却不是这样，他没法视若无睹，有好几次，他都停下车来，抽一支烟，在路边镇定自己。

这段行程，我们经过了很美的景致，经过了早晨淡淡的雾气、白昼清透的阳光与月明星稀的夜晚，那些野花盛开的山谷，那些不知名的湖泊，那些遮天蔽日的树林，还有慌慌张张穿过公路的野羚羊，它们是那么美，美得就像是我们拥有的爱情——他对夏茭白的爱，我对他的爱。

我们痛不欲生地讲述着那段青春岁月，他爱上了夏茭白，又失去了她，而我，是如何缄默地倾慕着他。世事阴差阳错，我们都得不到渴望的幸福。好多次，他拼命抱住我，用力抱紧我。

“史佑，我从来不知道，我带给你这么多的伤害。”他哽咽着说。他的双眼是潮湿的，他必须一次次拭去泪水，才能重新看清前方的道路。

他告诉我，他从来不知道，我的心事是这般沉重，我说的这些话，让他的心里经历了地震与海啸。先前他对我所有的判断，原来都是自以为是的。在他看来，我不厌其烦地陪伴程青书长大，是因为夏茭白。他心安理得地以为，我是一个重情重义的女子，我与夏茭白是闺蜜，我忘不了夏茭白，我愿意替她照看遗留下的孩子。他从来没有想过，这一切，所有的一切，跟任何人无关，只是因为，我爱他。

我爱他，所以，我爱着他的孩子。我找了种种理由，让自己相信，我是为着一份薪水。事实却是不容置疑的。我陪伴着他的骨肉，也陪伴着一蹶不振的他。当他随口提出结婚，我是那样的欣喜，我不假思索地就答应下来。是的，我怎么可能拒绝他呢？我从八岁开始，就爱上了他。我是那么孤单、那么绝望地爱着他。

夜里，我们并不投宿，就住在房车里，打开天窗，让风和星光一起到车里来。他抱着我，我们彻底长谈，有时累了，就睡一小会儿。醒过来，继续说下去。我们有那么多要说的话。

我们不再做爱，即使他的身体诚实地表达了他的欲望，但他却阻止自己侵犯我。他迫不及待地想知道这些年，关于我的一切，就像是一部《罗生门》，从他的视角里看到的，与我心里真实的想法，仿佛是两个不同的故事。

车窗外，白日的景物都已经隐去，清凉的月光下，是沉寂的山影。我们反反复复地回忆着出发前往武当山的夜晚，他背着我，我们在雨中茫无头绪地往前走。还有，他提到季老三，他觉得我与季老三是那么般配，两个人都喜爱读书，他曾经以为我会嫁给季老三，我们会过上书香满室的生活。

我说起季老三向我表白的那个夏日，我穿着新买的连衣裙，要去见程国庆，半路上，却得到他即将结婚的消息。那一夜，我喝了很多酒，躺在他家楼下潮湿的草地上，望着他的窗口。那天，季老三也被我拒绝了。两个伤心欲绝的人，用身体彼此安慰。

说到这里，我情不自禁地流泪了。程国庆使劲拥住我，任由我哭泣。他说小时候，他以为我是一个没有泪腺的人。他以为，我是从来不会伤心的。

原来，我们曾经有过那么多的错觉。当我们接近中年，对人生已经有了清晰的认识，我们都学会了控制自己的情绪，对命运不做非分之想。但当我们说起从前，仿佛一抬脚，轻易就跨回到了青涩的少年时期，所有错过的时光，都回到眼前来。

却又不是那么一回事。一切都不一样了。正因如此，我们更加痛楚。

我们也会长时间地谈到夏茭白。我承认，我是喜爱夏茭白的，这个动人的小姑娘，一度是我顶礼膜拜的对象。我不能不承认，当我开始穿白衣，其实是在模仿她。至于他俩，一个鲜衣怒马的少年，爱上城堡中的公主，这是童话里经常发生的故事。

程国庆对他们之间的爱情谈得很少，更多的，是内疚。夏茭白去世以后，程国庆被汹涌的负疚所打倒，身边的人都认定是结婚生子害了夏茭白，如果单身，或是在上海嫁给别的男人，在上海完成她的第二次手术，那么，她可以借助更加先进的医疗条件，活上好几十年。好些病例都是这样。结婚消耗了她的元气，生育更是给了她致命的一击，在成都做手术是直接的元凶，累加起来，导致她最终死在了手术台上。

这些指责，程国庆没法从医学的角度找到相反的佐证，他沉陷下去，陷进了难以自拔的忏悔中。尤其是夏妈，她一直反对夏茭白嫁给程国庆，她为夏茭白介绍过好几个上海男人，其中还有心脏外科的年轻大夫。夏茭白的下嫁，令夏妈耿耿于怀。夏茭白死后，夏妈从不与程国庆联络，她甚至不需要从他那里了解外孙的任何消息。夏妈高贵而冷淡，她的沉默像一把刀，重重戳进程国庆的胸口。

程国庆抱着我，流泪不已，他后悔娶了夏茭白，如若没有他的介入，说不定夏茭白此时仍旧在上海，活色生香地度过她的后半生。早知结局，他就不该招惹她，让她好好地活着。

我震动不已，在生死面前，爱情变得微不足道，如果夏茭白可以活下来，程国庆愿意放弃娶她。或者是，这么多年萦绕不散的愧疚中，爱情早就烟消云散，程国庆记得的，不是当初的爱情有多美，而是自己的错，不可饶恕的错。

程国庆亲口向我坦白，夏茭白去世以后，他不只有 402 厂的那位女友，还有好些露水情缘。他寻找伴侣的唯一标准变成了，拥有一颗强悍的心脏。他跟她们的约会总是在有跑道的地方，他跟她们先跑上几公里，观察她们的脸色与嘴唇，以此判断她们的健康程度。他不跟病态的女人做爱。402 厂那位前女友，一口气跑上五公里，不带喘的，这就是他跟她在一起好几年的原因。

听到这里，我凄凉地笑起来，这是多么滑稽，这个男人，心里的伤痛远远超出我的想象。他娶了他爱的女人，但她随时都在死亡的阴影里，他以为手术可以拯救她，但她还是死去了。此后的岁月，他永远地留在了对于死亡的恐惧之中。我未曾料想，这个玩世不恭的男人，背负了这么多、这么重的过往。看起来桀骜不驯、连父亲的角色都不会认真去扮演的程国庆，竟然有这么柔软与忧伤的内心。

他告诉我，他是那么的疼爱程青书，他想要好好地爱护他，可是，每当看到他，他就会想到夏茭白，他失去了夏茭白，程青书失去了母亲，这些，都跟他有关，他罪大恶极。如果，他不去打扰夏茭白，不跟她结婚，就没有对母子两人的伤害——他走不出负疚的死循环，他只能离开程青书远一些，他知道，这是不对的，他又回到他的身边。在程青书成长的过程中，他就这样一次次出走，又一次次回来。他对不起夏茭白，也对不起程青书。

我们的旅途前所未有的沉重，夜里，程国庆通宵不眠，白日开车翻山越岭。他很疲惫，也很兴奋。我试图让节奏放慢下来，让旅程延长，但程国庆不能停下来，停车以后，我们就会聊到过去种种，他视而不见的我，他爱了也害了的夏茭白，他不懂得如何去疼惜的程青书。对这三个人的歉疚，像三个凶手，一路追杀，让他不得安宁。

于是，我们只好一路向前。我用车载音响播放着一些程国庆曾经喜爱的美国西部乡村音乐，他苦笑着关掉音响。他说，那些音乐让他想起夏茭白，当年他们一起上路旅行，倾听的正是这些音乐。旅途的风景他已经浑然忘却，徒然留下遗憾。

我换了一张CD，是一些我们在中学时代听过的老歌。听了一会儿，程国庆开始单曲循环，他一直听着《把悲伤留给自己》。我没有告诉他，我曾经给他写了六年信，那些没有寄出过的信里，我无数次地抄写过这首歌的歌词，理由只有一个，他喜欢。

我没有再对他说什么，我觉得很满足。从前做梦的时候，我好多次都梦见自己在他面前，清清楚楚地表达我的爱意，醒来以后，我坚信那是绝对不会实现的梦境。而眼下，就像做梦一样，我一字一字地告诉他，我爱他。这就足够了，我不是一个贪婪的女人。

我们如期抵达拉萨，住进了驴友们推荐的一间家庭旅馆。在前台登记的时候，老板娘用不太娴熟的普通话告诉我们，有一个叫做程青书的孩子打电话来，留言给我们，说他到了拉萨，让我们跟他联络。但是，他并没有留下电话号码。

我和程国庆大吃一惊，不知道程青书是怎么神出鬼没地先我们一步抵达了拉萨，我们并不知道他买了机票。程国庆的模样疲惫不堪，我劝他歇一歇，我去找程青书，他摇摇头，重新钻进驾驶室里。

拉萨市区不算太大，我们逐间旅馆询问，是否有一个叫程青书的汉族男孩子只身入住。找了大半天，一无所获。中间我们停下来吃了一点东西，甜茶与藏面，都是拉萨著名的美食。我食不甘味，程国庆显然胃口也不好，他体力严重透支，脸色坏透了。

我不允许程国庆再继续奔波，我让他回旅馆休息，我接着去找程青书。那晚，我把拉萨所有的旅馆都翻了个遍，我情知必须尽快找到程青书，一个从未独自出过远门的少年，单身停留在陌生的城市里，说不定什么时候就会遇见危险。然而，这家伙就像人间蒸发了似的，无影无踪。

凌晨三点，我在拉萨的电话局里拨通了程国庆妈妈的电话，我顾不得吵醒她，我急切地要知道程青书的下落，或许程青书出发以前，得到了他奶奶的经济援助，否则，他没有那笔购买机票的钱。

“他今天晚上在我家里留了一张纸条，说是生病了，到医院里去了，可是，我到处都找不到他，我已经打遍了市区里所有医院的急诊电话。”电话那端，程国庆妈妈急得跟热锅上的蚂蚁似的。

挂断电话，我竭力让自己冷静下来。站在滴水成冰的寒风里，我逐一捋清全部的细节，程青书不可能在抵达拉萨的同时，在家中留下纸条，那么他一定撒了谎，显然，他仍然在成都。我来不及计较他撒下的这个弥天大谎，他在纸条上的留言内容更要命。他生病了，但是人却不见了。

我心里闪过无数的念头，这孩子，也许是在去医院的路上遭遇了什么事，晕倒了？出车祸了？我不敢想下去，我向出租车司机打听返回成都最快的路线，他载我去机场咨询。可是，第二天并没有航班，再晚一天的航班也都机票售罄，最早的机票要在一周以后。

我一分钟都待不下去了，与此同时，我也知道，程庆国不能再长途开车，他需要好好休息几天。我决定让程国庆睡个好觉，翌日再与他联络。

我花大价钱找到一辆顺风车，那是一辆货车，到成都去拉回生产所需的原材料。几个小时以后，车子已经奔驰在青藏公路上，我复习了一遍草原、盐湖、戈壁、高山以及荒漠，但与来时的心情已经完全不同，我心急如焚，恨不得那辆车能够飞起来，飞过千山万水。

司机是一对夫妻，两人轮换着驾驶，他们得知我焦急家中的孩子，一路上尽量不停歇，马不停蹄地赶路。第二天下午，我们才在加油站稍微停了一下，我借到一部电话，打给拉萨的小旅馆。老板娘接听了电话，她告诉我，程国庆办理了退房手续，已经离开，也没有留下什么话。

我迟了一步。程国庆见不到我，一定急得跟什么似的，满世界寻找。他的手机和 BB 机在拉萨没有信号，我没有办法联系到他。我请小旅馆的老板娘留言，程国庆回去的话，告知他，我正在返回成都的路上。

几天几夜的路程，在我，漫长如一生。我联系不上程国庆，程国庆妈妈那里，也没有找到程青书，我不眠不休，恨不得被劈成两半，一半飞回程国庆的身边，一半去寻找程青书。

当我筋疲力尽地出现在程国庆妈妈家中，我一眼就看到了程青书。他坐在程国庆妈妈跟前，没精打采地垂着头。我冲过去，拉起他，上下打量，他的头发乱糟糟的，衣服很脏，但是，他是完好无损的。我叹息一声，来不及说什么，就晕了过去。

在医院醒来时，程青书守在我身旁。我挂着点滴，护士进进出出地来看我，我饿得太久，发生了低血糖。然而我还惦记着在拉萨的程国庆。我挣扎着起来，要去找程国庆。

“我爸回来了。”程青书按住了我，他的眼里都是泪。

“他在哪里？”我诧异，程国庆为什么不到医院来陪我？

“他有很重要的事。”程青书回避着我的目光。我想，这孩子一定是有事瞒着我。我顾不得虚弱的身子，跌跌撞撞地下床来，到走廊里借护士站的电话。

程国庆倒是立即就接听了，听见他的声音，我握着话筒，一下子就哭了出来。

“总算联系上了，我都担心死了，你为什么不来看我？”我哽咽。

“史佑，”他的嗓音听起来冷静而遥远，“你专心养着，我暂时不能去看你。”

“我不明白。”我的心陡然一沉，我们分开不过几天，他突然变得像个陌生人。

“我会解释的，”他仍然淡淡的，“无论如何，是我对不起你。”

我浑身冒着冷汗，话筒从我手里落下来。

6　程青书

师门中的大师姐从拉萨寄来一些牦牛肉干，焦老师打电话叫我去拿一些。史佑装了满满的一袋子给我，我推辞了一下。

“试试吧，西藏的牛肉是很香的。”她说。

我没有去过西藏，十五岁那年，我谎称我在拉萨，那不过是为了骗我爸和史佑。我没有去拉萨，也没有生病。我只是做了一件恶毒的事，我偷看了他们的旅行图，然后打电话到小旅馆，又给我奶奶留纸条。我算准了他们会被我牵着鼻子走。果然，听见我在拉萨，他们急坏了，史佑满世界地找我，听见我在成都生了病，她更是心急如焚，日夜兼程地返回。

那时，我是个坏孩子。我要做的只有一件事，破坏我爸跟史佑的旅行，我不要他们在一起。当史佑憔悴地出现在我面前，我心痛得要命，但我对自己说，我成功了，我做的一切，都是为了史佑。

最终，他们是真的分开了。然而，并不是因为我拙劣的计划，而是因为我爸。

回到成都以后，我爸再也没有露面。出面跟史佑解释的，是我奶奶。我奶奶出现在史佑的病房里，她拿给史佑一个信封，史佑不明所以地打开来，里面有一本存折。

"这算什么？"史佑的脸白得吓人。

我奶奶说，那是帮我爸转交的，希望史佑能出国留学，因为这是她从未有机会实现的愿望。我奶奶的目光是躲闪的。我就在一旁倾听着，她们没有回避我，在她们眼里，我是一个一无所知的孩子。

"你知道的，国庆这孩子，就是这样。"我奶奶略略低下头。

"我有权利知道全部。"史佑盯着我奶奶。

我奶奶转过头去，低声说了一些话，起初我没太听懂，不过，我终于还是明白过来。我奶奶告诉史佑的是，我爸在拉萨的小旅馆里，就在史佑飞奔而出、大街小巷找我时，我爸邂逅了同样住在小旅馆里的一个——女人。

我奶奶语焉不详，但史佑立即明白了，她连眼神都僵滞了。

"我不相信。"半晌，史佑说。

"我也、不愿意相信。"我奶奶的脸色很坏，我奶奶一向是个大方镇定的女人，这一次，她有些失态。

"我要见他，我要当面与他说清楚。"史佑坚持。

“他们，”我奶奶迟疑地说，“今早的航班，去新疆了。”

史佑怔住，突然之间，她笑了起来，她一边笑，一边痛哭出声。

“我知道了，这就是他的风格，他一向是用钱来打发女人。”她泣不成声。

“史佑，不要给他太大的压力，那个女孩，我也见了，长得很像茭白，而且，你也知道的，青书反对得这样厉害，既然如此，你就放过国庆吧。”我奶奶这根本不是安慰，简直是雪上加霜。我默然伫立在一旁，一言不发。

“请您告诉他，我们原本约定 7 月 27 日，在他生日那天，去领结婚证，我会在民政局等他的。”最后，史佑这样对我奶奶说。

7 月 27 日，距此还剩下五天。我不知道史佑是怎么度过这五天的，她出了院，回到她在师大的家里。当她的父母听见她要出嫁的消息，欣喜之下，从租客手里收回了那套老屋，交给她，作为她的嫁妆。史佑就住在那里。她拒绝了我的陪伴，冷着脸撵我走。我没有强求。但是，7 月 27 日那天，我悄悄去了民政局。

史佑果然在那里。她从清早就等在民政局门口，一直到傍晚，民政局下班了，她还在那里。由始至终，我爸都没有出现。他是个逃婚的男人。他伤透了史佑。

天黑了，史佑沿着马路茫然往前走，我无声无息地尾随着她。当她经过府南河的时候，我担心她会投河。当她穿过斑马线的时候，我担心她会撞车。我不放心她一个人待着。

当晚，史佑突然来找我，她回到我们在川大的那套房子，她说，她不放心我。她的脸色难看得要死，不放心的人，其实应当是我。

她在床上躺了好几天，然后，她挣扎着起来，说是把房子粉刷一遍，因为我考上了川大附中的高中部，我还会在这里住三年。

我们一起做着粉刷工。有一晚，在白日极度的劳作中，我的欲望却格外茁壮。我留在史佑的房间里，她平躺着，微微起伏的身体是那么美。天气很热，我脱光了衣服，找出一张她的照片，拿在手里，就在她的床边，在地板上，我与自己的身体热烈地相爱。史佑的呼吸声，以及她的照片，都让我兴奋得无与伦比。

我是多么爱她。

当时，我以为我和史佑永远都不会分开，我爸离开了史佑，这不要紧，就让她再等一等，很快，我就长大了。长大以后，我就娶她。我会穷尽一生之力，永远爱惜她。

我没有想到，两周以后，史佑就离开了我，去了美国，并且一去就是十三年。

2020年

1　史佑

2020 年 1 月 25 日，我发烧了。

这是农历的大年初一。一个礼拜以前，我刚陪同焦君泓去武汉大学开过一次会。在那间宽阔的礼堂里，他发表了一次慷慨激昂的演讲，结束以后，他的后背全都湿透了，肢体抖动得厉害。离开人群以后，他根本不是什么睿智杰出的大专家，他就是一个病人罢了。

这大半年来，我已经习惯跟随着他走来走去，他的学术活动很多，这还是经过了大量的精简和筛选。每到一处，他都牵着我的手，我们看起来无比恩爱，事实上，在我们十指紧扣的两只手中，用力的总是我的那只手，我得紧紧地拽着他，否则他根本找不着北。

武汉、发烧，这两个关键词让师大校医院如临大敌，他们里三层外三层地将我裹起来，准备用救护车把我转送去定点医院。我烧得迷迷瞪瞪的，口渴得要命，但是，没人让我喝水，他们给我输液，他们告诉我，液体进入身体，效果是一样的。显然，这是谎言，他们谁都不敢冒着风险与我直接接触。我的嘴唇都快要裂开了。

“我来给她喂水。”一个声音在人群后面响起。

是程青书。他戴着口罩、护目镜与手套，不厌其烦地解除我的装备，用吸管给我喂了一杯温开水。喝完水，我再次昏昏沉沉地睡了过去。

醒来时，我已经躺在病房中，一间单独的病房。程青书在我身旁，戴着口罩，盯着我的点滴袋。他轻声告诉我，检查结果不是新冠肺炎，是普通的流感，稳妥起见，仍然需要隔离治疗。我吃力地抬起手，做个手势，叫他走。我明白这有多危险。

“史佑，我陪着你，”他迟疑了一下，说，“就像你曾经无数次陪伴着我一样。”

“你走吧，我们不是演文艺片。”我转过头去，我不需要他为我冒风险。

他没有坚持，替我掖了掖被角，站起身来，朝外走去。我回过头来，看着他的背影。是，没有人视生死为儿戏，纵然他是我亲生的孩子，也未必能够做得到。

到了下午，我的温度陡然升高，我迷迷糊糊地睡了很久很久，做了一大堆乱七八糟的梦。在梦里，我回到洪雅的乡村，在山崖边放牛。牛啃着青草，一股清凉的气息扑面而来，像有甘洌的泉水汩汩流进我的心间。

我睁开眼睛，果然有水，程青书用棉签蘸着水，在我干涸的嘴唇上擦拭着。他戴着口罩，看不清他的表情。我扭开头，我说：

“程青书，你怎么还不走？”

“医院允许家属陪护，”他很快地说，“护士们忙不过来，你又不是新冠肺炎，不能占据更多的医疗资源跟人手。”他开了个玩笑，而我只觉得刺耳，不知怎么的，我脑子一热，轻轻说道：

“原本，这是你爸爸可以为我做的。”回国以后，这是我第一次提到程国庆。原本，我是准备要将这个名字永远封闭起来，没想到，我终究还是没能忍住。

“史佑，老师很惦记你。”程青书避开我的眼神，淡淡地说。

他是指焦君泓，那是我的合法丈夫。是的，不需要他提醒，我明白，程国庆已经在十三年前的那个拉萨之夜，彻底背叛了我。他是一个不值得被我惦记的男人。

不过，直到此时，我才想起焦君泓。当我烧得昏昏沉沉的时候，当我乱梦三千的时候，他是从来没有出现过的，我几乎忘掉自己已经嫁给了他这回事。

“他在哪里？”我淡淡地问。

“老师要来看你，我担心医院里交叉感染，我让他留在家里。”程青书说。

我不置一词，统共不到一年的婚姻，我对焦君泓是不抱希望的。这种时刻，除了远远地躲起来，他还能怎样？我想到程国庆，此时，在他身旁的是谁，依旧是那个他为之抛下我的女子吗？奇怪的是，我从来没有恨过他，即使他无情地扔下了我。他留在我心里的，是从童年到少年时的那种纯净的爱，这么多年过去了，他仍然闪烁着光彩，那是因为，我还来不及发掘他的缺点，他就变了心。

如果给我几十年的时光，程国庆在我眼里，或许会变得一文不值，我会看到他的庸俗、无能与软弱，再好的容颜也抵不过岁月的杀猪刀，终有一日，我会厌倦他。那些让我迷恋的细节，像是吸烟的姿势，随即而来的却是熏黄的牙齿与手指，以及受伤的肺部，这些，都会成为我们争吵的理由。放下一个男人最好的法子，便是得到他。从来都是如此。

可是，我没能见证他的衰老，我始终爱着最好时候的他。这是多么痛苦的事。程青书是不会明白的。差一点点，我便能放下感情这只大包袱，我沉甸甸地背负了这么多年，差一点点，我就能得到程国庆，然后，不再爱他。这与程青书是有关系的，假如不是他的破坏，也许程国庆不会有机会在小旅馆中邂逅那个酷肖夏茭白的女子。在这一点上，我是有些怪程青书的。

流感导致的发烧与身体的疼痛终于退去，咳嗽与流鼻涕的症状也慢慢减轻。那些天，程青书坚持留在医院里，一步都不肯离开，亲手服侍我，一天好几遍地用温热的毛巾为我擦拭额头。

有好几次，我几近崩溃，按铃叫护士，让她赶走程青书，我实在担心他被我传染。管床护士是一个厉害的女孩子，一副见怪不怪的表情，斥责程青书：

“你是怎么回事？连自己的妈妈都哄不好！生着病，心情是要坏一些，你得多安慰她！”这护士是个伶俐的女孩，身材纤细，目光炯炯，脾气却大得很，常常呵斥程青书。

程青书一迭连声地答应着，我气结，简直无计可施。但是，好歹，我退烧了。程青书的脸消瘦了不少，眼睛深深地凹陷了进去。他熬夜熬得很辛苦，半夜每隔一小时替我测量一遍体温，就连这凶巴巴的护士都夸赞他细心，又反过来劝慰我。

“阿姨，儿子能做到这份儿上，不容易，您有福气了。”

我哭笑不得。

住上好几天，我与护士熟悉起来，她替我输液时，也会闲聊几句。从胸牌上，我看到她有一个香气四溢的名字，叫做茉莉。茉莉到病房来得很勤，有一晚下班以后还来了一趟，说是替换一下程青书，帮忙照看我的点滴，让他休息一会儿。我的心里动了动，这方面女性无疑是敏感的，我知道这女孩子是对程青书产生了好感。

程青书也确实是熬坏了，老实不客气地趴在我的床尾睡了过去。茉莉坐在我身旁，看着点滴，有一搭没一搭地跟我聊天，话题不知不觉就转到程青书身上。我想了一想，有意无意地告诉她，程青书还没有女朋友，这女孩子听了，眼睛亮了亮，我一问，果然，她也还单着。

程青书醒来以后，我的液也输完了，我打发他请人家姑娘去医院食堂吃顿便饭，以示感谢。程青书先是不肯，我假装疲倦，想要一个人歇着。程青书无奈地跟着去了。然而，不出十分钟，他便独自返回，显然不过是敷衍了一下。

茉莉倒是不气馁，上班的时候不时来看一看，下班时索性在病房里待上一阵子，有时还带来自己烘焙的点心。程青书面上淡淡的，她也不介意，陪着我聊聊天，眼角的余光尽在程青书的身上。

程青书纵然为人孤傲，修养还是极好的，茉莉走得勤一些，他表面上还是很客气，但谁都看得出来，他对茉莉没什么兴趣。这茉莉倒也是个不简单的女孩子，不会轻易服输，照样来看我，照样找他聊天，他好整以暇地听着。

遇到帮我擦洗身子或是喂药喂水什么的，茉莉就显出了她的强势，不由分说地指挥程青书做助手，很有主张的样子，把程青书差遣得团团转。

我这场病来势汹汹，虽然是常见的流感，但多年漂泊积累下来的疲惫，导致免疫力下降，迟迟不能痊愈。茉莉照顾得格外细致，焦君泓又是三天两头开一些滋补的方子，程青书送来，茉莉就都接了去，在自己家里熬成药煲，一天七八遍地让我喝着，这样仔细将息了一阵子，我竟逐渐复原了。

出院那天，茉莉专门调休了，跑上跑下地替我办出院手续、取口服药，累得一脸汗。我在医院住了这么久，程青书陆陆续续搬来了好些自家物品，杂物堆积众多，茉莉又帮着送去停车场，索性随车送我回家。到了家门口，一通忙活，跟程青书一起把那些东西搬进去。程青书再是铁打的，也心软了，遵照我的嘱咐，开车送茉莉回去。

我仍然被列为可疑人员，出院以后，按照要求，居家隔离。毕竟我去过武汉，又发了这么久的高烧，这就够让人紧张了。

同时被隔离的，还有焦君泓。当然，由于程青书在医院照顾过我，他也必须要隔离起来。在他选择隔离地点的时候，稍微犹豫了一下。

“学生宿舍不方便，你又没有单独的住房，只能去奶奶家里，”焦君泓与程青书商量，“或者你就留在这里，我们一起隔离，我顺便跟你讨论一些学术问题。”

“你可以去你父亲家里。”我插嘴道。这是我回来以后，第二次提到程国庆。这个男人让我的心里轻微地抽痛了一下。回国以前，我曾经发誓不再提起此人，但是，在我生病的时候，在我无比软弱时，这个影子打败了我的坚持。

程青书深深地看了我一眼。

“我想留在这里。”他说。

焦君泓欣慰地点点头，背着手，朝着书房里走去。他喜爱这个学生，毫无疑问，他把程青书当成自己的孩子来督促，搁在眼皮底下，教他用功、写论文，真是再好没有了。

“史佑，你把客房收拾出来，给青书住着。”焦君泓临走交代了一句。

“知道了，”我说，“跟我来吧。”我招呼程青书。

我们到客房里去，我把房间中的用具指给他，开动扫地机器人，打扫一下地面。程青书默默地给我做帮手，他没有顺着我刚才的话，提到程国庆，在我走后，发生了一些什么事，我全都不知道。程国庆与在拉萨邂逅的女人是拉拢天窗进了洞房，还是做了露水情人？我是没有兴趣的。但是，想不想听是一回事，说不说又是另外一回事。我有些生气，难道程青书以为，我连基本的知情权都没有？

“家里有一些一次性的盥洗用具，”我对他说，“要是你有固定的牌子在用，不妨去你父亲家中取来，以免不方便。”我再次提到程国庆。

“我——并没有固定的牌子，”程青书愣了愣，木木地说着，他补充了一句，“其实，也没有父亲的家。”

“是吗？你的继母是《白雪公主》里的那一款？她不容许你的存在，将你扫地出门？”我牵牵嘴角，我想，我的表情必然极其讽刺，因为，程青书的脸色逐渐变了。

“看来，恶人自有恶人磨。”我补了一刀，程青书的面色更难看了。公允地说，他不应当承受这份羞辱，这与他无关。有一个翻云覆雨的爹，不是他的错。

“我爸他，并没有再婚。”好一会儿，他艰难地说着。

“这倒是稀奇，”我一口气说下去，“像他那样的男人，怎么可能单着呢？即使你妈去世以后，无论多么痛苦，他不是也没打算殉情？还是照样特别无耻地过着寻欢作乐的生活。”我说得很过瘾，内心却暗自纳罕，我这一生病，对于程国庆的怨恨都跑了出来，就像是个怨妇。天知道，在国外的这些年，其实我极少想到他。我挂念的，只有程青书，毕竟他还是一个孩子，一直跟随着我，中途丢下他，我是不舍的。

程青书额角的青筋暴露出来，仿佛是在竭力忍耐着什么。他突然一把抓住我的手腕，我吃了一惊，想要挣脱开来。但是，他没有丝毫松开的意思。

“怎么了，到底是你的父亲，所谓上阵父子兵，是这个意思吧？”我索性放纵自己，极尽冷嘲热讽。

“史佑，我们戴上防护用具，出去一趟。”他的呼吸声很重。

我抬抬眉头，去就去，谁怕谁，我不相信光天化日之下，他会因为我对他爹恶言相加，而把我给活埋了。

我们全副武装地出了门，坐着程青书的那辆黑色车子。为了避免跟外界有任何的接触，他把车窗给摇了起来。

程青书一直将车子驶出城外，我在后座，什么都没有问，我猜他会带我去见程国庆。我的心很乱，我没有做好准备——自然，我并不知道需要怎样的准备。这个逃婚的男人，他过得好与不好，都跟我没有关系了。我只是一遍遍在脑子里彩排重逢的场景，我告诫自己，一定要做到若无其事。过去的这十三年，我一直在给自己做心理建设，我告诉自己，我看见的，从来都是我幻想中的程国庆，我并不了解这个男人，他不是程青书，程青书是我一手带大的。可笑的是，在思念中，我常常会把他们父子给混淆起来，他们就像是一个人。我没有得到程国庆的心，但是我得到了程青书的，这是不是意味着我并不是那么失败？这是个荒谬的问题，可是我乐此不疲地以此来安慰自己。

车窗外的房屋渐渐荒疏，我们来到了郊外，经过盘旋的山路，到达一处公墓。我知道这里，这是夏茭白终身栖息的地方。见鬼了，程青书带我来这里做什么，他还真以为我是夏茭白的至交，从遥远的异国回来，盼望去她的墓碑前拜祭？

这不是祭扫的季节，公墓空荡荡的，没什么人，几条野狗在墓碑间跑来跑去，发出凶狠的叫声。程青书从山脚下的摊贩手里买了一些黄色的雏菊，那单薄的花朵，在阴冷的风里显得格外寂寞。

程青书一直走到夏茭白的墓碑跟前，停住脚步。我看到刻在碑前的黑白照片，夏茭白停留在永远的二十五岁。程青书在她的墓碑前放下了一半的菊花。无论如何，亡者为大，我朝着年轻的夏茭白深深地鞠了一躬。但是，程青书还在往前走，走到旁边那个墓碑前，放下手里的另外一半菊花。

我看着他，没有反应过来。

“史佑，我爸在这里。”程青书低低地说。

我还是不明白，我机械地走过去。然后，我看到了程国庆，他微笑着，在墓碑上安静地注视着我。突然间，我浑身簌簌发抖。怎么会是这样？程国庆，他怎么会在这里？我站立不稳，本能地蹲下身去，茫无头绪地抚摸着那尊积灰的墓碑，上面除了程国庆的照片，只有简单的生卒年月，1970年—2007年。为什么是2007年？那正是我离开的那一年，是他给予了狂喜，又将我推向冰窖的那一年。我的脑子里轰的一声，转过头去，程青书了然地点点头。

“是，就在你走后的第三个月。”他双目湿润。

他想搀扶我，我拒绝了。我慢慢地触摸着墓碑上的程国庆，这个我爱了这么多年，也恨了这么多年的男人，关于他的现状，我想过一万种可能性，唯独没有想到，他已经不在人间。

我用手拂过石碑，蓦然间，我发觉底下还有一行小小的字，我低下头去，定睛一看，顿时魂飞魄散，那上面写的是：

史佑，好好活下去。

他知道我迟早会来到这里，他知道我会来看他。他什么都知道。我心中一阵急痛，不禁泪雨滂沱。

我们回到了山脚下，坐在程青书的车子里，他慢慢地告诉了我一切。

原来，十三年前，在我和程国庆初到拉萨的那个晚上，当我为了程青书，不顾一切赶回成都时，留在小旅馆里的程国庆发生了严重的高原反应。小旅馆的老板娘将他送到军区总医院检查。

在那里，他做了一个胸部CT，竟然发现了明显的异常，医生当即就判断那不是什么好兆头。为了避免我担心，他让小旅馆的老板娘撒了谎，谎称他已经离开了那里。

随后的检查证明，他罹患了晚期肺癌，肿瘤已经压迫到心脏，他的生命进入倒计时，也许是数天，也许是数月。没有任何一种现行医疗手段可以救到他，他面前就是死路一条，到了后期，甚至连止痛药都在他身上失了效。

“所以，后来，我选择了药学。”程青书缓慢地说着，这是一个不完整的句子，但我完全听得懂。

程国庆冷静地安排了自己的后事，其中最重要的一项，就是请求所有的人瞒着我。他情愿在我眼里做一个辜负了我的男人。他情愿我误会他、恨他、鄙视他，也不愿意连累我，让我在思念与哀伤中过一辈子。

“他已经来不及给你留下幸福的记忆，因此，他宁愿选择让你离开。”程青书凄凉地说着。

为了隐瞒这件事，程国庆在有生之年第一次哀求他妈妈，不要在师大公开这个消息，就让大家都以为他去了别的城市生活，否则，他过世的事情会很快传到我的耳朵里。他能为我做的，就是让我无牵无挂地离开他。

安葬事宜也由程国庆做主，他选择了与夏茭白葬在同一座公墓，但没有跟夏茭白同穴。他在旁边陪伴着她，可是，一切都已经不同了。

“我爸曾经爱过我妈妈，”程青书静静说着，“但是，在他生命的最后时刻，他爱的人，是你，史佑。”

在程青书的车上，我哭得不能自已。这么多年过去了，程国庆是我毕生难以弥合的伤疤，当我把所有的错过都归咎于命运，当我试图用唯物主义之外的事物来解释我的人生，当我饱读诗书，阅尽千山，自以为能够看破世事，我没有想到，真相竟然如此简单，又如此悲伤。

“史佑，我爸交代过，当你获得幸福以后，如果你还记得他，可以带你来这里，看看他，他在墓碑上给你留了言。”末了，程青书说道。

这三言两语，就说尽了程国庆的一生。多么凄凉。

程青书带我来这里，是因为程国庆的交代。我的眼泪跌落下来。那么，我得到幸福了吗？我嫁给焦君泓，这表明我是个幸福的女人了？

“一开始，我并不准备带你来，我不想让你在知道了实情以后有任何的心理负担，”程青书缓缓说着，“可是，我发现，仇恨在你心里，你不会拥有真正的快乐。”

眼泪大滴大滴地跌落下来，他说得没错，他和程国庆是我心里的两根刺。我爱他，我憎恨程国庆，但其实是，他们时时刻刻停留在我的生活里，爱与恨交织。

“那时候，如果我知道，你们能够在一起的时光是那么的短暂，我绝对不会去努力拆散，我不会去计较我爸能不能配得上你，只要你快乐，怎样都是可以的。”程青书双目发红，他喃喃地说着。当程国庆重病之下为我周全地考虑，当我毅然决然抛下了程青书，飞去美国时，他已经明白，我绝不是因为他爱屋及乌，嫁给程国庆，不是他想象中的牺牲，而是因为爱情本身。那一刻，他知道，他做了全世界最残忍的事。

“我甚至想过，如果不是我的恶作剧，如果你没有急着从拉萨往回赶，你会全程陪在他身边，所有的秘密，就不再是秘密，你会陪他走过最后的日子……”程青书说不下去了。

“程青书，现在说这些已经没有意义，不过，你实在是不应该带我来这里，”我流着泪，“你爸交代的前提是，在我得到幸福以后，可是——并没有。”

“史佑，老师很爱你，”程青书扳过我的肩膀，让我面对着他，急切地、一连串地说着，“我从未见过他如此肯在一个人身上花费时间，从前，他是工作狂，整天整天耗在实验室里，但现在，他尽力准时下班，他跟我们说，你们的师母在家里等着我……”

“知道我怎么会遇见你的老师的吗？”我打断了他。

他看着我。

“因为，他是你的老师。”我一字一字地说。

这些年，我一直有意无意地打听着他们父子的讯息，关于程国庆，就像失踪人口一般，杳无音信，但程青书不一样，我知道他读了哪所大学，什么专业，知道他考取了研究生，又接着读了博士。他选择了理性的药学，我很费解。但我没想到这背后的因由。

程青书师从著名学者焦君泓，攻读博士学位，我是在他们所在学院的网站上看到录取名单。那上面还有一则新闻，配了一张照片，是焦君泓在做报告，程青书就坐在第一排。座无虚席的听众席上，我一眼就认出了他，他已经成年，面部的轮廓与他的父亲一模一样。我把那张像素不高的照片尽力放大，反反复复地看着这个分别了十几年的男孩子。

因为是程青书的老师，我关注了焦君泓的微博，在那以前，我也关注过程青书别的老师的微博，从里面找寻他的蛛丝马迹，想象着他的生活。

一次出门散心前，我想到了焦君泓发布在微博上的行程，鬼使神差地，我选择了同一条路线。而后，在冰川列车上，毫无悬念地，我坐在了他的身旁。

我们聊了很多的话题，凑巧的是，我们都出生在洪雅的乡村。我们很自然地说到他的那些学生，他提到了程青书，不止一次，他对这个学生赞不绝口。

正是这些交流，让我对这个小老头好感倍增。当他试着向我提出求婚的时候，我没有拒绝，我想到的是，这将是一桩不那么坏的婚姻，已为人妇的我，可以有立场有底气回到成都，去面对一个在青春期曾经对我迷乱过的男孩子。我没有去考虑，像我这样心如死灰的女子，其实是不适宜去跟一个认真的男人在一起的。

我不爱焦君泓，至于他，或许他是在意我的，但是，在他的人生中，我被排列在其他事情后面，实验室、讲座、课堂、学生，这些，都在我的前面。这样的情感，又怎能视作是爱情呢?

“程青书我一直都惦记着你，结婚以后，我终于可以回来，从容地面对你，其他的人和事，都是无所谓的，”我苦笑着坦白地说，“你成长得这样好，除了为人骄傲一点，除了还没有遇见自己的爱人，什么都不缺，我再没有什么不放心的了。”我说得颠三倒四，我想笑，一笑，眼泪再次落下来。

“谢谢你，史佑，无论在多么艰难的日子，无论多么想要从此一蹶不振，我都会想到你，我不能让你失望，所以，我一再地爬起来，重新上路。”他望着我，他的眼眶亦是潮湿的。

我哭了。

他突然伸出双臂，轻轻拥抱住我。一种熟悉而温暖的体味扑面而来，是从他很小我就已经习惯了的气息，类似于某种青涩的植物，早已牢牢地停留在我的记忆里，具有如此清晰的辨识度，于千人万人之中，是可以立即相认的，并且永不出错。

我下意识地紧紧抱住了他，我感到了自己的残忍。十三年以前，这个出生不久就失去了母亲的孩子，接二连三地遭遇重创，先是目睹生物老师的惨案，接着，面临即将失去父亲的凄惶。他不仅要帮助他的父亲竭尽全力瞒住我，还要忍受着对我的爱——他会爱上我，再自然不过，他遇到了那么多匪夷所思的事，他需要力量，而我，就是他唯一的支撑。

这一切，我根本就没有详加考虑，我所在意的，不过是他的发育，我惧怕这会演变成一个男版的《洛丽塔》。我只顾虑到自己的感受，我要忘记他的父亲，更要逃避他对我的感情，我选择一走了之，把这个孩子留在了恒久的孤单中。看一看，我都做了些什么！

程青书流着泪，犹如多年前，他在受到惊吓时，总是本能地躲进我的怀抱中。不同的是，他不会再像年少时轻微战栗，他宽阔的胸膛仿佛很坚实，泪水像溪流一般淌过，不会掀起巨浪。

“史佑，”他轻声说，“我必须告诉你，我爸临终前呼唤你的名字，说他爱你。”

2 程青书

今天是初十。

我和史佑在公墓待了很久，我们说着过去的事，哭泣着，也沉默着。我知道，对于史佑而言，这是一个颠覆性的真相。

这些年，我时常感到愧疚。我爱史佑，我想要她得到快乐，然而，当幸福唾手可得，我却亲手毁损了它。少年的我，并不在意我爸对史佑的感情。在他们出发去拉萨以前，我爸跟我做了一次长谈，他把我当成一个成年人，坦然地与我交谈。

不过，那是一次糟糕透顶的交流。我爸告诉我，他爱史佑，这一点，连史佑都不知道。但是，我压根儿听不进任何的话，在我看来，我爸就是一个乘人之危的小人。在那个年纪，身为男孩子，我胸中的英雄情结准时发作，我需要拯救一些什么，辽阔的全世界，或是微渺的个体，都在我的视野之中。具体而言，我要出手搭救的，就是史佑。

我爸口中的爱，在我看来，一文不值。他爱不爱史佑，我不关注，我的价值判断里，史佑是无论如何不会爱上我爸这种不喜欢读书、满世界晃悠的无厘头男人。我对我爸的评价低到了尘埃里，我觉得我爸就是这样一种男人，他以丧妻为名，多年来让自己沉溺在理所当然的伤痛中，他纵容自己，迁就自己，貌似过着随心所欲的生活，其实是极端的懦弱自私与不负责任。

就像一个行将溺水的人，我爸抓住了史佑。面对史佑的垂青，就连他自己都深为纳罕，他坦承，当史佑答应嫁给他，连他都不可置信，他配不上她，除了武侠小说，他们简直从来就没有过共同的爱好。史佑读了那么多的外文书，他是连一个字都不认识的。在史佑跟前，他是自卑的——那些年，尽管史佑近在咫尺，我爸却拼命地躲着她，他从来不敢对她有非分之想。

我怎么能眼睁睁地看着史佑跟着我爸一起沉陷泥淖呢？史佑爱我，可是她没有义务连我爸一起接管下来。她应当有自己的人生。

在我的婴儿时代，我至亲的家人们纷纷以爱的名义疏远我，因为我的存在，他们想念或是嗔怪我的母亲，于是他们不约而同地逃避着我，甚至是遗弃着我。除了钱，他们吝于在我身上耗费时光。唯有史佑，无条件地接纳了我。毫无疑问，她是我最爱的人，不是那种肉欲的、腥气的感情，不是一个男孩子对一个女人的爱，也不是一个儿子对母亲的爱，而是一个人，对于另一个人，最重的依赖与最深的景仰。在这个世界上，史佑代表着一切的美好与善良，她是人类呈现在我眼前最动人的一面。

后来，我读到过一段话：生孩子是为了参与一个生命的成长，是为了付出与欣赏，不要求孩子完美，也不用给我争脸，更不用帮我养老。只要这个生命能健康地存在，来到美丽的世界上走一遭，让我有机会与他同行一段，足矣。

那段话让我想到史佑，她便是如此，陪了我一段，没有功利心，不问过去，不求未来，就是这样单纯干净地陪伴着我。

我爱史佑，我要拯救她。一位德国诗人说过，“我爱你，与你无关，它只属于我的心”。

我要对得住我的心。

十五岁的我，以为自己做了一件正确的事。不是因为嫉妒或是占有，我没有想得那么多，我只是觉得唯有一个博闻强记、令人过目不忘的男人才能配得上她。我是多么的幼稚。

3　史佑

爱情是在什么时候开始的呢？不是幼年时，也不是少女时代，而是在我的二十岁的时候。

程国庆告诉程青书，是在夏茭白火化的那一天，我们从殡仪馆回到师大，我提出去看一眼孩子，那是我第一次去他和夏茭白生前居住的筒子楼。在我抱起程青书的那一刻，我那惊喜爱怜的目光，令他灰烬一般的心里忽然轻轻牵动了一下。我温柔注视着程青书的侧影，就此留在了他的心里。

时至今日，我依然记得那个时刻。我从婴儿床里，抱起柔软的小婴孩，他的手指头塞在嘴巴里咂吧着，毛茸茸的小脑瓜蹭着我的脸，又黑又亮的双瞳直直地看向我，眼神毫无芥蒂。

我未曾察觉，就在那个时刻，程国庆爱上了我。然而，因着我的好学，他深感自卑，自觉配不上我。他所做的，便是将这份感情隐藏起来，逃避着我。而我呢，我是多么矜持，又是多么愚钝，我扮演着一个默然守护他的圣母，竟然没有想过主动让他明了我的心意。十八岁的那次冲击，将我伤得很深，一朝被蛇咬，十年怕井绳，我连追求他的勇气都丧失了——如若我可以早一点透露爱的信息，让他明白我的心意，也许结局会不一样。是性格导致了我的命运，让我一直在追寻之中，却也一直在失去之中。

此时知晓，徒增怅惘。人生的盛宴已然散去，众人已走远，而程国庆就在那些离开的人群之中，头也不回地决绝而去。暮色深浓，他的背影渐渐消失在远处的雾气中。我明白，这一生，我们再也不会相逢。

我和程青书聊了很多，我们有大把的时间来追溯往事。这是2020年的冬天，我们有一个超长版的假期。我煮一壶茶，与程青书待在客厅里，有时长谈，有时什么都不说，我看书，他用手提电脑查阅资料。那种静谧，仿佛回到了十三年以前，我与那个颀长的少年挑灯夜读。

焦君泓更忙了，他整天都待在自己的房间里，让我把饭菜放在他的房门口。他恨不得把自己关闭在一个绝对洁净的空间里。他加大了保健药的服用剂量，生怕自己染病，仿佛担负着全天下的职责，没有了他，第二天早上便不会有太阳冉冉升起。

身为一个科学家，对于自己的使命担当，焦君泓丝毫不懈怠。他宅在屋子里，绝不虚度年华。他有一套小型的实验设备，就在他的书房中。他制定了步骤，让程青书在书房里完成实验。

焦君泓对中药也有些心得，他在微信里与学生们探讨药理。程青书研究的方向正好是中药，他得到焦君泓的指示，火速查找各种辅助资料。一周以后，焦君泓向社会公布了一个中药茶饮方，是用青蒿、白茅根、玄参、麦冬、桔梗、银花、梅花、青果、甘草一起煎茶服用。有记者视频连线采访他，他在手机视频里，讲了一些湿热瘟毒之邪，卫、气、营、血等中医原理。在视频中，他看起来神采奕奕。

说实话，虽然住在同一栋房屋里，要见到我的丈夫，也只能是在新闻视频里。我觉得滑稽。

在公众眼里，焦君泓是个在药理学研究方面有所建树的专家。没人知道他把自己关在房中，大门不出二门不迈，生怕被狡猾的新冠病毒给盯上。人无完人，焦君泓的过度焦虑我倒是不在意。这个时候，即使是仙女下凡，也休想让焦君泓踏出房门半步，遑论是我这般肉体凡胎。

我对这段婚姻不抱希冀，没有诉求，便没有失望。焦君泓待我如何，我也越来越不在乎。我抱着与他过一天是一天的心态，随便在何时终结，都是可以的。

我充分尊重他的安排，戴着一次性手套，把一日三餐放在他的门外，同时收走他用过的餐具。他会在我退出一米之外的距离时，戴着口罩、护目镜，穿着防护服出来，战战兢兢地取走碗盘。

我注意到他的手抖得一塌糊涂，他的大夫说过，情绪紧张会加重帕金森氏症的症状。我突然有些可怜这个小老头。他在专业领域威风赫赫，除此以外，他不过是个怕死怕得要命的小人物，即使是为了延续职业生涯，这又何尝不是另一种卑微?

按照焦君泓的要求，我每日给屋里消毒。84 消毒液、75 度酒精，N95 口罩、一次性医用外科口罩，这些之前我从未关注过的用具纷至沓来。

除此以外，我窝在厨房里，洗煎切炒。抽油烟机、油锅爆响，各种声响混在一起，我研究营养配方，网购食材，为焦君泓和程青书准备一日三餐。他俩的口味大相径庭，我需要从中尽力调适。

程青书会抽空到厨房里帮我，在烟气缭绕的厨房里，他问我讨要一杯葡萄酒。我们坐下来喝酒。看得出来，他很享受我那种稀有的白葡萄酒。他告诉我，这些年，他一直喝葡萄酒，也推荐给他身边的女同学们。

“我在模仿你，史佑，我模仿你喝葡萄酒的样子，先是轻轻的一小口，然后是，很大的一口，”程青书的表达变得更加顺畅和直接，羞赧与顾忌不翼而飞，“在街上，看到穿素色衣衫的女子，我会格外留意多看几眼。”

“你母亲也曾经白衣胜雪。”我脱口而出。

“是，”程青书再喝了一口葡萄酒，他突然抬头看着我，“史佑，你是否还记得，我的那个——生物老师？”

我怔住了。这实在是一件惨伤的事。

“她第一次给我们上课的时候，穿着一件白色衣服，”程青书自顾自地说下去，“看起来有一点点你的气质。”我记得，那时程青书告诉过我，他觉得生物老师有些酷似我。但是，当我见到她的时候，我意识到，她并不像我，她很像夏茭白，她有那种清淡纤细的美。程青书几乎没有见过自己的母亲，他不知道，吸引他的，是血液中的天然基因。

“她像你的母亲。”我如实相告。

“史佑，她有一个女儿，她走的时候，那孩子才不到一岁。”程青书镇定地说。我看着他，我已经看不出来这件事对他的影响，他不再是我记忆中那个手足无措的小男生。他学会了控制，抑或是掩饰自己的情绪。

“我找到了她，孩子很不幸，祖辈都已经去世，她初中毕业就辍学了，在小镇的美发店里打工，”程青书说，“我用了我的一部分奖学金资助她，让她回到校园里，今年，她已经高三了。”

我很震动。

“她长得不太像她母亲，似乎也不太像她的父亲，”程青书若有所思，“不知道这是遗憾，还是幸运。”

我意识到，在我离开以后，这个小小的少年，承受住了父母双亡的事实，也承受住了一段灰黑的初恋，最后，他甚至连我都失去了。他失去了这么多，但他并没有自暴自弃，他像一棵树一样茁壮。我只觉悲喜交集。原来，我们是在世界的两端，无比坚强地度过了最为悲伤的岁月。

4 程青书

今天是立春。

史佑准备了十几样馅料，像是香菇肉糜、青笋丝胡萝卜丝木耳丝这些。她一向是个能干的女人。焦老师仍然在房间里吃饭，史佑给他准备了一杯牛奶，我们打开手机视频，三个人碰了一杯。

这主意是史佑想出来的，好像没有什么事能够难倒史佑。她是那么茁壮。

我爸在病床上的那一阵子，是我们父子相处最多的时光。他跟我讲到史佑，史佑从小就是一个强大的女生，她是无所畏惧的。我爸是喜爱她的。她身上那种混合着倔强与柔弱的性情，让我爸十分欣赏。

我问过一个问题，要是没有我妈的出现，他们是否会一帆风顺地相爱。我爸想了半天，末了，他微笑了，他说，这是一个没有意义的假设。那时，他已经极度消瘦，吃不下东西，癌细胞转移到腹部，源源不断的腹水让他无法平躺。他只能整夜坐着。

稍微有点精神的时候，他就告诉我，他和我妈的过去，也讲起史佑。他对我说了他和史佑去往拉萨的这一路上，史佑所讲述的过往。他们的过去妙趣横生，那时，我爸我妈，还有史佑，他们青春年少，谁都不知道，未来的路途上，会有如此纷繁与伤感的纠葛。

是在我爸垂危时的讲述中，我真切地领悟到了他与史佑之间的爱情。我错得太离谱，我扼杀了他们仅有的相爱的辰光，我一厢情愿地阻止他们顺顺当当地完成一次爱的旅行。

一切都来不及了。

每一天，他都比前一天更加消瘦，每一天，他都很痛苦。他抓着我的手，不断地跟我说对不起。最后几天，他陷入了昏迷，喃喃地叫着史佑的名字。

他走得很快，肿瘤压迫到了呼吸道，他被自己的分泌物给活活憋死了。

我爸临终前，将我慎重地托付给我奶奶。我奶奶是个要强的女人，她一边掌管着自己的教育王国，一边陪伴我度过难挨的日子。

我爸去世以后，我一度将自己当成魔鬼，我让自己相信，是我毁灭了史佑的幸福。我憎恨自己。我想到我的初恋，我把生物老师的暴亡也算在了自己的头上，我在负疚中痛哭。

我整夜失眠，这一回，没有史佑的怀抱，我孤单地躺在床上，有一次，我甚至产生了幻觉，在我眼里，什么都是黑色的。黑色的牛奶，漆黑的课本，黑乎乎的房间。我惊吓过度，不敢出门。我一度需要接受心理治疗。每周两次，我奶奶公司的司机会送我去华西心理卫生中心。

当我渐渐康复起来，我决定认认真真地活下去，为了我自己，也是为了史佑。史佑不会想要看到一个颓丧的程青书。她说过，要做一棵向日葵。我记得史佑说过的每一句话。她养育了我十几年，即使她不在身边，我也不能辜负她。

其后，我去过三次墨脱。在拉萨中转，再辗转去往墨脱。仿佛是替代史佑与我爸完成未竟的旅途。墨脱是一座很小的县城，我住在一间叫做莲花的酒店中。墨脱城内很是寻常，胜在前往那里的风光，一路上，徒步加上搭车，需要三四天的工夫。路途险象环生，但瀑布与湖泊美得惊心动魄。这一切，让我逐渐释然，我告诉自己，也许在前往终点的过程中，我爸和史佑的情感已得完美。

墨脱是我的疗愈之地。

5　史佑

封闭的日子里，我和程青书喝着葡萄酒，也喝咖啡。安静下来的夜晚，我收拾完油渍斑驳的厨房，冲两杯黑咖啡，到程青书的房间里去，蓬头垢面地坐在他的电脑对面。他从电脑前抬起头来，陪着我聊天。我们之间的过渡是如此的顺畅，仿佛中间疏离的那些年月都不复存在，我们仍旧无话不谈。

这些年，咖啡我喝得很凶，不加糖，每天会在四五杯。早几年，我会讲究一些，坚持某个牌子的咖啡豆，但逐渐地，我什么都可以将就。

“史佑，你喝速溶咖啡？”果然，程青书好奇地问道。他知道我是个挑剔的女人，很多事情，不厌其烦，在生活品质上，简直有些轻微的强迫症。

“是，什么咖啡都可以，”我抿一小口咖啡，补充一句，“在离开你和你爸以后。”

这句话说出来，空气立即两样了。

程青书愣了愣，端起我给他准备的那一杯，喝了一大口。我说的是真话，程国庆用一种永恒的方式，让我的后半生变得不知所措。即使离开了他，我仍在找寻，我用各种学科来理解自己的得失，那些浩瀚的学科实在太过高端抽象，有关爱情的养分太少太少，解决不了我的疑惑。我与史夏也有过一些交流，我用电脑给他写信，打印出来，装进信封，邮寄给他。史夏坚持着古朴的生活，不用电脑，不用手机。然而他对感情这回事的确没有一点兴趣，他的回复大而无当。

回国以后，我发现先前的努力都是徒劳的，真相像一场陡然降临的暴雨，把我辛辛苦苦建立起来的错误的观念横扫一空。我需要解决自身的问题，我必须重新认知那整整纠缠了我十三年的所谓痛楚。原来，那竟是一场强说愁。

我带程青书到室外，夜色中，我指给他看我在花园里新近种下的豌豆尖与白油菜。过去，我忌讳自己的身世，不愿意跟乡村扯上关系，我的花盆里只养多肉。这段日子，我将蔬菜的种子撒进土地，用淘米水灌溉，它们很争气地迅速生长了起来。我告诉程青书，幼年时，我是多么向往成都，我厌恶脏而破旧的乡村，村小的同班同学嘲讽我的城市梦，他们说我是撒谎精，当我来到成都，我在师大附小的同学们讥笑我的洪雅方言。就在这时，我遇见了程国庆，遇见了季老三。

我停了下来，抬起头，望向婆娑的树影，月光透过那些影子，落在地上，变得破碎不堪。不知为什么，我突然泪如泉涌。程青书把手搭在我的肩膀上，他的手宽大而温暖，我微微侧过头去，脸依偎着他的手，眼泪全都流在了他的手上。

我们一起度过了除夕，度过了元宵，度过了 2 月 14 日的情人节，又度过了 3 月 14 日的白色情人节。两个情人节安静得不像话，没有花卉，也没有礼物。焦君泓照样防护周密地出来取走饭菜，在他的日程安排里，是没有情人节这个选项的。这也无所谓，在我这个年纪，已经不太留意这些节日。我习惯了寂寥。

白色情人节那天下午，程青书破天荒地没在电脑前工作，他动手烤了一个比萨。我倒不知道，这孩子厨艺了得。他还准备了几样西菜。焦君泓的餐点照例是送到房门口，是程青书送过去的，我听见他劝说焦君泓出来用餐。焦君泓嘟囔着，说是实验数据到了关键阶段，他的健康不能有丝毫的闪失。他照例关上了门，把我们隔绝在门外。

“你的老师真有意思，”我取笑道，“岂有让学生陪着师母过情人节的道理？”

“史佑，老师一向是这样的，超级勤奋，你要原谅他。”程青书很是维护焦君泓，有此弟子，焦君泓何其幸也。

程青书开了一瓶酒，我不以为意，喝了一口，突然发觉这是一瓶红酒。这不是我储存起来的白葡萄酒。我诧异地望向程青书。他并没有出过门，也没有快递来过。

“口感够丝滑吧？”他促狭地挤挤眼，“这一款，据说相当受女士欢迎。”

“还好。”我说。说实话，喝酒这件事，是我较少坚持下来的一种执拗，我只喝某个牌子的白葡萄酒。这让我没有机会去发掘别的品种。但程青书的红酒，确实很不错。

喝到第二杯的时候，客厅的窗户发出清脆的敲击声，程青书忽然有些不自在。我察觉有异，起身过去查看。窗外居然是久违的茉莉，自打我们在家隔离，她就没有了音讯。这也很正常，作为医护人员，她必定是很忙碌的。

这女孩子，大冷的天气，不知怎么的，一脸的汗。她的双颊是玫瑰色的，一头长发纠缠不清地贴在脖子上，外套绑在腰间，身上只穿很薄的一件毛衣，一条牛仔裤，细长的腿，圆润而结实。

程青书走过来，在我身后尴尬地清了清嗓子。我推开窗户，心里有点数了。人家并不需要在我这里报道，年轻人，有他们联络的渠道与方式。

“阿姨好！”茉莉跟我打招呼。

我微微笑。这女孩子的豁朗，我着实喜欢。

“程青书，还不快点拿冰冻果汁给我，这篱笆太难爬了！”茉莉在花园的石桌前坐下来，我朝花园的墙边看去，用绿植精心编织的篱笆被踩坏了一些，那篱笆是很坚硬的，也不知道这女孩子使出了多大的蛮力，硬是弄缺了一块。我好笑得很，这孩子没有一点斯文气。

“你们的酒够喝吗？不够的话，我再送一些过来。”她变魔术似的，从衣兜里又掏出两瓶红酒，正是程青书刚才打开的那种。原来，这红酒是茉莉送过来的。

程青书已经从冰箱里拿出冷冻的果汁，茉莉也不倒进杯子里，直接拿起纸盒就喝，她身上有一种大方任性的气派。我眼见得程青书好脾气地将比萨、沙拉等搬出来，从窗口递给茉莉，茉莉也不肯好好地坐在石桌前，她跳起来，坐到一道栏杆上，就在篱笆内种植的那一圈野芙蓉树下，双腿晃悠着，大口吃东西。她的双瞳中有一种光彩，犹如有阳光照射进去，虽然这是一个普普通通的阴天。

“阿姨，程青书，我们干杯！”茉莉自顾自地举起酒杯。

窗户大开着，我们隔着窗，举杯致意。

“这是茉莉想出来的花样，她在医院里值班，不适合到屋子里来。就这样，也算是一起过了情人节，”程青书挠挠头皮，解释道，“史佑，她这样来见你，很不正式，我很抱歉。”

“又不是求职面试，不用那么正式的。”我微笑了，望向茉莉，这女孩子啃着一只梨，汁液顺着手指往下淌，她的眼神明亮，下巴微扬，神态从容，浑身散发着一种嚣张肆意的青春。我突然间觉得无比安慰，这意味着所有的伤害，在程青书那里，都算是真正地过去了？

“过情人节，不算我一份吗？”一个苍老低沉的声音在我们身后响起，我回过头去，一个穿着长颈鹿充气服的大怪物，摇摇晃晃地走向我们。我和程青书大惊失色，反应过来以后，同时喷笑出声。

那是焦君泓。他不知从什么地方弄来一套搞笑的充气服，从头到尾把自己蒙起来，然后，来到我们中间。打扮成长颈鹿的焦君泓在餐桌前坐下来，跟我们一起分享情人节大餐。

“我听说，情人节是要派送礼物的，”长颈鹿慢吞吞地从袖子里掏出一盒巧克力，“史佑，这是送给你的。”他再掏出第二盒巧克力，“程青书，这是给你的，”他掏出第三盒巧克力，朝程青书挤挤眼，“这一盒，拿去，送给你的女朋友——你还没有正式介绍给我们呢。”这小老头突然变得活泼有趣。

程青书略略有些羞涩，他为茉莉介绍了焦君泓。

“焦老师，您好像可爱的圣诞老爷爷！”茉莉在窗外笑出声来，我和程青书也忍不住笑。

“管他什么圣诞老爷爷，我老了，跟你们一起开开心心的就好。”焦君泓一本正经地说着，我们更是笑不可抑。

茉莉的出现，让我彻底放下心来，程青书灰暗的人生，被这个大胆的女孩给照亮了。无疑他们是幸运的，在正确的时间里，遇到了对的人。

茉莉最让我赞赏的，不是她对待爱情的勇敢，而是她并不沉溺于儿女情长。他们的恋情刚刚开始，她就报名参加了去武汉的驰援队。

出发那天，程青书去送她。在网上，我看到了他们分别时的视频。茉莉穿着厚厚的防护衣，从医院开往机场的大巴将要启动，程青书隔着车窗用力挥手，突然喊出一句：

“茉莉，等你平安回来，我每天陪你看电影！”

这段视频不知被谁给拍下来，又放到了网上，一下子火了，变成了催人泪下的情侣相送，一大群网友在后面跟帖，说是等茉莉回来，要帮着监督程青书，让他一定要兑现承诺。

茉莉在一个月以后如期归来，然而中间发生的事情，让一切都变得不同。在接连三天三夜的加班中，茉莉晕倒，出现心脏骤停，因为抢救及时，捡回一条命来。这件事，没有人联系程青书，我们是从新闻里看到的。视频中出现了躺在病床上的茉莉，一张脸大半都被氧气罩蒙住了，瘦弱、憔悴，让人不敢相信这竟然是那个元气满满的女孩子。看着那个画面，程青书当时就脸色发白，喃喃地说：

“我答应过，等你回来，陪你去看电影……”

“怎么会这样？”我的心跳得很厉害，不仅仅是因为垂危中的茉莉，也因为程青书，这次回来，在我面前，他一直是镇定的，有种泰山崩于前而不形于色的冷静，但此刻，他是那样的慌乱。

“史佑，她看起来很严重，”他惶恐地看着我，好像要从我这里找寻力量，“她会不会有事……”

“我们要相信茉莉。”我只能强作从容。

“会不会是我害了她？”程青书轻声自语，“每一个人，我爱过的，爱过我的，到了最后，是不是都要离开我？这是什么逻辑？”他握住自己的双拳，看得出来，他竭力控制着自己，可是，我看到他手背的青筋，他的指甲几乎掐进自己的手心。

“茉莉是这世间少有的、值得加倍呵护的女孩子，若她归来，定当好好珍惜。”我静静地说，闻言，程青书看向我，不明所以。

“若她归来，定当好好珍惜，”我重复了一次，并且接着说下去，“趁一切都还来得及，千万不要像我和你的父亲……”我停住，没有办法继续说下去。程青书注视着我，我想，他必然懂得了我的意思，他那悲伤的眼神渐渐变得坚定。

返程后的茉莉在酒店隔离了十四天。解除隔离的第二天，程青书约她到家里来看电影。我们有一台很好的投影仪，大家坐下来一起观看。随后，每一天，程青书都陪着茉莉看一部电影，他们不再留在这里，毕竟我和焦君泓都是“灯泡”。他们到茉莉的家里去。据说茉莉单独住着一套房子，程青书也为她买了一台投影仪。他们大多数时候也就是看看电影、散散步。茉莉经过那次心脏骤停以后，虽然没有检查出器质性的疾病，但无疑心脏是超负荷运转了，根据医嘱，茉莉在半年内都不能进行剧烈运动。

程青书改变了很多。当他领着茉莉到家里来吃饭，我注意到他会亲手为她挑选清淡的饮食，严令禁止她喝酒，提醒她按时服用营养心肌的药物，这些细小琐碎的事情，让他变得沉稳和安宁。茉莉嘲笑他是噜里噜苏的唐僧，又说他比自己的老父亲还要操心。这对年轻人，纵然没有那种荡气回肠的激情，但他们之间家常的、温暖的情意，仿佛超越了凡俗的评判，至纯、至善、至美。我明白，面对程青书，这个我亲手抚养的孩子，我终于可以真正地放下了。

我决定出发，前往意大利。读了这么多年的书，我一直在寻找生命的开悟，此刻，我忽然觉得，我找到了它，那就是，如何面对突如其来的灾难，如何完整地看待人生的悲喜，学习生与死这门必修课。

6　程青书

今天是愚人节。

上午，我陪伴史佑去探望我奶奶。史佑回来以后，这还是首次去我奶奶家里。我们在那里吃了一顿饭，史佑与奶奶聊着国外的生活，奶奶听得很有兴趣。

我送史佑回到焦老师家里，已经下午三点。我去了一趟珠宝店，我有重要的事情要做。我带着一枚漂亮的戒指，来到茉莉家中。我向她求婚，她几乎没有片刻犹豫，立即答应了我。

我紧紧拥抱她，因为她的坦诚。她是个通透的女孩子，不会端着架子，不需要费心思去揣测，她和我认识的其他女生不一样。她很大气，这让我很放松。我是一个受过伤的人，极其敏感。我需要茉莉的这种包容和难得糊涂。

生出结婚的念头，是在一瞬间。当我从视频里看到抢救过来的茉莉，那么羸弱，那么无助，我从来没有见过这样的茉莉。之前在她向我示好的时候，我几乎觉得她是无坚不摧的女战士。在她驰援武汉时，这个女孩子置生死于度外的勇气已经强烈地震撼到了我，而在她命悬一线时，我意识到，所有的坚强，不过是从一个柔弱的身躯里生长出来的——我敬重她，或者说，我敬爱她。那一瞬间，我是如此的惊慌，我以为命运将会再次向我下手，残忍地掠夺我身边所爱之人，我完全不知所措。就在那一刻，就在史佑对我说出那句话："茉莉是这世间少有的、值得加倍珍惜的女孩子。"我明白过来，我失去的已经太多太多，我不能够再这么糊里糊涂地失去茉莉。我做出了决定，我在心里对自己说，如果茉莉平安回来，我要跟她结婚，不只是每天陪她看电影，我要用心去爱护这个了不起的女孩子。

套用一种滥俗的说法，是疫情成就了我和茉莉的姻缘。我们的婚期定在 10 月，茉莉打算自行设计婚礼，她准备在婚礼现场全部使用新鲜的茉莉花。

与茉莉在一起以后，我明白了一个平凡的道理，爱情是如此珍贵的礼物，不能接受，便要完璧归赵，若是接受下来，一定要用心存留。

我和茉莉的事情，那是另外一个故事了。

我告诉焦老师与史佑，我和茉莉要结婚了。他们很欣喜。史佑的嘴角微微上扬，我知道，当她发自肺腑地欢喜，就会露出那样的笑容。我太熟悉她。

我爱她。

我对史佑的爱，会陪伴我的一生，就像她对我的爱。在她眼里，我是她的孩子。她要看到我正常幸福地生活下去。我娶了茉莉，她是欣慰的。

我邀请焦老师在婚礼上致辞，请史佑和我奶奶代表男方的长辈，接受茉莉奉茶。焦老师欣然答允，史佑则毫不犹豫地表示，如果她能够从意大利赶回来，她一定会参加我的婚礼。

史佑提到意大利，这让我吃了一惊。我并没有听到焦老师有外出的计划，他这一年的行程已经事先安排妥当，大部分的时间，他都准备耗在实验室里，他申请的那个关于遏制肿瘤细胞的中成药制剂，已经到了出数据的关键阶段。

史佑说，她是一个人到意大利。那里新冠病毒肆虐，她参加了一个由对外汉语教师牵头组织的救援队伍，准备集结一支心理辅导的力量，前往疫区，帮助那些恐慌的人们度过艰难困苦的时期。

“那是很危险的一件事。”焦老师立即说。

“是的，”史佑很淡定，“因此，我未必再回来。”

这句话意蕴深长，我和焦老师一时间沉默下来。

7　史佑

我提前在意大利租好了一间屋子，我从网上支付了费用。即使疫情结束了，我也准备继续在那个国家住上几个月。上次与焦君泓待在威尼斯的时候，我很喜欢那里的天气与那里的人们漫不经心的气息。住在有露台的房间中，俯瞰街景，或是在松间细雨中漫步，都是我所向往的。

重要的是，我想要重新离开成都。这一次，与十三年前的远行并不一样，那时我背负着难以解开的心结，我恨程国庆，放心不下程青书。而如今，一切都已释怀。当我得知程国庆为我所做的一切，我对一些事物的看法发生了前所未有的改变。

留不留在焦君泓身边，也已经无所谓。人生是一场宏大的叙事，我想要以一种与往昔完全不同的心境，看一看山川湖泊，不再拘囿于昼夜、厨房与爱，不再拘囿于过往的那些小情小绪。

我把暂居意大利的规划告诉了焦君泓，他有权利知道。我没有直接提出结束我们的关系，但我含蓄地对他说，他有什么样的想法，说出来，我总是会同意的。

“这几天，青书跟我说了一些你们以前的事情，”焦君泓说，“我没想到，你们早就认识，而且情同母子，你有没有觉得，我们三个人的关系，就是一种奇妙的缘分？”

他说得一板一眼的，我不置可否。算起来，焦君泓便是少年时的程青书眼中那种足以配我的男人，博学、善思、上进。然而，不是那么一回事。我承认我有贪心的一面，尽管这一把年纪了，可我想要的感情，犹如盛夏白瓷盘中的冰镇梅子汤，冰块玲珑碰响，抑或是藏在琥珀中的虫类触须，清凉、微暗。焦君泓是一杯白开水，他的智识都用在学问上头，在别的方面，他是多么的乏味，对于他，一个懂得做菜、洗衣与闭嘴的女人便足够。

我不想多说，在诀别面前，说什么都是无益的。我为他预备了足够对付一段时间的食物，他喜欢甜腻之物，口味像是小孩子。我买了一些糯米粉与黑芝麻馅儿，包了很多手工汤圆，分成一小袋一小袋的，冻进冰箱里。又包了饺子、炸了酥肉。冰箱都快塞不下了。

我的出发日期是5月8日。这一阵，茉莉已经恢复了正常上班，被调换到了相对轻松一些的岗位。她时常到家里来，跟我们一起吃饭。吃完饭，她与程青书在院子里喝咖啡，两个人头靠着头地用手机追剧，有时是甜宠剧，有时是悬疑剧，都是他们年轻人酷爱的。

我则在房间里收拾行李，我把所有的东西都打了包。对此，焦君泓视若无睹，大部分时间，他仍旧把自己关在房间里，他有做不完的工作。

出发那天，程青书开车送我到机场，茉莉也去了，还有焦君泓。浩浩荡荡的一车人。茉莉一路都在叽叽喳喳地说个不停，她拿出手机，给我看婚纱的式样，叮嘱我一定要准时回来参加婚礼，代表男方的母亲接受敬茶。我都一一答应下来。

他们坚持送我到候机厅，办完登机手续与行李托运，时间还早，来得及喝一杯茶。我们在机场随便找了一间茶餐厅，中间焦君泓走开去，程青书陪着他。茉莉与我闲聊。

“阿姨，我喜欢你，你是一个深邃、善良的人。”茉莉用了两个奇怪的词语。

我笑而不语。

“看得出来，焦老师是很爱你的，能被一个阅尽沧桑的男人这样爱着，是一件不容易的事情呢。”茉莉接着说。

“我老了，已经不在乎这些，”我不露痕迹地转移了话题，“也许再工作几年，攒一小笔钱，我就会计划自己的退休生活，找一个清静的地方，或者就回到洪雅的乡村里，什么都不做，每天只是安安静静地读书。”

“阿姨，难怪他们都会这么爱你，你是一个没有欲望的人。”茉莉真是没大没小、口无遮拦，想必程青书已经跟她说过他爸和我的过去。但是，我喜欢她。

“每个人都会有自己的欲望，说不定，我比别人更加贪得无厌，我总是想要得到一个人的心。”我如实相告。茉莉愣了愣，她伸了个懒腰，莞尔一笑。

“一个人的心，是最为奢侈的东西，”她说，“我从不这样为难自己，阿姨，你读过王小波的书吗？他说的是，我活在世上，无非想要明白些道理，遇见些有趣的事，倘能如我所愿，我的一生就算成功。王小波的观点，我深以为然，我不要别人的心，我连自己的心都不见得能够完全掌控。”

茉莉并不像表面看来的那样简单和天真，她是一个有内涵的女子，这需要程青书用相当的时间来开掘。爱情就是这样，始于长相或是其他，但终究是要做灵魂伴侣的。

这一次回来，见到了程青书，他比我想象的要更好，他身边又有了茉莉这样聪慧的女子，我再没有什么担忧的。他与茉莉，一个担得起清风明月与草长莺飞，一个藏得下万丈光芒和星辰大海。他们是般配的一对。唯一的遗憾是，焦君泓——他不明所以地被我席卷进了我凌乱的生活里，又被我半途而废，随手扔下。

我不愿再想下去，看了看时间，我对茉莉说，我不等他们师徒二人了，我去安检口排队，就此别过吧。我不知道怎么面对焦君泓，这一去，我是不会再回头的。

茉莉没有挽留我，她站起来，紧紧拥抱我。

“阿姨，一定要注意安全，记得回来祝福我们。”她在我耳边轻轻说。

“保重身体。”我说。

“阿姨放心，我会注意的，”茉莉很快地说，“我们都很喜欢小孩子，想要早点生一个小宝宝。”

我不禁莞尔。

她送我到安检口，陪我排队，目送我进去。我拉着随身携带的小皮箱，到达登机口，找了一处靠近窗户的位置坐下来。落地窗外，停泊着一架银白色的大飞机。

疫情蔓延的时期，乘客原本就稀少，前往疫情重灾区，更是不见人迹。我倒是无所谓，热闹与否，都不重要。我经常是一个人来来去去，除了与焦君泓在瑞士与意大利，以及跟他回国的航班上，这些年来，我不记得在旅程中有过同伴。焦君泓很细心，在飞机上记挂着照顾我的冷暖。我睡着了，醒过来以后，身上一定盖着毛毯和他的外衣。

有人照顾固然是好的，没人搭理也无关紧要。毕竟人生最大的两件事，生与死，每个人都是独自面对，谁都不会陪着谁。别的时刻，又何惧寂寞？

我戴上眼罩和耳塞，准备在候机室的按摩椅中眯上一小会儿，这是我的习惯。我一般都会在候机室里小憩，上了飞机以后，冷气或是暖气总是太夸张，睡着以后容易感冒。飞机起飞以后，我不太打盹，常常会在国际航班上追剧十几个钟头。这都是我一个人生活多年的经验。

我刚闭上眼睛，有人在我身旁动静很大地坐了下来，并且轻轻拍了拍我的肩膀：

“女士，请问带充电器了吗？”这声音很熟悉。我摘下眼罩，旁边赫然坐着焦君泓，他满面笑容地看着我。

“你？”我惊讶得像是大白天见了鬼。

“人老了，记忆力果然差多了，你瞧瞧我，单独收拾行李，终归是要落下什么的。”他兀自喋喋不休地说着。

“你这是，去出差？”我反应不过来。

“差不多吧，出长差，你待多久，我就待多久，”他舒舒服服地靠进椅背，补充一句，“只要你不厌烦我这个又老又病的糟老头子，不赶我走。”

“你的工作呢？”我嗓子发干。

“我向学校申请了退休，本来我是可以工作到七十岁的，但是我说，到了七十岁，我就没有办法陪伴我的夫人周游世界，我不想再次留下遗憾。”他闲闲道。

“你的，那些实验？那种药剂，就快要成功了……”我说不下去了，从程青书那里，我知道那是焦君泓最近几年全力以赴攻关的项目，他对此寄予厚望，一旦宣告进入临床，他很可能获得世界性的大奖。

“我都移交给青书了，”他笑着说，“是时候让年轻人来承担重任了，你放心，他会跟我保持联络，有问题，我可以遥控指挥。”

我注视着他，他那闲适且松散的状态让我说不出话来，我想起他穿着长颈鹿的充气服，逗我开心。程青书说过，这老头子是在煞费心思地取悦我。可是，我竟然盲目而懈怠，我什么都看不见。我的心里，只有我自己。

“我没想到你买的是经济舱，青书刚陪我去更改了座位，从头等舱换成经济舱，手续费损失不少呢，”他顽皮地朝我眨眨眼，“现在是得掐着手指头过日子了，我不工作了，那点退休金需要计算着花费，我得精打细算，起码自己养着自己，不能变成你的负累。”

我一句话都说不出来，我做梦都没想到，为了我，他可以放弃这么多，甚至不远万里跟着去疫情惊人的地区。

“活到这岁数，才懂得，有些人，是不可以失去的。”他突然叹息一声，我猛地发觉他在流泪。

“史佑，这很肉麻，也可能迟了一些，”他双目潮湿地看着我，“但是，我想问一句，你能不能一直陪我到最后？”

我不敢开口，我怕一说话，就会哭出来。两个年纪加起来远远超过一百岁的男女，在机场含着泪，谈情说爱，这是多么的滑稽。

“你不会嘲笑一个老头子无故流泪吧？”他平静地说。

我决定冷幽默一下。

“据我所知，眼泪是没有老和嫩的分别。”我打趣道。

“史佑，你还没有回答我，你不会嫌弃我吧？”他嗔怪地看了我一眼，应该是在责备我，如此浪漫的时刻，我居然这么大煞风景。

我的眼泪终于落下来。

8　程青书

今天又是秋分。

距离我与史佑的重逢，刚好过去了一年。

我和茉莉的婚礼在 9 月 19 日那一天，如期举行，那是茉莉的生日。为着避免不透风与人群聚集，我们选择了空旷的草坪婚礼。茉莉果然用新鲜的茉莉花来布置，花期已过，不知道她是从哪里买来这么多的茉莉花。茉莉有着化腐朽为神奇的本事。

焦老师和史佑这趟回国大费周折，他们提前购买的航班，不断取消，不得已，途经第三国，辗转了七八天，好不容易才回到上海。在上海隔离了十四天以后，他们飞回成都，继续居家隔离七天。

婚礼那天我才见到解禁的焦老师与史佑。焦老师的状态很好，看起来健康了不少，他配合史佑的白色裙子，打扮得很是俏皮，一套合身的白色燕尾服，像童话里的老爷爷。他的面色被太阳晒成了粉红，戴着礼帽，拿着手杖，虽然走路仍然步态不稳，但看上去实在可爱。

“你们的师母是一个勇敢的女人，”焦老师见面就对我和茉莉说，“她不懂得医学知识，但是你们想不到，她居然救下了好几个感染新冠的华裔。”

“你们老师的药方很有作用，”史佑微笑地说，“我用视频把病人的状况发给他，他就负责对症下药。你们知道的，外国的大夫是这样的，不严重到一定的程度，是不肯用药的，等严重到了一定的程度，有时用药都来不及了。”

“你们的师母，为他们出钱出力，还要冒着生命危险。”焦老师看向史佑的眼神，尽是怜惜。

“用的大部分是你的积蓄，”史佑笑着对焦老师说，“娶我这样的一个女人，不倾国，不倾城，但足够倾家荡产。”

“在洪雅的时候，我没想到过，我会遇见你，在师大的时候，我也没有想到过，会遇见你，但在瑞士，我们相逢了，从此以后，我不会让你离开我，”焦老师颤巍巍地握着史佑的手，“你让我相信了那句话，山高路远，总会有人，风尘仆仆、披荆斩棘，为你而来。”

“青书，你瞧瞧你老师，跟打通了任督二脉似的，简直变身文学青年了。”史佑一脸都是笑。

“尼采说过，每一个不曾起舞的日子，都是对生命的辜负，残生里，我要换一种活法，做一个老婆奴。”焦老师很会跟史佑打情骂俏，两个人也顾不得肉麻，十指紧扣，看起来很默契。

我与茉莉交换了一个眼神，我们都明白，他们是幸福的，他们正携手行进在路上，那是一条通往一生一世、春暖花开的路途。

“别嘲笑我这个糟老头子，我要用一句网络流行语，趁青春还在，时光不老，希望你们用尽全力去爱护彼此，就像我和我的夫人，”焦老师在婚礼致辞中好几次提到史佑，看得出来，他满眼里都是她，“她像个美丽的春天，让我行将就木的、衰老的灵魂，回到了年轻的岁月，我感激上天将她赐予我。”宾客们掌声雷动。我看向史佑，她的脸上尽是笑容。

他们在婚礼后的第二天启程，前往洪雅，他们将要在那里的乡村度过余生。焦老师的祖屋与史佑家的老宅相隔不过数里地。两处房屋都经过了修缮翻新，他们会选择其中一处，定居下来，劈柴、种菜，关心粮食与植被。

我和茉莉的婚假没有安排旅行，闲极无聊，茉莉提议去看一看焦老师和史佑。我们开车赶去了洪雅。他们此时住在史佑的家里，史佑的父亲接班进城，她母亲一生都是农业户口，宅基地是有的，自留地也是有的，一栋精巧的宅子被大片竹林环绕。

清新的空气让史佑和焦老师看起来容光焕发，史佑网购了一套健身器材，焦老师则收留了一只流浪猫。两个人一个撸铁，一个撸猫，过出了岁月静好的感觉。

我们在史佑的家乡居住了三天。白昼我与焦老师商谈实验的最新进展，闲下来，我就陪着茉莉在田地间散散步。田畦间到处都是细小的花朵，一两只小小的黄蝴蝶飞来飞去。午后我坐在台阶前看书，茉莉刷手机，渐渐地我们都睡着了，梦境深处都是小溪潺潺的流水声。

有时，史佑领着我们，逐家亲戚去走一走，从人家的地里摘一把水灵灵的蔬菜，或是从树上摘下几只青苹果，用衣袖蹭一蹭，就咬上一大口，也顾不得酸不酸的。

现在，我已经习惯了时时与茉莉待在一起，她毫无保留地向我敞开了她的身体与灵魂，我慢慢地探索着这条隐秘而深邃的路径。经由她，我正在努力习得一种建立起真挚永恒的亲密关系的方式，那其实也是在寻找一个无惧的、无惑的自我。

今天下午，茉莉收到通知，有事要赶回医院，我们不得不提前返回成都。临行时，茉莉恋恋不舍地环顾四野，心向往之，不住地说，这简直就是世外桃源。焦老师和史佑相视一笑，不约而同地邀请我们随时来住。

我告诉他们，茉莉怀孕了，我们就要成为父亲和母亲了。

史佑大为欢喜，她拥抱了茉莉，又拥抱了我。我没有告诉她，直到此时，我才彻底原宥了我爸当年的冷落。那时候，他太年轻，成为父亲与失去爱人接踵而至，他难以承受。他是脆弱的，就像一只受伤的蜗牛，怯怯地躲了起来。他逃避着我，也逃避着他自己。

我宽恕了我爸，因为我知道，他一定是爱我的。天下的父亲，都是爱惜自己孩子的，不同的是，爱的能量会有巨大的差异。

从此，我不再跟往事较劲，人生的忐忑已经够多了，往后余生，我只想专心致志地学习如何去爱护我的妻子，还有即将出世的孩子。

我没有看错，茉莉的确是个好女人，她自爱、沉稳，然后，爱我。她让我明白，日常生活也可以是高蹈的颂歌。我渐渐离不开她。我相信，在阳光的尽头，在彩虹的起始与终结处，一定是有什么在等待着我。我不必思虑，也不必彷徨，既不用回顾，也无须忧伤，只要与茉莉一道，坚毅地向前跋涉，阅尽这世间的细雨落花、山河辽阔，然后，将彼此携手到底写进人生的结尾。

图书在版编目（CIP）数据

野芙蓉 / 骆平著. — 北京：北京十月文艺出版社，
2022.6
ISBN 978-7-5302-2221-8

Ⅰ. ①野… Ⅱ. ①骆… Ⅲ. ①长篇小说—中国—当代
Ⅳ. ① I247.5

中国版本图书馆 CIP 数据核字（2022）第 021507 号

野芙蓉
YE FURONG
骆平 著

出　　版　北京出版集团
　　　　　北京十月文艺出版社
地　　址　北京北三环中路 6 号
邮　　编　100120
网　　址　www.bph.com.cn
发　　行　新经典发行有限公司
　　　　　电话（010）68423599
经　　销　新华书店
印　　刷　北京盛通印刷股份有限公司
版　　次　2022 年 6 月第 1 版
　　　　　2022 年 6 月第 1 次印刷
开　　本　880 毫米 ×1230 毫米　1/32
印　　张　12.75
字　　数　251 千字
书　　号　ISBN 978-7-5302-2221-8
定　　价　49.80 元
质量监督电话　010-58572393
如有印装质量问题，由本社负责调换。